Der Mord an Delicia

Marie Corelli

Writat

Diese Ausgabe erschien im Jahr 2024

ISBN: 9789359942254

Herausgegeben von
Writat
E-Mail: info@writat.com

Inhalt

EINLEITENDE HINWEISE ....- 1 -

KAPITEL I ....- 7 -

KAPITEL II ....- 29 -

KAPITEL III ....- 47 -

KAPITEL IV ....- 56 -

KAPITEL V ....- 64 -

KAPITEL VI ....- 75 -

KAPITEL VII ....- 87 -

KAPITEL VIII ....- 93 -

KAPITEL IX ....- 103 -

KAPITEL X ....- 113 -

KAPITEL XI ....- 124 -

KAPITEL XII ....- 133 -

EINLEITENDE HINWEISE

Ich bin mir bewusst, dass die folgende knappe und unausgearbeitete Skizze einer sehr banalen und alltäglichen Tragödie auf die uneingeschränkte Missbilligung des „höheren" Geschlechts stoßen wird. Sie werden mit viel empörtem Nachdruck behaupten, dass die Figur des „Lord Carlyon" unmöglich sei und dass ein solcher „Schurke", als der er dargestellt wird, nie existiert habe. Diese Bemerkungen vorwegnehmend muss ich als Antwort sagen, dass die beiden Hauptfiguren meiner Geschichte, nämlich „Lord Carlyon" und seine Frau, streng dem Leben entnommen sind; und dass, obwohl beide Originale seit einigen Jahren von diesem Schauplatz irdischer Auseinandersetzungen und Missverständnisse verschwunden sind, so dass meine Schilderung ihrer Charaktere weder sie noch sie länger betrüben oder beleidigen kann, der „Mord an Delicia" von den Händen ihres Mannes genau so vollzogen wurde, wie ich es geschildert habe.

Es geschehen täglich Tausende solcher „Morde" bei uns – Morde, die in den Augen des Gesetzes nicht als „Grausamkeit" gelten. Es gibt unzählige Frauen, die Tag und Nacht mit Kopf und Hand arbeiten, um nutzlose und hirnlose Ehemänner zu unterstützen; Frauen, deren Liebe niemals erlahmt, deren Geduld niemals ermüdet und deren Zärtlichkeit oft nur durch die gefühlloseste Vernachlässigung und Undankbarkeit belohnt wird. Ich spreche nicht von den unzähligen Fällen unter den hart arbeitenden Millionen, die wir die „unteren Klassen" nennen, wo die Frau, die von sechs Uhr morgens bis zehn Uhr abends arbeitet, zusehen muss, wie ihr hart verdienter Verdienst ihr von ihrer „besseren" Hälfte weggenommen und in der Kneipe für starken Alkohol ausgegeben wird, obwohl es zu Hause nichts zu essen gibt und unschuldige kleine Kinder hungern. Diese Fälle sind so häufig, dass sie fast aufgehört haben, unser Interesse zu erregen, geschweige denn unser Mitgefühl. In meiner Geschichte beziehe ich mich hauptsächlich auf die „oberen" Ränge, wo der faule Aristokrat seine Zeit zunächst damit verbringt, Schulden anzuhäufen und sich dann nach einer Frau umzusehen, die genug Geld hat, um sie zu bezahlen – einer Frau, von deren Einkommen er anschließend bequem für den Rest seines wertlosen Lebens leben kann. Um es ganz offen und deutlich zu sagen: Die große Mehrheit der Männer von heute möchte von Frauen versorgt werden. Das ist kein männlicher oder edler Wunsch; aber da die Art von Männern, die ich meine, weder den Mut noch die Intelligenz haben, um die Welt für sich selbst zu erkämpfen, ist es, nehme ich an, für solche inkompetenten Schwächlinge ganz natürlich, dass sie – angesichts der glühenden Hitze und Konkurrenz in jedem Zweig der modernen Arbeit – gerne hinter den Unterrock einer Frau schleichen, um dem allgemeinen Kampf zu entgehen. Aber der Punkt, auf den ich die

Aufmerksamkeit meiner nachdenklicheren Leser besonders lenken möchte, ist, dass genau diese Art von Männern (wenn sie das unwürdige Ziel ihrer Ambitionen erreicht haben, nämlich eine reiche Frau zu bekommen, von der sie leben können, und zwar unter der Duldung der Ehe) die ersten sind, die die Arbeit der Frauen, ihre Privilegien, ihre Errungenschaften und ihre Ehre herabwürdigen. Den Mann, der sein Abendessen der unermüdlichen Arbeit seiner Frau verdankt, hört man oft von der „Nutzlosigkeit" der Frauen sprechen, von ihrer Frivolität und allgemeinen Unfähigkeit. Und wenn die intellektuellen Fähigkeiten der Frau ins Spiel kommen und die finanziellen Ergebnisse ihrer geistigen Arbeit so sind, dass sie dem Ehemann ermöglichen, so zu leben, wie er möchte, umgeben von jeder Bequemlichkeit und jedem Komfort, dann wird er in den Clubs oder an jedem anderen Ort, an dem er sich ein erhabenes Gehabe der Unabhängigkeit geben kann, häufig in hochtrabenden Worten sein Bedauern darüber ausdrücken, dass es Frauen gibt, die „klug sein wollen"; sie sind immer „geschlechtslos". Das Wort „geschlechtslos" wird immer von jedem kleinen Lumpen der Presse, der eine Zeitungsecke bekommt, in der er sich verstecken kann, um bequem Steine zu werfen, auf brillante Frauen geworfen. Die Frau, die ein großartiges Bild malt, ist „geschlechtslos"; die Frau, die ein großartiges Buch schreibt, ist „geschlechtslos"; tatsächlich macht alles, was eine Frau tut, das höher und ehrgeiziger ist als der bloße Akt, sich einem Mann vor die Füße zu werfen und sich von ihm übergehen zu lassen, sie nach Ansicht des Mannes seiner Betrachtung als Frau unwürdig; und er verleiht ihr die Bezeichnung „geschlechtslos" mit einer leichten Gefühllosigkeit, die ebenso unmännlich wie verachtenswert ist.

Wenden wir uns nun der anderen Seite der Medaille zu; sehen wir uns an, welche Beschäftigungen der Mann einer Frau gnädigerweise gestattet, ohne sie durch dieses schändliche Epitheton zu beleidigen. Zunächst einmal ist er vor allem bereit, sie auf der Bühne zu sehen. Und im Allgemeinen zieht er die Varietébühne vor, da sie ihren „schwachen" Fähigkeiten am besten entspricht. Es macht ihm keinen besonderen „Spaß", sie zu den theatralischen Höhen einer Rachel oder Sarah Bernhardt aufsteigen zu sehen – die Erhabenheit der Tragödie in ihren Augen bewegt ihn nicht besonders – die Simulation von Herzschmerz in ihrem Gesicht weckt möglicherweise in ihm eine merkwürdige Emotion, die zwischen Mitleid und Erstaunen schwankt – aber es amüsiert ihn nicht. Auch die exquisite Anmut der vollendeten „Komödiantin" entzückt ihn nicht völlig – ihre hübschen Allüren und ihr schallendes Lachen sind auf gewisse Weise faszinierend, aber in der enormen Menge an *Eigenliebe*, die den Kopf des kleinsten männlichen Nudels in der Stadt anschwellen lässt, hat er den unbehaglichen, lauernden Verdacht, dass sie die ganze Zeit unter ihrer charmanten Bühnenvortäuschung in Wirklichkeit über ihn und sein gesamtes Geschlecht im Allgemeinen lacht. Nein! Weder die Höhe der Tragödie noch der

Komödie einer Frau auf der Bühne befriedigen Männer wirklich so sehr wie die glückliche Mitte – das besondere „Niemandsland" der Kunst, wo von ihr nichts verlangt wird außer – Körper und Grinsen. Ein schöner Körper, der darauf trainiert ist, gut zu gehen und gut auszusehen – ein freundliches Grinsen, das sich beim Anblick von Champagner und anderen alltäglichen Köstlichkeiten ausbreitet – das ist alles, was nötig ist. Wenn dieser schöne Körper nun Nacht für Nacht auf der Bühne dem Blick des Mannes nahezu entblößt wird, wird er die Frau, die sich so entblößt, niemals als „geschlechtslos" bezeichnen, noch wird er das Wort auf sie anwenden, wenn sie zu viel Wein und Brandy trinkt. Aber wenn eine andere Frau mit einem ebenso schönen Körper, anstatt sich halbnackt auf der Varietébühne zu präsentieren, es vorzieht, ihre weibliche Sittsamkeit zu wahren und ein großes Kunstwerk zu schaffen, das so gut oder sogar besser ist als alles, was ein Mann vollbringen kann, wird sie sofort als „geschlechtslos" bezeichnet. Und ich frage: Warum beschließt der Mann, die Erniedrigung der Frau statt ihrer Erhebung und Heiligung zu begünstigen? Das ist ein falscher Weg, ein böser Weg, und einer, der eine schreckliche Strafe im Leben der kommenden Generation mit sich bringt.

Während ich dies schreibe, denke ich an einen gewissen Menschen, der derzeit in einem der vornehmsten Viertel Londons lebt – einen Mann, der von den reichen und angesehenen Klassen im Allgemeinen mit beträchtlichem Respekt betrachtet wird. Vor einigen Jahren heiratete er eine kluge kleine Amerikanerin des Geldes wegen und seit dieser Zeit macht er ihr das Leben stündlich zur Qual. Sie liebte ihn – schade! – und obwohl er keine Skrupel hat, sie vor anderen mit einer unverschämten Brutalität zu beleidigen, die ebenso beschämend wie abstoßend ist – obwohl er sie vor seinen Dienern und seinen Gästen beim Abendessen mit der Härte tadelt, die man von einem Sklaventreiber erwarten würde, erträgt sie seine Grausamkeit mit Geduld – und warum? Ihren Kindern zuliebe. Ihre weibliche Vorstellung ist, dass sie ihren Vater respektieren sollten, und zu diesem Zweck schiebt sie ihre eigenen Verletzungen beiseite und tut ihr Bestes und Mutigstes, um den Haushalt in Ordnung zu halten. Ihr Geld ist es, das all die teuren Abendessen und Unterhaltungen bezahlt, mit denen sich ihr Mann jede Londoner „Saison" vor seinen Bekannten rühmt, indem er sie auf Schritt und Tritt in den Hintergrund drängt und sich stattdessen an die Röcke der neuesten modischen Halbweltfrau klammert; und nur durch sie und ihre ständige Großzügigkeit hat er die gesellschaftliche Stellung erreicht, die er innehat. Dies ist nur ein Beispiel von vielen, wo Männer, die den Frauen jede Ehre und jeden Aufstieg zu verdanken haben, sich gegen ihre „guten Engel" wenden und sie mit allen erdenklichen Mitteln privater Bosheit und Schlechtigkeit quälen, die nicht unter die Gerichtsbarkeit des Gesetzes fallen. Und die Liebe ist so sehr der beste Teil der Natur einer guten Frau, dass es ihr, wenn sie einmal wirklich ihr ganzes Herz und ihre ganze

Seele einem Mann schenkt, schwer, ja fast unmöglich ist, diese tiefe Zuneigung auszumerzen und zu verstehen, dass sie an ihn verschwendet wurde oder wird. Dies war das Problem und die unheilbare Wunde von „Delicia"; es ist das Problem und die unheilbare Wunde von Tausenden von Frauen heute.

Es ist vielleicht kaum nötig, eine andere beklagenswerte und unwürdige Seite des modernen Mannestums zu erwähnen, die wir heute ständig beobachten können, nämlich die erbärmliche Lage, die gewisse „Edelmänner" freiwillig innehaben, die sich in die unnatürliche und unwürdige Lage gebracht haben, alles dem Geld ihrer Frauen zu verdanken, und es diesen Frauen erlauben, mit ihrer Ehre und ihrem guten Namen zu spielen, und die offenbar die Augen vor der schamlosen Untreue verschließen, die sie zum Gespött und zur Verachtung aller sich selbst respektierenden „Bürgerlichen" macht. Es wäre ein gesunder und erfrischender Anreiz für die Gesellschaft, wenn solche „blaublütigen" Lakaien erkennen könnten, dass Männlichkeit besser ist als Geld, und aus eigenem Willen und eigener Wahl harte Arbeit auf den Goldfeldern oder anderswo verrichten und tapfer und unabhängig ihren eigenen Lebensunterhalt verdienen würden, anstatt herumzulungern und ihre Tage zu vergeuden, als stille und untätige Zuschauer der offenen und mutwilligen Erniedrigung ihrer Frauen.

Ich habe den Fall „Delicia" absichtlich aus mehreren mehr oder weniger ähnlichen Fällen ausgewählt, als ein Beispiel für das Schicksal, das Männer häufig Frauen zuteil werden lassen, die durch ihre eigenen intellektuellen Fähigkeiten Ruhm und Reichtum erlangt haben. Es gibt drei grundlegende Fehler, die das „höhere" Geschlecht bei seiner voreiligen Einschätzung der sogenannten „schlauen" Frauen hauptsächlich begeht: den ersten in der Herzensfrage, den zweiten in der Frage der Beständigkeit und den dritten in der immer bedeutsamen Betrachtung des guten Aussehens. Wenn eine Frau in künstlerischer oder literarischer Hinsicht etwas Außergewöhnliches tut, wird sie von den Männern sofort als wahrscheinlich ohne Zärtlichkeit, ohne Beständigkeit in ihrer Arbeit und sicherlich ohne persönliche Schönheit beurteilt. Was nun die Zärtlichkeit betrifft, ist eine Frau, die nachdenkt, die viel gelesen und das menschliche Leben in seinen verschiedenen wunderbaren und oft traurigen Aspekten studiert hat, weitaus besser in der Lage, die Seltenheit und den Wert wahrer Liebe zu erkennen, als eine Frau, die nie nachgedacht oder studiert hat. Sie, die denkende Frau, versteht mit vollem Pathos, wie wichtig es ist, freundlich, geduldig und nachsichtig miteinander umzugehen, denn der Tod kann in jedem Augenblick die engsten Bande zerreißen und den glücklichsten Träumen ein Ende bereiten; und in ihrer Liebe – wenn sie denn liebt – muss viel mehr Kraft, Wahrheit und Leidenschaft stecken als in den leichten Gefühlen der Frau, die nur für die Gesellschaft lebt und von Vergnügen zu Vergnügen huscht wie eine

Motte, deren Existenz und Gefühle nur einen Tag dauern. In der Frage der Beständigkeit ihrer Arbeit ist sie dem Mann ebenbürtig, da Beständigkeit sowohl in Ehrgeiz als auch in Errungenschaften hauptsächlich vom Temperament abhängt. Die Arbeit oder der Ruhm eines Mannes können ebenso instabil sein wie die einer schwachen Frau, wenn er selbst von Natur aus instabil ist. Aber wenn man Mann und Frau zusammenbringt – und sie beide gleichermaßen mit einem festen Willen und einer Entschlossenheit im Bemühen ausstattet – wird der Intellekt der Frau den des Mannes häufig übertreffen. Der Grund dafür ist, dass sie einen schnelleren Instinkt und feinere Impulse hat. Und schließlich zum Thema gutes Aussehen: Es ist keine *unabdingbare Voraussetzung*, dass eine kluge Frau alt und hässlich sein muss. Manchmal kommt es vor, aber nicht immer. Sie mag jung und hübsch sein; dennoch laufen die Männer lieber der neuesten Bardame oder Varietétänzerin hinterher, die wahrscheinlich bis zu den Augen geschminkt ist und deren Figur hauptsächlich das Ergebnis der Kunst des Korsettmachers ist, in dem Glauben, dass sie nur in solchen Exemplaren unseres Geschlechts wahre Schönheit finden. Würde man ihnen sagen, dass ein bestimmter Künstler, der ein bestimmtes großes Bild gemalt hat, eine junge und schöne Frau war, würden sie es nie glauben; würde ihnen jemand von sich aus mitteilen, dass die Bildhauerin, deren massive Marmorgruppe klassischer Figuren eine der Galerien in Rom schmückt, eine Frau mit einem hinreißenden Lächeln war und deren Figur als Modell für Psyche diente, würden sie ungläubig mit den Schultern zucken. „Nein, nein!" Sie würden sagen: „Kluge Frauen sind immer ‚geschlechtslos' – geben Sie mir die Bardame – die Verkäuferin – die Tänzerin – das ‚lebende Bild' – die Luftakrobatin – geben Sie mir alles, nur keine reine, kultivierte Frau mit edler Natur, die die Mutter meiner Söhne ist!"

So läuft es; schlecht für England, wenn wir alles glauben, was uns die wissenschaftlichen Physiologen erzählen – und ob diese Besserwisser und Unheilspropheten mit ihren Vorhersagen richtig oder falsch liegen, so ist doch sicher, dass die wahre Bestimmung der Frau noch nicht erfüllt ist. Sie kämpft dafür – aber, wenn ich das so sagen darf, sie setzt ihre Waffen wild und in verschiedene falsche Richtungen ein. Nicht indem sie sich dem Mann widersetzt, kann sie seine wahre Gehilfin sein – und auch nicht, indem sie ihn mit ihrem Geld unterstützt, ob es nun verdient oder geerbt ist. Auf diese Weise wird sie nie einen wahren Mann aus ihm machen. Und nicht indem sie seine Freizeitbeschäftigungen übernimmt oder seine Manieren nachahmt. Sie tut dies, indem sie jedes süße und heilige Gefühl der Weiblichkeit – jede Anmut, jede Vornehmheit, jede Schönheit – bis zum Äußersten pflegt und hegt; indem sie ihren Anteil an der intellektuellen Arbeit der Welt mit Nachdruck und Bescheidenheit wahrnimmt und ein tadelloses Beispiel sanfter Zurückhaltung und zarter Keuschheit gibt. Wenn sie so ist, ist es natürlich sehr wahrscheinlich, dass sie oft „ermordet" wird, wie es bei

„Delicia" der Fall war; doch für die Etablierung eines neuen Glaubens ist der Tod vieler Märtyrer notwendig.

Wenn der Mann zu verstehen beginnt, dass die Frau kein Spielzeug oder Arbeitstier sein soll, sondern eine Kameradin – das Nächste, Beste und Wahrste, was Gott ihm gegeben hat –, dann werden sich die Wolken lichten. Die Ehe wird ein Segen sein und nicht (wie es sich allzu oft erweist) ein Fluch. Und es wird nur noch wenige, wenn überhaupt, „Delicias" geben, die getötet werden müssen, ebenso wie es nur wenige, wenn überhaupt, Männer geben wird, die ihrer Männlichkeit so unwürdig sind, dass sie sich gegenüber den Frauen, die ihnen vertrauen, als Feiglinge und Verräter aufspielen.

MARIE CORELLI.

6. Juli 1896.

KAPITEL I

Eine Flut warmen Frühlingssonnenscheins strömte von Süden her durch das große, quadratische Gitterfenster von Delicias Arbeitszimmer und zauberte Delicia und allen Gegenständen um sie herum ein goldenes Lächeln des Erkennens. Es schimmerte in die gelben Blütenkelche eines Straußes Narzissen, die stolz aus einer kuriosen braunen Vase aus Ägypten emporragten, und flackerte über eine mit Perlen besetzte Mandoline, die an der Wand hing, als würde sie eine ungehörte Melodie in zartem *Tremolo* auf den Saiten spielen. Dann setzte es eine Lichtkrone auf Delicias Haar und warf einen pfeilartigen Strahl auf den Kopf von Hadrians „Antinous", dessen geschwungene Marmorlippen, die sich zu einem unergründlichen, halb spöttischen Lächeln öffneten, im Begriff schienen, eine Satire auf die Sitten der Frauen zu äußern. Delicia hatte diese besondere Kopie der Originalbüste im Britischen Museum gekauft, weil sie sich vorstellte, dass sie ihrem Ehemann ähnelte. Niemand sonst fand, dass sie ihm auch nur im Geringsten ähnelte – aber sie tat es.

Sie hegte alle möglichen Fantasien über ihren Mann – schöne und leidenschaftliche Fantasien –, aber keine über sich selbst. Sie war nur eine Arbeiterin, über die gewisse angesehene Leute von der Presse von ihrem unintellektuellen und mittellosen Standpunkt aus zu spotten pflegten, als sei sie eine „Romanautorin", die den Namen „Autorin" nicht verdiene, und die trotz aller Hohngelächter und derben Scherze eine der berühmtesten und reichsten Frauen ihrer Zeit war. Das Haus, in dem sie lebte, nach ihren eigenen Entwürfen erbaut, mit jedem Luxus ausgestattet und mit wertvollen Bildern, Kuriositäten und Kunstschätzen gefüllt, war eines der materiellen Ergebnisse ihrer brillanten Geistesarbeit; der perfekt geordnete *Haushalt*, *die bewundernswert ausgebildete Bedienstete, die berühmte „Tischtafel", an der viele der anspruchsvollsten Feinschmecker* Londons gesessen und sich bis zum Überdruss vollgestopft hatten, all das war ihrer unablässigen und unermüdlichen Arbeit zu verdanken. Sie tat alles; Sie bezahlte alles, von den Steuern bis zum Lohn des Küchenmädchens; sie verwaltete alles, von der vorteilhaften Entsorgung ihrer eigenen Manuskripte bis hin zu den kleinsten geschmackvollen und eleganten Einzelheiten, die mit der täglichen Zubereitung des Abendessens ihres Mannes verbunden waren. Sie war nie untätig und hatte bei all ihren literarischen Bemühungen immer einen Triumph über ihre Kollegen errungen.

Als Schriftstellerin unterschied sie sich deutlich von der Masse der modernen Romanautoren. Etwas vom Geist der Unsterblichen lag ihr im Blut – der Geist, der Shakespeare, Shelley und Byron dazu bewegte, angesichts einer Welt voller Lügen Wahrheiten zu verkünden – ein gewisses Gefühl für die Verantwortung und den Wert der Literatur – und mit diesen Gefühlen ging auch der leidenschaftliche Wunsch einher, ihre Leser aufzurütteln und zu erheben, damit sie die Dinge wahrnehmen konnten, die sie selbst kannte und instinktiv für alle Zeiten als richtig und gerecht empfand. Das Publikum reagierte auf ihre Stimme und verlangte nach ihrer Arbeit, und als natürliche Folge davon waren alle ehrgeizigen und aufstrebenden Verleger ihre demütigsten Bittsteller. Was auch immer für großzügige und glänzende „Bedingungen" sich Autoren in ihren wildesten Vorstellungen von einem literarischen El Dorado ausdenken, sie standen ihr zur Verfügung; und doch war sie weder eitel noch gierig. Seltsamerweise war sie, obwohl sie eine Autorin und eine „Berühmtheit" war, immer noch eine unverdorbene, weibliche Frau.

Gerade als der Sonnenschein sie krönte, wie es der Sonnenschein zu dieser besonderen Morgenstunde zu tun pflegte, war sie sehr damit beschäftigt, das letzte Kapitel eines Buches zu beenden, das in den letzten vier Monaten all ihre Energie in Anspruch genommen hatte. Sie schrieb schnell, und die kleine, wohlgeformte, weiße Hand, die die Feder führte, hielt diese gefährliche intellektuelle Waffe fest, mit einem engen und etwas trotzigen Griff, der an die Art eines jungen Kriegers erinnerte, der einen leichten Speer ergreift und ihn einem Feind ins Gesicht schleudern will. Schon ihre Haltung beim Schreiben zeugte von geistiger Stärke und Gesundheit; kein „literarisches Gebeuge" entstellte ihren geschmeidigen Rücken und ihre Schultern, kein Anzeichen von „Schwachsinn" oder „Gehirnverwirrung" trübte den nachdenklichen und doch lebhaften Ausdruck ihrer Gesichtszüge. Ihre Augen waren hell, ihre Wangen zart gerötet. Sie hatte keine Ahnung von ihrer eigenen poetischen und einzigartigen Schönheit, die sich von all den verschiedenen anerkannten Schönheitstypen bei Frauen völlig unterschied. Sie wusste kaum, dass ihre Augen jene göttlich seltene, dunkelviolette Farbe hatten, die in gewissem Licht fast schwarz wirkt, dass ihre Haut weiß wie Schneeglöckchen war oder dass ihr Haar mit seinen langen, glänzenden Massen von Braungold ein Wunder und ein Neidobjekt für unzählige ihres Geschlechts war, die sich den schlau grinsenden Blicken der Welt mit gefärbten „Vorderseiten" und falschen „Rückseitenlocken" präsentierten. Sie dachte wirklich nie an diese Dinge. Aus dem aktuellen „eleganten" Zeitungsgeschwätz hatte sie gelernt, dass alle Schriftstellerinnen ohne Ausnahme in Bezug auf ihr Aussehen als alt und schlicht, ja sogar abscheulich beurteilt wurden, gemäß den akzeptierten konventionellen Maßstäben der „Presse"-Ethik, und obwohl sie sich vollkommen bewusst war, dass sie jung war und in ihrer persönlichen Erscheinung nicht so abstoßend, wie sie für den Beruf der Schriftstellerin sein sollte, gab sie sich sehr wenig Mühe, sich durchzusetzen, und unternahm überhaupt keinen Versuch, „mit ihren Vorzügen anzugeben", wie es im Slang heißt, obwohl diese „Vorzüge" an Vielfalt und Charme die üblichen Reize attraktiver Frauen übertrafen. Die Bewunderer ihres Genies waren von diesem Genie zu geblendet, um etwas anderes zu sehen als das Glühen des spirituellen Feuers, das um sie herum brannte wie die delphischen Flammen um Apollos Priesterin, und die feinen Kleinigkeiten ihrer Persönlichkeit, die normalerweise alles sind, womit eine Frau prahlen kann, gingen in ihrem Fall verloren. Komplimente und Schmeicheleien waren ihr jedoch zuwider, außer wenn sie sie bei seltenen Gelegenheiten von ihrem Ehemann erhielt. Dann entzündete sich ihre süße Seele in einem warmen Glühen der Verzückung und Dankbarkeit, und sie fragte sich, was sie getan hatte, um Lob von einem so erhabenen und vollkommenen Wesen zu verdienen.

Es war etwas sehr Rührendes und Schönes in der Art, wie Delicia ihren stolzen Verstand und ihren noch stolzeren Geist dem Willen ihres auserwählten Gefährten unterwarf. Für ihn, und nur für ihn, bemühte sie sich, dem Glanz ihres Namens neuen Glanz zu verleihen; für ihn erlernte sie die Kunst, sich perfekt zu kleiden, und hüllte sich am liebsten in weiche weiße Stoffe, die sich in engen, kunstvollen Falten um ihre leichte und geschmeidige Gestalt schmiegten und sie aussehen ließen wie ein Bild von Greuze oder Romney; für ihn gab sie sich Mühe, ihren reichen Haarschatz in kunstvolle Zöpfe und Liebeslocken zu flechten, sie nach Art der alten Griechen zu einem weichen Büschel auf ihrer schönen Stirn zu ordnen und hier und da ein oder zwei zarte Ringe um ihre fein geäderten Schläfen zu streuen, als goldene Andeutungen von Küssen, die sie darauf drücken wollte. Für ihn hüllte sie ihre kleinen Füße in faszinierende *Brodequins* von geschickter Pariser Machart; für ihn bewegte sie sich wie eine Sylphe und lächelte wie ein Engel; Für ihn sang sie, wenn die Abende hereinbrachen, mit ihrem reichen, weichen Alt alte, zarte Lieder von Liebe und Heimat; für ihn lebte, atmete und arbeitete sie. Sie war die Bienenbiene, die den Honig aß — er die luxuriöse Drohne, die den Honig fraß. Und es kam ihm nie in den Sinn, diese Position als irgendwie unnatürlich zu betrachten.

Delicia liebte ihre Arbeit, daran bestand kein Zweifel. Sie genoss sie mit jeder Faser ihres Seins. Sie genoss den harten Wettbewerb auf dem literarischen Parkett, wo ihre Rivalinnen, glühend vor Eifersucht, vergeblich versuchten, ihre Position zu erreichen; und sie schätzte ihren Ruhm, weil er ihr den Kontakt zu allen führenden Männern und Frauen ihrer Zeit ermöglichte. Sie amüsierte sich über die kleinen Gehässigkeiten und Neidgefühle der Böswilligen und Erfolglosen und bewahrte ihre philosophische und klassische Gelassenheit trotz all der albernen Kränkungen, unwissenden Kritiken und armseligen Skandale, die ihr von den weniger Begabten ihres eigenen Geschlechts zugefügt wurden. Ihre Karriere war eine des Triumphs, und da sie geistig gesund war, genoss sie diesen Triumph in vollen Zügen. Doch mehr als Triumph, mehr als Ruhm oder die Belohnungen des Ruhms, ja mehr als alles, was man sich auf der Welt je ausdenken, messen oder besitzen konnte, liebte sie ihren Mann — eine seltsame Leidenschaft für eine

Frau in diesen wilden Zeiten, in denen die Ehe von gewissen Theoretikern für „überholt" erklärt wird und sich ein „Edelmann" findet, der bereit ist, jedem Paar von Ruhmesjägern, das sich gemäß der heiligen Verordnung in der Kirche trauen lässt und später der Religion eine rüpelhafte Beleidigung ins Gesicht schleudert, indem es öffentlich gegen die Zeremonie protestiert, ein Bestechungsgeld zu zahlen. Delicia war seit drei Jahren verheiratet, und diese drei Jahre waren wie drei glitzernde Visionen des Paradieses vergangen, das vor Licht, Farbe, Harmonie und Verzückung glühte. Nur ein einziger Kummer hatte das Schauspiel ihrer vollkommenen Freude getrübt, und das war der Tod ihres Kindes, eines winzigen Sterblichen von kaum zwei Monaten, das ihr sozusagen aus den Armen gefallen war wie eine verwelkte Blüte, die vom plötzlichen Frost erschlagen wurde. Doch Delicias verträumtes und sensibles Gemüt vertiefte die Trauer über diesen Verlust nur noch mehr in ihrer Verehrung für ihn, um den sich ihr strahlendes Leben wie eine üppige Rebe voller Blüten und Früchte wand – das starke, prächtige, kühne, athletische, meisterhafte Geschöpf, das ihr gehörte – nur ihr! Denn sie wusste – ihr eigenes Herz sagte es ihr –, dass keine andere Frau seine Zärtlichkeit teilte und dass seine Treue zu ihr nie, nie auch nur durch einen widerspenstigen Gedanken erschüttert worden war!

Und so kam es, dass Delicia oft von sich selbst sagte, sie sei die glücklichste Frau der Welt und dass sie so viele und vielfältige Segnungen habe, dass sie sich schäme zu beten. „Denn wie kann ich, wie kann ich es wagen, Gott um etwas anderes zu bitten, wenn ich so viel habe?", dachte sie innerlich. „Lass mich lieber beständig dankbar sein für all die Freuden, die mir so großzügig zuteil werden, die ich so wenig verdiene!" Und sie arbeitete mit verdoppelter Energie weiter, strebte nach Perfektion in allem, was sie tat, und war voller seltsamer Begeisterung, gepaart mit noch seltsamerer Demut. Sie betrachtete ihre Arbeit nie als eine Mühe und beneidete nie die Angehörigen ihres eigenen Geschlechts, deren völlige Leere an nützlicher Beschäftigung es ihnen ermöglichte, ihre Zeit mit so „entzückenden" Vergnügungen wie Radfahren, Eislaufen, Rocktanzen und anderen Methoden der Männerjagd zu vergeuden, die derzeit bei den schönen weiblichen Tieren in Mode sind, deren einziges Daseinsziel die Ehe und danach die Nichtigkeit ist. Ihr Temperament war sowohl praktisch als auch idealistisch, und von den großen Geldbeträgen, die sie jährlich verdiente, verlor sie nie einen Penny durch voreilige Spekulationen oder törichte Ausgaben. Sie war verschwenderisch in ihrer Gastfreundschaft, aber nie protzig, und obwohl sie sich perfekt kleidete, machte sie sich nie der wilden und bösen Extravaganz schuldig, der viele Frauen in ihrer Position und mit ihren Mitteln ohne einen Moment nachzudenken nachgegeben hätten. Sie berücksichtigte sorgfältig die Bedürfnisse der Armen und half ihnen dementsprechend, im Geheimen und ohne die kleinliche Anmaßung, ihre Wohltätigkeit der Welt durch einen „Basar" oder eine heuchlerische

„Unterhaltung im East End" bekannt zu machen. Sie spürte die tiefe Wahrheit des Sprichworts: „Wem viel gegeben wird, von dem wird auch viel verlangt", und gab ihre Großzügigkeit mit großzügiger Zärtlichkeit und Eifer. Nur in einem Punkt ging sie bei der Verteilung ihres Reichtums über das Maß der Klugheit hinaus, und dies war die Rücksichtnahme auf ihren Ehemann. Für ihn war nichts zu gut, nichts zu luxuriös, und jeden Wunsch, den er äußerte, selbst den kleinsten, erfüllte sie sofort mit Stolz und Freude. Tatsächlich besaß er keinen Penny, obwohl sein Privatkonto dank Delicias unermüdlicher Fürsorge immer einen angenehm hohen Überschuss aufwies. Wilfred de Tracy Gifford Carlyon, um ihn alle mit vollem Namen zu nennen, war ein Offizier der Garde, der jüngere Sohn eines Adligen, der nach einer Karriere wilder Extravaganz bankrott gestorben war. Er hatte keinen anderen Beruf als das Militär, und obwohl er ein Mann von gutem Blut und angesehener Herkunft war, fehlte ihm jeder Ehrgeiz, abgesehen von dem Wunsch, seinen Nachnamen richtig auszusprechen. „Car*lee*-on", sagte er mit höflicher Betonung, „nicht Car- ly - on. Unser Name ist alt, historisch, und wie viele seiner Klasse wird er anders geschrieben und anders ausgesprochen."

Ohne Ehrgeiz gleicht die menschliche Organisation einem schweren Karren, der in der Schlammspur feststeckt, die er sich selbst gegraben hat, und der häufig eines starken Pferdes bedarf, um ihn zu bewegen und wieder in Gang zu bringen. In diesem Fall war Delicia das Pferd oder, um es treffender auszudrücken, die temperamentvolle Stute, die schnell auf einer offenen Straße ihrem bestimmten Ziel entgegengaloppierte und sich des Karrens, den sie mit so rasselnder Geschwindigkeit hinter sich herzog, kaum bewusst war. Wie empört wäre sie gewesen, wenn sie gehört hätte, wie irgendein gottloser Mensch diesen respektlosen Karrenvergleich in Bezug auf ihren einzigen über alles Geliebten verwendete! Doch dies war die wahre Lage der Dinge, wie sie die meisten Menschen um sie herum erkannten; und nur er und sie waren blind für die unverhältnismäßigen Merkmale ihrer Verbindung; sie mit der seltenen und schönen Blindheit der vollkommenen Liebe, er mit der alltäglichen Blindheit des männlichen Egoismus.

Dass er über außergewöhnliche Reize verfügte, mit denen er das schöne Geschlecht fesseln und unterwerfen konnte, stand außer Frage. Die Eigenschaften der „Rasse", die er einer langen Ahnenreihe von Kriegern und Staatsmännern entstammten, waren in ihm wenn nicht geistig, dann doch körperlich zum Vorschein gekommen. Er hatte eine schöne, bewundernswert geformte Figur, wie sie eines Theseus oder Herkules würdig war, ein hübsches Gesicht und eine liebliche Stimme mit vielen Abstufungen eines überzeugenden und beredten Klangs. Mit diesen Eroberungswaffen bewaffnet, traf er Delicia in dem Augenblick, als ihr kleiner Fuß den höchsten Gipfel des Ruhms berührt hatte und als all die spitzen Dornen und Eiszapfen der seltsamen Krone, mit der die Kunst ihre auserwählten Kinder belohnt, gerade in ihr jungfräuliches Haar gesetzt waren. Die Gesellschaft hielt sie für eine frostige Vestalin – schreckte sogar in einer Art vager Angst vor ihr zurück; denn ihre göttlichen, violetten Augen hatten die Fähigkeit, durch die raffiniert konstruierte Maske der gesellschaftlichen Lügnerin zu blicken und wie die „Röntgenstrahlen" einen vollständigen Eindruck des hässlichen Teufels dahinter zu gewinnen. Die Gesellschaft weigerte sich, ihre ätherische und halb elfenhafte Schönheit anzuerkennen. Sie „konnte nichts in ihr sehen". Sie war für sie „eine merkwürdige Art von Frau, mit der man schwer auskommt" – und hinter ihrem Rücken sagte sie über sie die üblichen mysteriösen Nichtigkeiten wie „Ach! Man weiß nie, was für Leute das sind!" oder „Wer *war* sie?" und „Woher bekommt sie ihre seltsamen Ideen?" – und sabberte ihren Fünf-Uhr-Tee und mampfte ihre Brunnenkresse-Sandwiches über diese schäbigen Andeutungen von Skandalen mit einer feinen Freude, die nur die „Oberschicht"-Matrone und die Wäscherin von Whitechapel kannten. Denn wie weit diese beiden weiblichen Potentiale auch in der Kaste auseinander liegen mögen, in ihrer Vorliebe für niederträchtigen Klatsch und Verleumdung sind sie sich absolut einig.

Dennoch fand der flotte Gardeoffizier, der aufgrund der rücksichtslosen Laune seines verstorbenen Vaters in ein teures Regiment geworfen worden war, mehrere anziehende Eigenschaften in Delicia, die ihn teils wegen ihrer Seltenheit und teils, weil er persönlich nie geglaubt hatte, dass eine Frau diese Eigenschaften besitzen könnte, ansprachen. Die vielleicht erste der verschiedenen einzigartigen Eigenschaften, die er in ihr erkannte und über die er staunte, war ihr völliger Mangel an Eitelkeit. Er hatte in seinem ganzen Leben noch nie eine hübsche Frau getroffen, die so wenig Wert auf ihr eigenes gutes Aussehen legte; und er war sicherlich noch nie einer wirklich „berühmten" Persönlichkeit begegnet, die die Lorbeeren des Ruhms so unbewusst und bescheiden trug. Einmal in seinem Leben hatte er die Ehre, einer außerordentlich stämmigen und blumigen Dichterin die Hand zu schütteln, die mit tiefer, männlicher Stimme sprach und ihn fragte, was er von ihrem letzten Buch halte, von dem er übrigens noch nie gehört hatte, und er hatte auch in der vornehmen Gesellschaft eines „sexuellen Romanautors" zu Mittag gegessen, eines sehr schmutzigen und dyspeptisch wirkenden Mannes, der während der ganzen Mahlzeit von nichts anderem als der Vortrefflichkeit und Tugend seiner eigenen unappetitlichen Werke gesprochen hatte. Aber Delicia! – Delicia, der Neid aller kämpfenden, sich drängenden Kletterer auf den Parnass – die lebende Verkörperung eines fast phänomenalen Triumphs in Kunst und Literatur – Delicia sagte überhaupt nichts über sich. Sie legte keine „Überlegenheitsgebärden" an den Tag; sie sprach über amüsante Belanglosigkeiten wie andere weniger brillante und frivolere Leute; sie war sogar geduldig mit dem allgegenwärtigen „Gesellschaftstrottel" und zog ihn mit einem taktvollen Charme aus der

Reserve, der es ihm ermöglichte, all seine auffälligsten Punkte perfekt darzulegen; Doch wenn jemand begann, ihre schriftstellerische Begabung zu loben oder es wagte, die große Macht und den Einfluss zu erwähnen, die sie durch ihre Schriften erlangt hatte, lenkte sie das Gespräch sofort auf eine andere Richtung, ohne *Schroffheit* , sondern mit einer sanften Festigkeit, die ihr den unfreiwilligen Respekt selbst der Leichtfertigen und Profanen einbrachte.

Dieses unprätentiöse Verhalten, das bei „Berühmtheiten" so außergewöhnlich ist, die in diesen Tagen des Gerangels und Gerangels keine Skrupel haben, sich selbst das zu geben, was im modernen Sprachgebrauch „jede Menge an Vorteil" genannt wird, erstaunte den galanten „Schönheits-Carlyon", wie er manchmal von seinen Offizierskollegen genannt wurde, ziemlich; und da es notwendig ist, seine Gefühle gründlich zu analysieren, muss auch zugegeben werden, dass ein weiteres seiner Gefühle, als er der Frau vorgestellt wurde, deren Meinungen und Schriften das Gesprächsthema in London waren, eines der uneingeschränkten Bewunderung war, vermischt mit Neid beim Gedanken an das Vermögen, das sie gemacht hatte und noch machte. Was! – ein so zierliches Geschöpf, dessen Taille er mit seinen beiden Händen umspannen konnte, dessen schlanker Hals sich so leicht umdrehen ließ wie der eines Singvogels und dessen Kopf zu klein schien für das schimmernde Gewicht seines goldenen Haares – sie, die Besitzerin eines Namens und Ruhms, der sich über jeden Teil des britischen Empires und weit über den weiten Atlantik erstreckte, und die unabhängige Herrin eines solchen Reichtums, der ihm das Wasser im Mund zusammenlaufen ließ! Zehntausend Pfund für ihr letztes Buch! – ohne Murren bezahlt, noch bevor das Werk fertig war! – das sind doch sicher hervorragende Eigenschaften, dachte er bei sich und verfiel später in noch tiefere Träumereien, als er aus unanfechtbarer Quelle erfuhr, dass ihr allein die Tantiemen ihrer bereits veröffentlichten Werke ein Einkommen von über fünftausend Pfund pro Jahr einbrachten. Ihr erstes Buch war erschienen, als sie erst siebzehn war, obwohl sie auf Nachfrage vorgab, mehrere Jahre älter zu sein, um sich die Aufmerksamkeit der Verleger zu sichern; und sie war bis heute stetig auf der Erfolgsleiter aufgestiegen – als sie siebenundzwanzig war und einen Ruhm erlangte, der den aller ihrer männlichen Zeitgenossen übertraf. Zweifellos war in diesen zehn triumphalen Jahren viel Geld gespart worden!

Wenn man all diese Dinge in Betracht zieht, ist es nicht verwunderlich, dass der mittellose Gardist oft und eingehend über die Möglichkeiten und Vorteile von Delicia als Ehefrau nachdachte und dass er, während er zu der Hausgesellschaft gehörte, deren Ehrengast sie war, jede Gelegenheit nutzte, um sich ihr angenehm zu machen. Er begann, sie aus körperlicher Sicht zu studieren und entdeckte sehr bald in ihr einen Charme, der völlig anders war als die gewöhnliche Attraktivität gewöhnlicher Frauen. Um ihm gegenüber fair zu sein, muss man zugeben, dass seine Erkenntnis von Delicias feiner und zarter Natur auf ausgesprochen aufrichtige Gefühle zurückzuführen war und nicht von irgendwelchen Hintergedanken an Mammon inspiriert wurde. Ihm gefiel die Art, wie sie sich bewegte; ihr lässiger, weicher Schritt und die anmutige Faltung und der Fluss ihrer Kleidung gefielen ihm; und einmal, als sie plötzlich ihre Augen zu ihm hob, um schnell auf eine Frage zu antworten, war er überrascht und begeistert von dem Zauber und der süßen Zauberei dieser dunkelvioletten Augen, die mit einem solchen Licht funkelten, wie es nur vom Feuer einer reinen Seele entzündet werden kann. Allmählich verliebte er sich verzweifelt, ein Mann von 1,82 m, von edlem Körperbau und einem Kopf, den man mit Recht als klassisch, ja heroisch bezeichnen könnte, obwohl ihm gewisse Beulen fehlten, die die Phrenologie für die menschliche Vollkommenheit als wünschenswert erachtet, und hier muss sein Zustand ganz besonders betont werden, damit nicht der geringste Zweifel daran aufkommt. Dichterisch ausgedrückt: Das Liebesfieber verzehrte ihn Tag und Nacht mit außerordentlicher Heftigkeit; und die stärkste Form dieser Leidenschaft, die der Mensch kennt, nämlich die habgierige Gier nach Besitz, weckte ihn dazu, all seine Fähigkeiten einzusetzen, um die Dian-artige Kälte und kristallklare Gelassenheit von Delicias äußerlich wirkender Natur jener Zärtlichkeit und Wärme zu unterwerfen, die so außerordentlich wünschenswert sind bei einer Frau, die nach dem Diktum der alten Genesis dazu bestimmt ist, die Gehilfin eines Mannes zu sein, obwohl der antike Bericht nicht sagt, dass sie ihm so hilfreich sein soll, dass sie ihn ganz und gar unterstützt. Zu den verschiedenen kunstvollen Mitteln, die Carlyon bei seinem etwas schwierigen Angriff auf das Elfenbeinschloss einer reinen, fleißigen und nachdenklichen Jungfräulichkeit einsetzte, gehörten eine schöne Verdrossenheit – eine dunkle Verzweiflung – und ein leidenschaftlicher Ausbruch – letzteren setzte er nur in seltenen Abständen ein. Wenn die schöne Verdrossenheit ihn übermannte, hatte er ein sehr edles Aussehen; die zarte, stolze Kurve seiner Oberlippe war markant – seine langen, seidigen Wimpern, die dunkel herabhingen, gaben seinen Augen einen Schatten strenger Süße; und Delicia, die ihn schüchtern ansah, fühlte ihr Herz schnell schlagen wie den flatternden Flügel eines verängstigten Vogels, wenn er zufällig diese Augen aus ihrem nachdenklichen Düsternis hob und sie halb leidenschaftlich, halb vorwurfsvoll auf ihr Gesicht richtete. Was die dunkle Verzweiflung betrifft, so könnte die Erhabenheit des Aussehens, die er in dieser besonderen Stimmung zu erreichen vermochte, niemals in gewöhnlicher Sprache beschrieben werden; vielleicht findet man in den erlesensten Kunstgalerien der Welt eine solche gekränkte und leidende Größe im Antlitz eines der Götter- oder Heldenskulpturen, aber sicher nicht anderswo. Es war jedoch der leidenschaftliche Ausbruch – die blitzartige Wut und Entschlossenheit der bloßen Männlichkeit, die trotz des Mannes selbst hervorbrach und all seine vorgefassten Absichten durchkreuzte, die ihn schließlich zum Sieg brachten. Der Moment kam – der einzige Moment, der, ehrlich gesagt, in jedem menschlichen Leben nur einmal vorkommt; der vorherbestimmte, göttliche Moment, kurz wie das Glitzern von Schaum auf einer brechenden Welle – der flüchtige Blick auf den Himmel, der fast verschwindet, bevor wir ihn erblickt haben. Es war eine Nacht, die nie vergessen werden sollte – zumindest für Delicia; eine Nacht, in der Shakespeares Elfen unterwegs gewesen sein könnten, um Unfug mit den Blumen zu treiben und wundersame Zauber in die Luft zu streuen – ein wahrer „Sommernachtstraum", der in voller Vision in silbernem Glanz direkt aus dem Paradies herabstieg, Delicia zuliebe. Sie war damals Gast gewisser „großer" Leute; der Art „großer", die sagen, sie „müssen ein oder zwei Berühmtheiten haben, wissen Sie! – sie sind so merkwürdige, liebe Dinger!" Delicia, als „merkwürdiges, liebes Ding", war eine der Berühmtheiten, die auf diese Weise bewirtet wurden, und Pablo de Sarasate, ebenfalls als „merkwürdiges, liebes Ding", war ein weiterer. Eine Reihe von Persönlichkeiten mit Titel und „hohen Beziehungen", die den Vorzug hatten, „merkwürdig" zu sein, ohne im Geringsten „lieb" zu sein, bildeten den Rest der Gesellschaft. Der Ort, an dem sie wohnten, war ein herrschaftliches Anwesen, in früheren Zeiten das „Sommervergnügen" und der Lieblingsort eines großen normannischen Barons in den Tagen Richard Löwenherzes, und das sich darum erstreckende Gelände hatte jenen tiefschattigen, glatten Rasen und wunderschön waldigen Charakter, den nur die Gärten alter, historischer englischer Häuser besitzen. Auf und ab, zwischen einer doppelten Rosenhecke und im Glanz eines goldenen Vollmonds, bewegte sich Delicia langsam mit Carlyon an ihrer Seite; und aus den offenen Salonfenstern des Hauses schwebte die reine, durchdringende Stimme von Sarasates Violine. Etwas Mystisches in der Luft; etwas Subtiles im Duft der Rosen; ein verirrter Lichtblitz auf den fallenden Tropfen des nahen Brunnens, der seine glitzernde Gischtkuppel ständig aufbaute und wieder zerstörte, oder irgendein anderes kleines Nichts der Stunde ließ sowohl Mann als auch Frau plötzlich innehalten – ein bewusstes Innehalten, in dem jeder sich einbildete, sein eigenes Herz laut über der Musik der fernen Violine schlagen zu hören. Und der Mann – der auserwählte Sohn des Mars, der seine Männlichkeit noch nie auf die Höhe der Schlacht gehoben hatte, um dort Schrecken auf Schrecken, Schock auf Schock zu begegnen – sprang nun voll bewaffnet in die Reihen der Liebe und ergriff, stark mit einer Kraft, deren Vorhandensein in ihm zuvor kaum bewusst gewesen war, schnell und kühn seinen Preis.

„Delicia!", flüsterte er – „Delicia, ich liebe dich!"

Es kam keine hörbare Antwort. Sarasates Violine spielte passende Liebespassagen, und der Mond lächelte, als wolle er sprechen, aber Delicia schwieg. Sie hatte kein Bedürfnis zu sprechen – ihre Augen waren beredt genug. Sie fühlte sich mit leidenschaftlicher Kraft in die starken Arme ihres Geliebten gezogen und fest, geradezu eifersüchtig, an seine breite Brust gedrückt; und wie eine Taube, die nach langer Reise endlich ihre Heimat findet, glaubte sie, die ihre gefunden zu haben, und sie faltete ihre Seelenflügel, schmiegte sich hinein und war zufrieden.

Sie klammerte sich an diesen großen und großzügigen Beschützer, der so die Vormundschaft über ihr Leben übernahm, staunte unschuldig über ihr eigenes Glück und fragte sich, womit sie solch ein unbeschreibliches Glück verdient hatte. Und er? Auch ihm konnte man in diesem besonderen Moment edlere Gefühle zuschreiben als jene, die ihn normalerweise beherrschten. Er war wirklich sehr verliebt, und die Liebe beherrschte für den Augenblick sein Wesen und machte ihn zu einem weniger selbstsüchtigen Menschen als sonst. Als er Delicia in seinen Armen hielt und ihre taufrischen Lippen und ihr duftendes Haar zum ersten Mal küsste, war er von einer seltsamen Ekstase erfüllt, wie sie vielleicht die Seele Adams bewegt hätte, als er nach dem Erwachen aus dem tiefen Schlaf die verkörperte Schönheit für immer an seiner Seite fand als „Gehilfin" für seinen ganzen Lebensweg. Er war sich bewusst, dass er in Delicia nicht nur eine süße Frau, sondern auch eine seltene Intelligenz gewonnen hatte; ein Geist, der weit über dem Durchschnitt lag – ein Charakter, der auf das Feinste trainiert und gemildert war – und von Tag zu Tag studierte er die Anmut ihrer Gestalt, die Schönheit ihrer Haut, den Glanz ihrer Augen mit einer immer tiefer werdenden Begeisterung, die seiner Art des Werbens eine brennende, meisterhafte Leidenschaft verlieh und ihr ganzes Wesen in eine halb schüchterne, halb freudige Unterwerfung brachte – die Art der Unterwerfung, die eine große Königin dazu bewegen könnte, ihre Krone abzunehmen und sie einem glänzenden Krieger zu Füßen zu legen, damit er ihren Thron und ihr Königreich teilen könnte. Und in diesem Fall war der glänzende Krieger nur zu bereit, die angebotene Souveränität anzunehmen. Gewiss liebte er Delicia; liebte sie mit sehr echter und fast wilder Leidenschaft – der Leidenschaft, die wie eine große, helle Flamme auflodert und zu einer matten Glut erlischt; aber er konnte kaum völlig unempfindlich gegenüber den Vorteilen sein, die er persönlich durch die Liebe zu ihr gewann. Er konnte nicht anders als jubeln bei dem Gedanken, dass er, mit nichts als seinem hübschen Aussehen und seiner guten Geburt, diese Frau gewonnen hatte, deren Name allein schon ein Leitstern der intellektuellen Anziehungskraft auf der halben bewohnbaren Erde war, und inmitten der leidenschaftlichen Liebkosungen, die er ihr überließ, konnte er das Vermögen, das sie gemacht hatte und das sie jeden Tag vermehrte, nicht ganz vergessen. Und dann war sie auch an sich bezaubernd – lieblich, wenn auch ganz und gar nicht nach dem akzeptierten „Victoria"-Maßstab von Größe und fleischiger Prominenz; sie ähnelte eher dem Traum des Dichters von

„Kilmeny im Märchenland" als der „Schönheit" des 18-Penny-Foto-Ruhms; aber sie war, wie Carlyon selbst sagte, „so natürlich wie eine Rose – keine Schminke, kein Farbstoff, kein gekauftes Haar, das von den Köpfen weiblicher Sträflinge geschnitten wurde, keine ekelhaften Parfüme, keine Polsterung, nichts im Geringsten Künstliches an ihr." Und als sein besonderer „Kumpel" im Guards Club dies hörte, sagte er:

„Du Glückspilz! So eine Ziehung in der Heiratslotterie hast du nicht verdient!"

Und Carlyon lächelte überlegen, schaute in einen bequem in der Nähe stehenden Spiegel und antwortete:

„Vielleicht nicht! Aber …"

Ein Aufblitzen der schönen Augen und ein Hauch von schöner Verdrossenheit beendeten den Satz. Es war offensichtlich, dass der tapfere Offizier überhaupt nicht an seinem eigenen Wert zweifelte, wie sehr auch andere Leute geneigt sein mochten, die finanziellen und sonstigen Vorteile seiner Heirat als seine Verdienste insgesamt höher einzustufen.

Doch im Großen und Ganzen bemitleideten ihn die meisten Leute mit jener idiotischen Inkonsequenz, die den allgemeinen gesellschaftlichen Massenverkehr kennzeichnet, als sie hörten, was passieren würde. Sie machten vor Erstaunen große Augen, schüttelten den Kopf und sagten: „Armer Carlyon!" Warum sie große Augen machten oder den Kopf schüttelten, hätten sie selbst nicht erklären können, aber sie taten es. „Arm" war Carlyon ganz gewiss; und seine Schneiderrechnung war entsetzlich. Aber „sie" – die Fünf-Uhr-Tee-Tratschtanten – wussten nichts von der Schneiderrechnung – das war eine Privatangelegenheit – eine jener unanständigen Gemeinplätze des Lebens, die für Personen von hohem Ansehen mehr oder weniger anstößig sind, die es immer seltsam erniedrigend finden, ihre Handwerker zu bezahlen. „Sie" sahen Carlyon, wie er ihnen erschien – von großartiger Statur, stolzer Haltung und griechisch „gottgleichen" Gesichtszügen – und dass er immer tadellos gekleidet war, genügte ihnen, wenn auch nicht dem unbezahlten Schneider, der ihn so bewundernswert einkleidete. Als sie ihn in all seiner Pracht betrachteten, schauderten „sie" bei dem Gedanken, dass er – dieses Prachtexemplar von Männlichkeit – tatsächlich eine – was? – heiraten würde.

„Ein Romanautor, meine Liebe! Denken Sie nur daran!", schrie Mrs. Tooksey schwach über ihrer silbernen Queen-Anne-Teekanne. „Der arme Wilfred Carlyon! So eine malerische Gestalt! Wie schrecklich für ihn!"

Und Mrs. Snooksey, die gierig nach ihrem Muffin griff, sagte im Chor: „Schrecklich, nicht wahr! Eine Autorin!" – und das unter geschickter Missachtung der Tatsache, dass eine Autorin im Allgemeinen eine Frau ist.

„Zweifellos in Tinte und Unmoral getränkt! Armer Carlyon! *Meine* Mutter kannte *seinen* Vater!"

Diese Bemerkung von Mrs. Snooksey hatte offensichtlich einen tiefgreifenden Bezug zum Thema, denn alle wirkten höflich beeindruckt, obwohl niemand erkennen konnte, worauf sie hinauswollte.

„Sie ist natürlich hässlich!", kicherte Miss Spitely, die sich nervös bewusst war, dass Carlyon einmal – einmal, auf einem Ball – ihren Fächer in die Hand genommen hatte, und sich wünschte, sie wäre damals auf ihn losgegangen. „Autorinnen sind das immer, nicht wahr?"

„Das hier ist es nicht", warf der Eine Mann ein, der es durch ein heimtückisches Schicksal immer schafft, bei solchen „Nachmittagstees" in einem abgestumpften und düsteren Zustand aufzutauchen. „Sie ist hübsch. Das ist das Schlimmste daran. Natürlich wird sie Carlyon ein teuflisches Leben führen!"

„Natürlich!", stöhnten Mrs. Snooksey und Mrs. Tooksey in einem melancholischen Duett. „Was kann man sonst von einer – einer Persönlichkeit des öffentlichen Lebens erwarten? Der arme, liebe Carlyon! Man kann nicht anders, als Mitleid mit ihm zu haben!"

Und so weiter und so plapperte, kicherte und höhnte der Haufen Menschen, der „Gesellschaft" genannt wird; trotz düsteren Kopfschüttelns und düsterer Vorahnungen führte „der arme, liebe Carlyon" dennoch seinen Plan aus und heiratete Delicia in Anwesenheit einer der brillantesten Versammlungen von Berühmtheiten, die je zu einer Hochzeit zusammenkamen. Die Hochzeit eines Gardeoffiziers ist immer ein hübscher Anblick, aber als Delicias Ruhm zu dem Ruhm des Regiments hinzukam, war es kein Wunder, dass die Angelegenheit in der Welt der Modenachrichten und der Damenbilder für Aufsehen sorgte. Delicia überraschte und irritierte mehrere Angehörige ihres eigenen Geschlechts durch die extreme Schlichtheit ihrer Kleidung bei dieser Gelegenheit. Irgendwie, ganz unbeabsichtigt, schaffte sie es immer, ihre süßen „Schwestern" in der Frauenwelt zu überraschen und zu irritieren, die, gezwungen, sich ihre intellektuelle Überlegenheit einzugestehen, sie dementsprechend liebten. So war schon ihr Hochzeitsgewand eine Beleidigung für sie, denn es war nur ein klassisches Kleid aus weich fallendem weißem *Crêpe-de-Chine-Seidenstoff* ohne jeglichen Spitzen- oder Blumenschmuck. Dann war ihr Brautschleier eine ärgerliche Sache, weil er so ungewöhnlich gut stand – er war aus weißem Chiffon und umhüllte sie wie ein Mondscheinnebel von Kopf bis Fuß, und sie trug dazu einen schmalen Kranz aus echten Orangenblüten. Und das war alles – keine Juwelen, kein Blumenstrauß – sie trug nur ein kleines Gebetbuch aus Elfenbein mit einem einfachen goldenen Kreuz auf dem Einband. Sie sah aus wie das Ebenbild einer griechischen Vestalin, aber in den Augen der

Modezeichner fehlte ihr beklagenswerterweise jede Art von Hutmacherei. Was würde Gott davon halten! Könnte etwas respektloser sein, als wenn eine Frau von Stellung und Vermögen ihr Ehegelübde vor dem Altar des Allerhöchsten ablegt, ohne eine Schleppe oder Diamanten zu tragen! Und die Brautjungfern machten keine große „Show" – es waren nur kleine Mädchen, keines von ihnen älter als zehn Jahre. Es waren acht dieser kleinen Mädchen, in zartes Rosa gekleidet wie menschliche Rosen, und sie sahen sehr süß aus, als sie Delicias geschmeidiger, weiß verschleierter Gestalt folgten, die mit ihrem eigenen, besonders anmutigen Schritt und ätherischer Miene zwischen den bewundernden Reihen der ausgewählten Männer des Regiments ihres Mannes hin- und herging, die zu Ehren des Anlasses beiderseits des Altarraums aufgereiht waren. Die Zeremonie war kurz; aber die Anwesenden empfanden sie irgendwie als außerordentlich eindrucksvoll. In der beredten Erklärung des Bräutigams – „Ich schenke dir all meine weltlichen Güter" – lag ein leichter Anflug von Unstimmigkeit, was einen seiner Offizierskameraden dazu veranlasste, einem Freund gotteslästerlich ins Ohr zu flüstern: „Beim Jupiter! Ich glaube, er hat ihr nichts anderes zu geben als seine Haarbürsten. Sie waren ein Geschenk; aber die meisten seiner anderen Sachen sind auf Pump!'

Die unpassenden Bemerkungen dieses jungen Herrn wurden umgehend zurückgewiesen und die heilige Zeremonie wurde zu den krachenden Klängen Mendelssohns beendet. Eine beträchtliche Menschenmenge, bewegt von aufrichtiger Wertschätzung für die Verbindung der Berufe Krieg und Literatur, wartete vor der Kirche, um der Braut zuzujubeln, als sie in ihre Kutsche stieg, und einige von ihnen drängten sich ein wenig vor den diensthabenden Polizisten und spähten hinauf zum Eingang des heiligen Gebäudes. Sie wurden belohnt, indem sie die angesehenste Persönlichkeit des Königreichs sahen, wie sie ihr stets herzliches Lächeln lächelte und der schönen „Berühmtheit", die gerade geheiratet hatte, die Hand schüttelte. Bei diesem Anblick brach ein ohrenbetäubender Lärm aus den Kehlen der ehrlichen „Massen" aus, ein Lärm, der fast tumultartig wurde, als die angesehene Persönlichkeit an der Seite des frisch vermählten Paares den mit rotem Teppich ausgelegten Bürgersteig von der Kirche zur Tür des Hochzeitswagens entlangging und immer wieder seinen Hut lüftete, um die „Hurra" zu hören, die ihn begrüßten. Aber die angesehene Persönlichkeit bekam bei weitem nicht den ganzen Applaus. Delicia bekam den größten Teil davon und viele aus der Menge bewarfen sie mit Blumen, die sie zu diesem Zweck mitgebracht hatten. Denn sie war eine der wenigen „geliebten Frauen", die in seltenen Abständen geboren werden, um Nationen zu beeinflussen – es sind so wenige von ihnen und ihr Leben und ihr Beispiel sind so wertvoll, dass es kein Wunder ist, dass Nationen viel von ihnen halten, wenn sie sie finden. Es gab an diesem Tag Leute in der Menge, die über Delicias Schriften geweint und gelächelt hatten und die durch ihre

Lehren zu besseren, glücklicheren und menschlicheren Männern und Frauen geworden waren; und es herrschte eine gewisse liebevolle Eifersucht in diesen, die es ihr missgönnten, sich von ihrer erhabenen Höhe des Ruhms herabzulassen, um wie jede andere gewöhnliche Frau zu heiraten. Sie hätten sie von dem gewöhnlichen Schicksal verschont und doch wünschten sie ihr alle Glück. Also jubelten sie ihr halb aus Freude, halb aus Bedauern zu und bewarfen sie mit Rosen und Lilien, denn es war der Monat Juni; und sie, mit zurückgeschlagenem Schleier und dem Sonnenschein, der auf ihrem goldenen Haar glitzerte, lächelte bezaubernd, während sie sich vor der lärmenden Menge ihrer versammelten Bewunderer nach rechts und links verbeugte; dann stieg sie mit ihrem prachtvollen, sechs Fuß großen Ehemann in ihre Kutsche und fuhr unter dem Klang eines letzten Jubels davon. Die angesehene Persönlichkeit stieg in seine Kutsche und fuhr davon. Die prächtig gekleideten Gäste zerstreuten sich langsam und unter viel Geplauder und Fröhlichkeit in ihre verschiedenen Richtungen, und alles war vorbei. Und der Eine Mann, dessen irdisches Los es war, bei verschiedenen „Nachmittagstees" zu erscheinen, stand unter dem Kirchenportikus und murmelte düster zu einem Bekannten:

„Stellen Sie sich vor, dieses einfach aussehende Geschöpf ist tatsächlich die berühmte Delicia Vaughan! Sie hat überhaupt nichts mit einer Schriftstellerin gemeinsam – sie ist nur eine Frau!" Woraufhin die Bekannte, deren intellektuelle Ressourcen eher begrenzt waren, lächelte und murmelte:

„Na ja, wenn es darauf ankam, wissen Sie, dann konnte man von einer Frau doch nichts anderes erwarten, oder? Die Idee war doch, dass Autorinnen – also, eine Art Sexlosigkeit, ha-ha-ha! – jede Menge Muskeln haben sollten, aber eine dürre Figur und einen zweifelhaften Teint, mit einem allgemeinen Anschein von bebrillter Weisheit – ja, ha-ha! Nun, wenn es darauf ankam, wissen Sie, dann muss man zugeben, dass Miss Vaughan – ich bitte um Entschuldigung! – Mrs. Carlyon bei weitem nicht den geforderten Ansprüchen genügte. Ha-ha-ha! Trotzdem eine anmutige kleine Frau; sehr faszinierend – und was das Geld angeht – puh-w! Die Schönheit Carlyon ist diesmal auf die Füße gefallen, und das ist kein Fehler! Ha-ha! Guten Morgen!"

Damit nickten er und der Eine Mann einander zu und gingen in entgegengesetzte Richtungen. Der Küster der Kirche kam heraus, blickte Nachzügler argwöhnisch an, nahm ein paar Brautblumen vom roten Teppich und schloss die Kirchentore. Es habe eine Hochzeit gegeben, sagte er herablassend zu ein oder zwei Kindermädchen, die gerade atemlos auf der Bühne eingetroffen waren und Kinderwagen vor sich her schoben, aber sie sei vorbei; die Gesellschaft sei nach Hause gegangen. Die angesehene Persönlichkeit sei ebenfalls nach Hause gegangen. Es gab also nichts zu sehen und nichts, worauf man warten konnte. Geht, enttäuschte

Kindermädchen! Das Gelübde, das zwei zu einem verbindet – das Intellekt mit Torheit, Reinheit mit Sinnlichkeit, Selbstlosigkeit mit Egoismus verbindet – wurde vor dem Ewigen abgelegt; und soweit wir es beurteilen können, hat der Ewige es angenommen. Es gibt nichts mehr zu sagen oder zu tun – das Opfer ist vollbracht.

All dies war vor drei Jahren geschehen, doch Delicia, die wie üblich friedlich in der stillen Abgeschiedenheit ihres Arbeitszimmers schrieb, erinnerte sich an jedes Ereignis ihrer Hochzeit, als wäre es erst gestern gewesen. Das Glück hatte die Zeit wie im Flug verfliegen lassen, und ihr Traum von der Liebe hatte bis jetzt nichts von seinem himmlischen Glanz verloren. Ihre Heirat hatte keine sehr merkliche Veränderung in ihrem Schicksal bewirkt – sie arbeitete ein wenig härter und unablässiger, das war alles. Ihr Mann verdiente all den Luxus und die Freuden des Lebens, die sie ihm bieten konnte – so dachte sie – und sie war entschlossen, dass er sich nie über ihren Mangel an Energie beschweren musste. Ihr Ruhm wuchs stetig – sie war in ihrem Beruf ganz vorne mit dabei – die Leute kamen von nah und fern, um das Privileg zu haben, sie zu sehen und mit ihr zu sprechen, und sei es auch nur für ein paar Minuten. Aber die Bewunderung der Bevölkerung bedeutete ihr nichts, und sie legte keinerlei Wert auf die täglichen Ehrungen, die sie aus allen Teilen der Welt erhielt und die von ihrem Genie und dem Einfluss zeugten, den ihre Schriften auf die Gedanken Tausender hatten. Solche Dinge gingen an ihr vorüber wie die geringsten müßigen Gerüchte, und ihr ganzes Interesse galt ihrer Arbeit – zunächst der Arbeit selbst zuliebe und dann, damit sie für ihren Mann eine fortwährende Quelle des Ruhms und eine unerschöpfliche Goldgrube sein konnte.

Carlyon hatte sicherlich nichts an seinem Schicksal zu wünschen oder zu beklagen. Ein gekrönter König hätte ihn beneidet: er war unbelastet von Sorgen, hatte keine Schulden, keine Schwierigkeiten, ein ständiges Guthaben bei seiner Bank, ein luxuriöses Heim, das nicht nur mit all dem Geschick eingerichtet war, das Reichtum erfordert, sondern auch mit dem künstlerischen Geschmack, den nur Köpfchen haben können; er hatte eine reizende Frau, deren brillante Begabung auf zwei Kontinenten Gesprächsthema war, und nicht zuletzt die völlig ungehinderte Ausübung seines eigenen Weges und Willens. Delicia spielte ihm gegenüber nie den häuslichen Tyrannen; er war frei, zu tun, was er wollte, zu gehen, wohin er wollte, und zu sehen, wen er wollte. Sie befragte ihn nie nach der Art seiner Beschäftigungen oder Vergnügungen, und er seinerseits war klug genug, eine Grenze zu ziehen zwischen einer gewissen „eleganten Gesellschaft", die er persönlich bevorzugte, und der Art von Leuten, die er ihr vorstellte, denn er wusste genau, dass, sollte er die Torheit begehen, irgendeine „zwielichtige" Person in den Bekanntenkreis seiner Frau zu bringen, sie die Anwesenheit einer solchen Person nur ein einziges Mal tolerieren würde. Denn sie hatte eine sehr schnelle Auffassungsgabe, und obwohl sie von sanfter Natur war, war sie fest in ihrer Rechtschaffenheit verwurzelt und schaffte es, sich so ruhig und geschickt jedem Kontakt mit Gesellschaftsschwindlern und vulgären *Neureichen zu entziehen*, dass diese nicht den Hauch einer Chance hatten, bei ihr Fuß zu fassen. Da sie keinen Zutritt zu ihrem Haus erhielten, flüchteten sie sich in Skandale und erfanden Lügen und Verleumdungen über sie, die alle aufgrund ihres offenherzigen Lebens in häuslichem Frieden und Zufriedenheit ins Leere liefen. In den Tagebüchern wurden Hohn und falsche Gerüchte über sie veröffentlicht; Sie ignorierte sie und lebte in aller Stille damit um, bis das Schlimmste, was man über sie sagen konnte, war, dass sie „idiotisch verliebt" in ihren eigenen Ehemann sei.

„Sie ist vollkommen verrückt nach ihm!", riefen die Tookseys und Snookseys wütend. „Jeder weiß, dass Paul Valdis unsterblich in sie verliebt ist. Nur sie scheint es nie zu merken!" „Vielleicht ist sie mit der französischen Mode nicht einverstanden, einen Liebhaber und einen Ehemann zu haben", meinte ein männlicher Gelegenheitsbesucher. „Obwohl es in England jetzt in *Mode ist*, gefällt es ihr vielleicht nicht. Außerdem war Paul Valdis schon sehr oft ‚unsterblich verliebt', wie Sie es nennen!"

Die Tookseys und Snookseys seufzten, zitterten, verdrehten die Augen und zuckten mit den Schultern. Sie waren alt und hässlich und hatten eine gelbe Haut; aber in ihren Herzen pulsierte noch immer ein wenig Böses, und sie beneideten und bewunderten das Glück einer Frau – und dazu noch einer Schriftstellerin, du lieber Himmel! Wenn man sich das nur vorstellt! –, die nicht nur den schönsten Mann der Stadt zum Ehemann hatte, sondern auch den nächstschönsten – Paul Valdis, den großen Schauspieler – zum Liebhaber haben konnte, wenn sie nur „das Taschentuch fallen ließ".

Und während die „Gesellschaft" so redete, arbeitete Delicia und münzte Geld für ihren Mann, das er ausgeben konnte, wie es ihm beliebt. Sie sparte ihre Haushaltsausgaben und nahm einen bescheidenen Teil ihres Verdienstes für ihre eigene Kleidung, aber der ganze Rest gehörte ihm. Er fuhr im Tandem mit zwei der prächtigsten Pferde, die man je auf dieser eleganten Durchgangsstraße gesehen hatte. An den frühen Frühlingsmorgen sah man ihn auf einem prächtigen Araber, der wegen seiner Rasse und seines Verhaltens der Neid der Prinzen war, auf und ab galoppieren. Er hatte seine eigene vierspännige Kutsche, mit der er nach Ranelagh, Hurlingham und zu den verschiedenen Pferderennen des Jahres fuhr, mit einer Gruppe „auserlesener" Leute auf dem Dach – der Art „auserlesener", die Delicia nie kannte oder kennenlernen wollte, bestehend aus Schauspielerinnen, Wettmännern, „Stadtschwärmern" und einer Handvoll adeliger Damen, die ihre Männer offen verlassen hatten, um privat Brandy zu trinken und öffentlich den weiblichen Don Juan zu spielen. Gelegentlich kam ein „aufrichtiger Freund", der von dem lobenswerten Wunsch getrieben war,

Unheil zwischen Mann und Frau zu stiften, voll bewaffnet mit Klatsch und Tratsch und bemerkte beiläufig zu Delicia:

„Oh, übrigens, ich habe Ihren Mann neulich in Ranelagh mit – nun ja! – einigen *ziemlich* merkwürdigen Leuten gesehen!" Worauf Delicia ruhig antwortete: „Haben Sie das? Ich hoffe, er hat sich amüsiert." Dann fügte sie mit einem geraden, halb verächtlichen Blick ihrer violetten Augen auf den aufdringlichen Eindringling hinzu: „Ich weiß natürlich, was Sie meinen! Aber es ist das Vorrecht eines Mannes, sich auf seine eigene Art zu unterhalten, sogar mit ‚merkwürdigen' Leuten, wenn er will. ‚Merkwürdige' Leute sind immer unendlich unterhaltsam, da sie nie in der Lage sind, ihre eigene abnormale Absurdität zu erkennen. Und ich spioniere meinen Mann nie aus. Ich halte eine Frau, die sich herablässt, Detektivin zu werden, für das verachtenswerteste aller lebenden Geschöpfe."

Woraufhin sich der „aufrichtige Freund", verärgert und verblüfft, hinter eine Reihe von Allgemeinplätzen zurückzog und später, an „Nachmittagen" und gesellschaftlichen Zusammenkünften, öffentlich die Meinung äußerte: „Es war höchstwahrscheinlich, dass Mrs. Carlyon ihr eigenes kleines Spiel trieb, da sie so gleichgültig gegenüber den Vorgängen ihres Mannes schien. Sie war tiefsinnig, oh ja! sehr tiefsinnig! Sie wusste das eine oder andere! – und vielleicht, wer könnte das wissen? – Paul Valdis hatte seine eigenen Gründe, sie mit seinen dunklen, leidenschaftlichen Augen besonders „anzustarren", wann immer sie in ihrer Loge im Theater erschien, wo er die Hauptrolle in einer englischen Version von „Ernani" spielte."

Es stimmte zwar, dass Delicia kaum jemals an den Orten zu sehen war, an denen ihr Mann sich am häufigsten aufhielt, aber das lag daran, dass er rennsportbegeistert war und sie nicht. Sie mochte die sinnlose, selbstsüchtige und habgierige Seite des Lebens nicht, die sich in den Lieblingsrevieren der „Großspurigen" so krass präsentierte, und das sagte sie auch offen.

„Das lässt mich schlecht über alle denken", erklärte sie einmal ihrem Mann, als er ihr träge vorgeschlagen hatte, bei den Oaks „aufzutauchen". „Ich fange an, mich zu fragen, was es für einen Sinn hatte, dass Christus am Kreuz starb, um so gierige, dumme Leute zu erlösen. Ich möchte meine Mitmenschen nicht verachten, aber ich bin dazu verpflichtet, wenn ich zu einem Rennen gehe. Also ist es besser, wenn ich zu Hause bleibe und schreibe und versuche, so gut ich kann an sie alle zu denken."

Und sie blieb sehr zufrieden zu Hause; und wenn er mit einer Gruppe seiner eigenen „Freunde" unterwegs war und ihnen das elegante Mittagessen und den Champagner spendierte, die ihre Arbeit bezahlt hatte, war sie entweder mit einer neuen literarischen Arbeit beschäftigt oder brachte ihre süße Gegenwart in die Häuser der Armen und Leidenden und brachte Erleichterung, Hoffnung und Fröhlichkeit, wohin sie auch ging. Und an dem

Morgen, als der Sonnenschein ihr eine Krone aufs Haupt setzte und einen Speer aus Licht mitten in die kalten Augen des marmornen Antinous schleuderte, war sie in einer ihrer hellsten, strahlendsten Stimmungen, zufrieden mit ihrem Schicksal, dankbar für die Segnungen, die sie für so zahlreich hielt, und so wenig wie immer bewusst, dass irgendetwas an der Vereinbarung falsch war, die dazu geführt hatte, dass sie gezwungen war, einen sechs Fuß großen schönen Mann durch ihre eigene, ununterstützte Arbeit zu „lieben, zu ehren, zu gehorchen", zu halten und zu kleiden, während der besagte sechs Fuß große schöne Mann nichts anderes tat, als sich zu amüsieren.

Die wunderliche Empire-Uhr in Form einer Welt, auf deren Oberfläche ein kleiner Liebesgott die Stundenzahlen anzeigte, schlug zwei von ihrer goldenen Halterung an der Wand, bevor sie ihren Stift für heute niederlegte. Dann stand sie auf, streckte ihre schönen, runden Arme über den Kopf und lächelte die Narzissen in der Vase in der Nähe an – leuchtende Blumen, die sich des Sonnenscheins in diesem Lächeln voll bewusst zu sein schienen. Bald darauf trat sie in die tiefe Nische ihres breiten Gitterfensters, wo ein riesiger Bernhardinerhund ausgestreckt lag und mit einem ehrlichen braunen Auge träge den Sonnenstrahlen zuzwinkerte, die um ihn herumtanzten.

„Oh, Spartan, du fauler Kerl!", sagte sie und stellte ihren kleinen Fuß auf seinen rauen, braunen Körper. „Schämst du dich nicht?"

Spartan seufzte und dachte einen Moment über die Frage nach, dann hob er sein edles Haupt und küsste die Spitze des bestickten Schuhs seiner Herrin.

„Es ist Mittagszeit, Spartan", fuhr Delicia fort und bückte sich, um ihn zärtlich zu streicheln. „Wird Herr zum Mittagessen nach Hause kommen oder nicht, Spartan? Ich fürchte, nein, alter Junge. Was denkst du darüber?"

Diese Frage ließ Spartan aufmerksam werden. Er stand auf, setzte sich auf seine breiten Hinterbeine und gähnte tief; dann schien er nachzudenken, wobei seiner feinen Physiognomie ein Ausdruck tiefer Berechnung anhaftete, der beinahe menschlich war.

„Nein, Spartaner", fuhr Delicia fort, ließ sich auf ein Knie fallen und legte den Arm um ihn, „das dürfen wir nicht erwarten. Wir essen normalerweise allein zu Mittag und holen uns gleich, was die Götter uns im Speisesaal zur Verfügung gestellt haben – nicht wahr?"

Doch Spartan spitzte plötzlich seine langen Ohren und erhob sich in all seiner löwengleichen Majestät, aufrecht auf seinen vier schönen Beinen. Dann stieß er ein tiefes Bellen aus und wandte seine Augen ehrerbietig seiner Herrin zu, als wollte er sagen: „Entschuldigen Sie, aber ich höre etwas, das meine Aufmerksamkeit erfordert."

Delicia, die Hand auf dem Hals des Hundes, hörte gespannt zu. Ihr Atem ging und ging, dann lächelte sie, und ein liebliches Licht erhellte ihr Gesicht, als die samtene *Portiere* ihrer Arbeitszimmertür hastig beiseite geschoben wurde und ihr Mann, der in seiner kleidsamen Reitmontur die Verkörperung männlicher Schönheit war, plötzlich hereinkam.

„Aber Will, wie herrlich!", rief sie und ging auf ihn zu. „Du kommst doch kaum jemals zum Mittagessen nach Hause. Das hier ist ein Hochgenuss!"

Sie klammerte sich an ihn und küsste ihn. Er hielt sie einen Moment lang um die Taille, betrachtete sie mit der unwillkürlichen Bewunderung, die ihre Anmut und Intelligenz immer in ihm weckte, und dachte zum hundertsten Mal, wie merkwürdig es war, dass sie so ganz anders war als andere Frauen. Dann ließ er sie los, zog seine Handschuhe aus, warf sie hin und warf einen Blick auf die Papiere, die auf ihrem Schreibtisch verstreut lagen.

„Das Buch fertig gelesen?", fragte er lächelnd.

„Ja, alle bis auf die letzten paar Sätze", antwortete sie. „Sie müssen sorgfältig durchdacht sein. Es ist nicht gut, mit einer Plattitüde zu enden."

„Die meisten Bücher enden so", sagte er nachlässig. „Aber Ihre sind immer eine Ausnahme von der Regel. Die Leute werden nie müde, mich zu fragen, wie Sie das machen. Einer sagte heute, er sei sicher, dass ich Ihnen geholfen habe, die starken Stellen zu schreiben."

Delicia lächelte ein wenig.

'Und was hast du gesagt?'

„Natürlich habe ich gesagt, dass ich das nicht kann – ich könnte nicht eine Zeile schreiben, selbst wenn mein Leben nichts täte!", antwortete er lachend. „Aber Sie wissen ja, wie Männer sind! Sie können sich nie dazu durchringen, an die Realität des Genies einer Frau zu glauben."

Das nachdenkliche Lächeln war noch immer auf Delicias Gesicht zu sehen.

„Genie ist eine große Sache", sagte sie. „Ich behaupte nicht, es zu besitzen. Aber es ist merkwürdig zu sehen, wie viele völlig unbegabte Männer ihren Anspruch darauf verkünden, während sie empört jede Möglichkeit abstreiten, dass Frauen damit begabt sein könnten. Man muss jedoch Geduld haben; es wird einige Zeit dauern, die Männer von ihrer alten Wildheit abzubringen. Jahrhundertelang haben sie Frauen wie Sklavinnen und Vieh behandelt; es kann weitere Jahrhunderte dauern, bis sie lernen, sie als ihre Gleichen zu behandeln."

Carlyon sah sie halb verwundert, halb zweifelnd an.

„Sie werden ihnen noch keine vollen akademischen Ehren verleihen", sagte er, „was ich für schändlich unfair halte. Und die Regierung wird ihnen für ihre Verdienste in Wissenschaft, Kunst oder Literatur keine Ehrentitel verleihen, die sie meiner Meinung nach verdienen. Und das bringt mich zu den Neuigkeiten, die mich heute sofort nach Hause galoppieren ließen, als ich sie hörte. Delicia, ich kann dir heute Morgen einen Titel verleihen!"

Sie hob leicht ihre Augenbrauen.

„Machst du Witze, Will?"

„Kein bisschen. Sie haben mich von meinem Bruder Guy sprechen hören, Lord Carlyon?"

Sie nickte.

„Als mein Vater bankrott starb, hatte Guy natürlich das, was er aus dem allgemeinen Ruin herausholen konnte, was sehr wenig war, zusammen mit dem Titel. Der Titel war für ihn nutzlos, da er keine Mittel hatte, ihn aufrechtzuerhalten. Er ging unter falschem Namen nach Afrika, um dort Gold zu suchen und zu versuchen, Geld zu verdienen – und – und jetzt ist er an Fieber gestorben. Ich kann nicht so tun, als würde es mir sehr leidtun, denn ich habe ihn nach der Schule nie oft gesehen, und er war fünf Jahre älter als ich. Jedenfalls ist er gestorben – und so bin ich – tatsächlich – Lord Carlyon!"

Er unternahm einen derart launischen Versuch, den Eindruck zu erwecken, die Ehre, ein Lord zu sein, sei ihm gleichgültig, während er die ganze Zeit offensichtlich von der Wichtigkeit dieser Ehre überwältigt wurde, dass Delicia lauthals lachte und ihre violetten Augen vor Vergnügen blitzten, als sie ihm einen sittsamen Knicks machte.

„Mein Herr, erlauben Sie mir, Eurer Lordschaft zu gratulieren!", sagte sie. „Bei meiner Halidame, guter Herr, ich bin Eurer Lordschafts ergebenste Dienerin!"

Er sah ein wenig verärgert aus.

„Sei doch nicht so unsinnig, Delicia!", drängte er. „Du weißt, ich habe das nie erwartet. Ich habe immer geglaubt, Guy würde heiraten. Wenn er das getan hätte und ihm ein Sohn geboren worden wäre, hätte dieser natürlich den Titel bekommen. Aber er blieb bis an sein Lebensende Junggeselle, und so ist mir das Glück zuteil geworden. Freust du dich nicht darüber? Für dich ist es jedenfalls eine nette Sache."

Delicia warf ihm einen strahlenden Blick voller humorvoller Überraschung zu.

„Eine nette Sache für mich? Mein lieber Junge, denkst du das wirklich? Glaubst du wirklich und wahrhaftig, dass mir ein Titel, der an meinen Namen angehängt wird, etwas bedeutet? Nicht im Geringsten! Ich werde damit nur ein paar zusätzliche Snobs auf Partys um mich herum anlocken, das ist alles. Und für mein Publikum bin ich immer Delicia Vaughan; sie lassen mir nicht einmal *deinen* Namen, Will, weil sie irgendwie den Namen vorziehen, unter dem sie mich zuerst kannten und liebten."

Ein schwacher Anflug von „schöner Verdrossenheit" verdunkelte Carlyons Gesicht.

„Oh, natürlich, Sie schwören bei Ihrem Publikum!", sagte er ein wenig verärgert. „Aber was auch immer Sie davon halten mögen, ich bin froh, dass ich den Titel bekommen habe. Das ist eine gute Sache – es verleiht mir Status ."

Sie schwieg, stand ruhig neben ihm und streichelte Spartans Kopf. Kein Gedanke an den *Status* , den sie ihrem Mann durch ihren weltweiten Ruhm verlieh, kam ihr in den Sinn, und der Vorwurf, der einer weniger liebevollen Frau als ihr über die Lippen gekommen wäre – nämlich, dass die Position, die sie sich durch ihren brillanten Verstand erkämpft hatte, jeden wertlosen Titel ihres Erbes bei weitem überwog – kam ihr nicht ein einziges Mal in den Sinn. Aber dennoch vermittelte etwas in der gelassenen Anmut ihrer Haltung Carlyon still und mit subtiler Kraft den Eindruck dieser Tatsache; denn er war sich eines plötzlichen Gefühls der Kleinlichkeit und der inneren Scham bewusst.

„Aber schließlich", sagte sie schließlich mit scherzhafter Miene, „ist es ja nicht so, als ob Sie ein Brauer wären, wissen Sie! Heutzutage werden so viele Brauer und Bauunternehmer Lords, dass ich den Adelstitel irgendwie immer mit Bier und Ziegeln in Verbindung bringe. Ich nehme an, das ist sehr falsch, aber ich kann nicht anders. Und es wird mir zunächst seltsam vorkommen, Sie mit den beiden Bs in Verbindung zu bringen – Sie sind so anders als der übliche Typ."

Er lächelte – hocherfreut, ihre Augen mit der zärtlichen Bewunderung auf ihm ruhen zu sehen, an die er sich gewöhnt hatte.

„Ist das Mittagessen fertig?", fragte er nach einer kurzen Pause, in der er sich vergewissert hatte, dass er gut aussah und dass sie sich dessen völlig bewusst war.

„Ja, lass uns hinuntergehen und davon essen", antwortete sie fröhlich. „Wirst du es den Dienern sagen, oder soll ich es tun?"

„Den Bediensteten was sagen?", verlangte er mit leichtem Stirnrunzeln zu wissen.

Sie drehte lachend ihren hübschen Kopf über die Schulter.

„Nun, ich werde Sie in Zukunft mit ‚My Lord‘ oder ‚M'lud‘ anreden. Was soll es sein?"

Sie sah ihn auf bezaubernd provokante Weise an; seine momentane Verstimmung verflog, er legte einen Arm um ihre Taille und küsste sie.

„Wie Sie wollen", sagte er. „Auf jeden Fall sind Sie, wie immer, „meine" Dame!"

KAPITEL II

Delicia hatte vollkommen recht, als sie sagte, ihre neue Auszeichnung würde „noch mehr Snobs" um sie herum anziehen. Ein Pseudonym zieht unweigerlich alle gesellschaftlichen „Ausreißer" an – auf die gleiche Weise, wie boshafte Straßenjungen dazu verleitet werden, an einen besonders verzierten und glitzernden Türklopfer zu hämmern und dann in einem Versteck davonzuhuschen, bevor ein Diener Zeit hat, auf die falsche Vorladung zu antworten. Menschen aus alter und guter Familie halten selbst nichts von Titeln, aber diejenigen, die weder eine gute Geburt, Erziehung noch Bildung haben, legen großen Wert auf diese Rangabzeichen und können sich niemals eines ehrfurchtsvollen Gesichtsausdrucks enthalten, wenn sie einem Herzog vorgestellt werden, oder sich des vorgeschriebenen „Königs-Dip" verweigern, wenn sie in Gegenwart einer ausländischen „Prinzessin" sind, die tatsächlich überhaupt kein Recht auf „königliche" Ehren hat. Delicia hatte viele solcher kleinen Würdenträger kennengelernt, aber sie knickste nie vor ihnen, was ihre kleinliche Eitelkeit verletzte und sie dachten: „Diese Autoren haben schlechte Manieren." Sie las ihre Gedanken und lächelte, aber es kümmerte sie nicht. Sie behielt ihre Begrüßungen für das Königshaus selbst, nicht um es nachzuahmen. Und jetzt, da sie eine „Lady" war, fand sie viel Vergnügen daran, den Charakter ihrer verschiedenen „Freunde" zu studieren, die ihr diese schäbige Ehre neideten und missgönnten. Die Tookseys und Snookseys der Gesellschaft konnten ihre Bosheit kaum zurückhalten, als sie erfuhren, dass sie in Zukunft von der „weiblichen Autorin" als Lady Carlyon sprechen mussten. Der Gelegenheitsbesucher und der Einzelgänger begannen, sie als „Delicia, Lady Carlyon" anzusprechen, wobei sie den süßen, eigentümlichen Namen „Delicia" mit einem stärkeren Genussgefühl als sonst über ihre Zungen gleiten ließen und damit die Tookseys und Snookseys in einen fiebrigeren Zustand versetzten als je zuvor. Paul Valdis erfuhr die Neuigkeit plötzlich, als er sich für seine Rolle als Ernani anzog, an einem Abend, an dem das Königshaus seine „gütige" Absicht bekundet hatte, bei seiner Rolle anwesend zu sein. Und an dem Gerücht, er sei „wahnsinnig verliebt" in Delicia, war offenbar nicht ganz unrichtig, denn er wurde ganz blass und verlor bei einem Streit mit seiner „Ankleiderin", die er abrupt mit etwas wie einem Fluch entließ, seine sonst ausgeglichene Stimmung.

„,Lady' Carlyon!", sagte er zu sich selbst und betrachtete sein klassisches Gesicht und seine strahlenden dunklen Augen in dem kleinen Spiegel, der seinen Schminktisch dominierte. „Und ich bin nichts weiter als ein Mime! – eine Bühnenpuppe und ein Spielzeug des Publikums! Aber Moment! Ich bin mehr! Ich bin ein MANN! – mit ganzem Herzen, ganzer Seele und Gefühl! Ein Mann, was mein ‚Lord' Carlyon nicht ist!"

Und er spielte an diesem Abend nicht für das Königshaus, das ihm mit so viel enthusiastischer Zustimmung, wie es ein Königshaus eben tut, seine lavendelfarbenen Glacehandschuhe entgegenstreckte, sondern für ihre neue „Lady", die in einer Loge mit Blick auf die Bühne saß, ganz in Weiß gekleidet und mit einem Lilienknoten auf der Brust, und in ihrem Traum nicht ahnte, dass Ernani alles andere als Ernani war oder dass Valdis seine eigene feurige Seele in Victor Hugos Puppe legte und sie mit einer leidenschaftlichen Glut zum Leben, Atmen und Brennen brachte, die auf der Bühne nie erreicht wurde, und für die sie, Delicia, die Hauptinspirationsquelle war.

Delicia war sich in Wahrheit der Aufregung und Unruhe, die sie immer unabsichtlich um sich herum verursachte, merkwürdigerweise nicht bewusst. Schuld daran war ihre starke Individualität, aber sie war sich des einzigartigen Einflusses, den sie ausübte, so wenig bewusst wie eine Rose sich ihres Duftes nicht bewusst ist. Alles, was sie tat, wurde beobachtet und kommentiert – ihre Manieren, ihre Kleidung, ihre Gesten, jede Drehung ihres Kopfes und die langsamen, geschmeidigen Bewegungen ihres Körpers. Und die Gesellschaft hielt ständig Ausschau nach einem Blick, einem Seufzer, einem Wort, das für Paul Valdis bedeuten könnte, dass er „das Taschentuch fallen ließ". Aber selbst die gründlichste Spionage konnte nichts Kompromittierendes in Delicias Lebensweise oder ihrem täglichen Verhalten entdecken. Dies ließ die Wut der Tookseys und Snookseys unvermindert wüten, während Delicia selbst an keine anderen Gedanken dachte als an die beiden üblichen Themen, die ihr Leben in Anspruch nahmen – ihre Arbeit und ihren Ehemann. Ihr Titel spielte für sie selbst keine Rolle – „Delicia Vaughan" war immer noch der bezaubernde Name, mit dem sie ihr Publikum „anzog", von dem viele kaum einen Blick auf die „Lady Carlyon" warf, die in kleiner Schrift in Klammern unter der berühmteren Bezeichnung auf den Titelseiten all ihrer Bücher gedruckt war. Und in ihrem eigenen Innern war sie eher amüsiert als erbaut über die lakaienhafte Aufmerksamkeit, die ihrer „Ladyschaft" entgegengebracht wurde.

„Wie schön für Sie", sagte eine Bekannte an einem ihrer Besuchstage zu ihr, „einen Titel zu haben! Eine solche Auszeichnung für die Literatur, nicht wahr?"

„Überhaupt nicht!", antwortete Delicia ruhig. „Es ist eine Auszeichnung, wenn mit dem Titel Literatur verbunden ist!"

Die Bekannte erschrak.

„Du meine Güte!", kicherte sie. „Sie scheinen wirklich – äh – entschuldigen Sie! – eine sehr gute Meinung von sich zu haben!"

Delicias zarte Brauen zogen sich zu einer stolzen Linie zusammen.

„Sie irren sich", sagte sie. „Ich habe überhaupt keine gute Meinung von mir selbst, aber von der Literatur schon. Vielleicht verstehen Sie besser, was ich meine, wenn ich Sie daran erinnere, dass es mehrere Lord Byrons gegeben hat, aber die Literatur macht es unmöglich, mehr als einen allgemein anzuerkennen. Literatur kann dem Adel Ehre verleihen, aber der Adel kann der Literatur niemals Ehre verleihen – jedenfalls nicht dem, was *ich* unter Literatur verstehe."

„Und was ist Ihre Definition von Literatur, Lady Carlyon, wenn ich fragen darf?", erkundigte sich ein respektvoller Zuhörer des Gesprächs.

„Macht!", erwiderte Delicia und schloss langsam und fest ihre kleine weiße Hand, als hielte sie das Zepter eines Imperiums in der Hand. „Die Macht, Männer und Frauen zum Nachdenken, Hoffen und Erfolg zu bringen; die Macht, Tausenden Tränen in die Augen und ein Lächeln auf die Lippen zu zaubern; die Macht, Tyrannen zum Zittern zu bringen und falsche Richter aus ihren Ämtern zu stürzen; die Macht, der Heuchelei ihre schöne Maske zu nehmen und Lügner zu brandmarken, deren Namen in großen Buchstaben für alle Welt sichtbar geschrieben werden!"

Die Bekannte stand auf, innerlich verstört. Ihr gefiel der Blick von Delicias violetten Augen nicht, die wie gerade Lichtstrahlen tief in die dunklen Winkel ihrer Seele blitzten.

„Ich muss los", murmelte sie. „Tut mir leid! Es ist ganz wunderbar, Ihnen zuzuhören, Lady Carlyon, Sie sind so eloquent! – aber ich muss noch einen Anruf machen – he-he-he! – guten Tag!"

Doch der ehrerbietige Zuhörer verweilte, seltsam bewegt.

„Ich wünschte, es gäbe mehr Schriftsteller, die so denken wie Sie, Lady Carlyon!", sagte er sanft. „Ich kannte Sie zuerst als Delicia Vaughan und liebte Ihre Bücher –"

„Ich hoffe, Sie werden versuchen, sie weiterhin zu lieben", sagte sie schlicht. „Es gibt keinen Unterschied, das versichere ich Ihnen. Sie sind und bleiben immer dieselbe berufstätige Frau!"

Sie gab ihm zum Abschied die Hand; er bückte sich, küsste sie und ging. Allein mit dem großen Hund Spartan saß sie da und blickte nachdenklich zu den glänzenden, sich ausbreitenden Blättern der riesigen Palme hinauf, die aus einer bemalten Sèvres-Vase in der Mitte ihres Salons bis zur Decke emporragte, und fast zum ersten Mal in ihrem Leben trübte ein schwacher Schatten von Kummer und Unbehagen ihr strahlendes Wesen.

„Wie ich Humbug hasse!", dachte sie. „Mir kommt es so vor, als hätte ich in letzter Zeit so viel mehr davon ertragen müssen als je zuvor; es liegt wohl an diesem elenden Titel. Ich wünschte, ich könnte ganz darauf verzichten; er gefällt mir nicht, obwohl er Will gefällt. Er ist so gutmütig, dass er anscheinend nicht zwischen Freunden und anderen unterscheiden kann, die bloße Speichellecker sind. Es wäre gut für mich, wenn ich dieselbe arglose Einstellung hätte; aber leider sehe ich die Dinge, wie sie sind – nicht, wie sie zu sein scheinen."

Und das stimmte. Sie sah die Dinge immer klar und deutlich – außer in einer Richtung. Dort war sie völlig blind. Aber in ihrer Blindheit lag ihr ganzes Glück, und obwohl der rosafarbene Schleier der Illusion dünner wurde, war er noch nicht zerrissen.

Es war ihr „Zuhause"-Tag, und sie saß resigniert da und wartete auf die Besucher, die normalerweise zwischen fünf und sechs Uhr nachmittags zu ihr strömten. Die beiden Leute, die gekommen und gegangen waren, nämlich die weibliche Bekannte und der respektvolle Zuhörer, waren zufällige Besucher gewesen, die nicht zum üblichen Treiben gehörten. Und es war erst halb fünf, als ein lautes Klingeln Spartan knurren und seine Herrin anschauen ließ, um zu befehlen, wenn nötig zu beißen.

„Ruhig, Spartaner!", sagte Delicia sanft. „Wir sind heute ‚zu Hause', weißt du! Du darfst niemanden anbellen."

Spartan verdrehte unzufrieden die Augen. Er hasste Tage, die er zu Hause verbrachte, und ging in eine entfernte Ecke des Salons, wo es eine bequeme Bärenfelldecke zum Liegen gab; dort rollte er sich zum Schlafen zusammen. Inzwischen wurde der Besucher angekündigt, der so heftig geklingelt hatte – „Mrs. Lefroy" – und Delicia erhob sich mit leicht müder und verärgerter Miene, als eine hübsche Frau, übertrieben gekleidet und übertrieben gepudert, den Raum betrat; ihre weißen Zähne waren in dem englischen „Gesellschaftslächeln" zu sehen.

„Meine Liebe!", rief sie aus, „wie entzückend du aussiehst und was für ein absolut schönes Zimmer! Ich habe es natürlich schon oft gesehen, und doch kommt es mir immer schöner vor! Und du auch! – was für ein *süßes* Kleid! Oh, meine Liebe, ich habe so viel Spaß, dir zu erzählen; ich weiß, du hast nicht erwartet, mich zu sehen! Ich bin viel früher von der Riviera weggekommen, als ich dachte. Mein ganzes Geld war in Monte Carlo auf die furchtbarste Art und Weise weg, und so kam ich zurück in die Stadt – man kann in der Stadt genauso viel Spaß haben wie anderswo, ohne der Versuchung dieses lieben, verruchten, faszinierenden Casinos zu erliegen! Und, meine Liebe, es wird nur über dein Buch geredet; alle warten mit größter Ungeduld darauf – es ist fertig, nicht wahr? In den Händen der Verleger! Wie entzückend! Und natürlich hast du jede Menge Geld dafür bekommen? Wie schön für dich und für deinen herrlich aussehenden Ehemann! Und du siehst so gut aus! Kein Tee, Liebste, danke! Oh, ich muss wirklich kurz meinen Umhang ausziehen – danke! Kommt heute noch jemand? Oh, natürlich, bei Ihnen sind immer *Menschenmassen* ! Deshalb möchte ich Ihnen erzählen, wie viel Spaß wir gestern Abend hatten; Lord Carlyon hätte nie erwartet, dass wir ihn sehen würden, wissen Sie!'

Delicia blickte von dem Teetablett auf, wohin sie gastfreundlich gegangen war. Sie hatte nicht gesprochen; sie kannte Mrs. Lefroy von früher und war sich bewusst, dass es besser war, sie ausreden zu lassen.

„Natürlich", fuhr Mrs. Lefroy fort, „haben Sie von Marina gehört, der neuen Tänzerin – dem Mädchen, das auf der Bühne wie eine Kobra mit Kapuze erscheint und sich nach und nach aus seiner Schlangenhaut windet und zu einer Frau wird, die kaum Kleidung trägt, und zwischen einer Menge kleiner, mit Elektrizität erzeugter Feuerschlangen umhertanzt? Diejenige, nach der alle Männer verrückt sind, wegen ihrer wundervollen Beine?"

Delicia nickte mit einer leichten Bewegung, die eher aus Bedauern als aus Beleidigung bestand.

„Also, wir haben gestern Abend im Savoy zu Abend gegessen, und was denkst du, meine Liebe?" Und hier faltete Mrs. Lefroy in einer Art verleumderischer Ekstase ihre gut behandschuhten Hände. „Wer sollte hereinkommen und sich an den Nebentisch setzen, wenn nicht Lord Carlyon und eben diese Marina!"

Delicia drehte sich langsam um, ihre Augen glänzten und ein Lächeln lag auf ihrem Mund.

„Und?", sagte sie.

Mrs. Lefroys Nase wurde durch das Puder rot und sie warf den Kopf zurück.

„Nun? Ist das alles, was Sie sagen? Nun? Ich würde sicherlich eine überzeugendere Bemerkung finden, wenn ich erfuhr, dass *mein* Mann mit der Marina zum Abendessen ins Savoy geht!"

„Würden Sie das tun?", sagte Delicia lächelnd. „Aber wissen Sie, ich bin nicht Sie, und Ihr Mann ist nicht mein Mann. Das ist ein gewaltiger Unterschied! Außerdem steht es den Männern frei, sich auf ihre eigene Art zu amüsieren, solange sie damit niemandem schaden."

„Mit ‚Kreaturen‘ wie Marina?", fragte Mrs. Lefroy mit einem breiten Lächeln. „Wirklich, meine Liebe, Sie sind äußerst tolerant! Wissen Sie, dass selbst Paul Valdis, ein Schauspieler – und Sie würden nicht denken, dass er wählerisch ist – sich nicht mit der Cobra-Person sehen lassen würde?"

„Mr. Valdis wählt seine Gesellschaft zweifellos nach seinem eigenen Geschmack aus", sagte Delicia ruhig. „Es ist mir egal, ob er mit der Cobra-Person, wie Sie sie nennen, gesehen werden möchte oder nicht. Wenn mein

Mann gern mit ihr spricht, muss sie etwas Kluges an sich haben, und auch etwas Nettes, würde ich mir vorstellen. Nicht alle Tänzer sind Dämonen."

„Meine arme Delicia!", rief Mrs. Lefroy. „Wirklich, du bist zu arglos und süß für alles! Wenn du mich nur deine Augen ein wenig öffnen lassen würdest –"

„Der Herzog und die Herzogin von Mortlands", verkündete die Hofdame an dieser Stelle, und das Gespräch wurde unterbrochen, um eine sehr stattliche alte Dame und einen sehr lustigen alten Herrn zu empfangen. Der alte Herr nahm eine Tasse Tee und verbeugte sich so oft vor Delicia, dass er einige Tropfen Tee auf seine Weste verschüttete, während seine beleibte Gattin reichlich Kuchenkrümel über die weite Fläche verteilte, die Schneidern und Schneidern als „Oberweite" bekannt ist. Sie waren bezaubernde alte Leute, wenn auch unordentlich, und da sie aus einer sehr alten Familie stammten, deren Vorfahren etwas mit der Schlacht von Crécy zu tun hatten, bewunderten sie Delicia allein für sich und ihre brillanten Gaben, sogar so sehr, dass sie gelegentlich ihren Ehenamen vergaßen und sie „Miss Vaughan" nannten, für welchen Ausrutscher sie sich sofort entschuldigten. Viele Leute begannen nun einzutreffen, und Delicias Salons waren bald voll. Unter den anderen kam eine berühmte schwedische Sängerin und bot auf ihre eigene angenehme Art an, eine „Bergmelodie" aus ihrem Heimatland zu singen. Ihre reiche Stimme klang noch durch die Luft, als sich unter den stillen Zuhörern der Musik eine leichte Bewegung und Aufregung einstellte und Paul Valdis unangemeldet eintrat. Er blieb in der Nähe der Tür stehen, bis das Lied zu Ende war, dann ging er auf Delicia zu, die ihn mit ihrer üblichen schlichten Anmut begrüßte und ihm gegenüber nicht mehr Überschwänglichkeit zeigte als gegenüber dem alten Herzog, der seinen Tee verschüttet hatte. Er war blass und etwas geistesabwesend; obwohl er in Gegenwart mehrerer Anwesender allgemeine Dinge sprach, so sehr er es auch hasste, allgemeine Dinge zu sprechen. Ab und zu wurde er düster und kurz angebunden, und in solchen Momenten hatte Mrs. Lefroy, die ihn beobachtete, das Gefühl, sie hätte alles darum gegeben, um zu bleiben und sich irgendwo hinter einem Vorhang zu verstecken, damit sie sehen könnte, wie er sich benehmen würde, wenn die plappernde Menge gegangen wäre. Sie war jedoch bereits über eine Stunde geblieben und würde keine Gelegenheit mehr bekommen, mit Delicia zu sprechen. Sie musste nach Hause gehen und sich für eine Dinnerparty am nächsten Abend zurechtmachen. Daher machte sie schließlich, widerwillig, das Beste aus der Situation und schlich sich zu ihrer Gastgeberin, um sich zu verabschieden.

„Es tut mir so leid, dass ich gehen muss!", murmelte sie. „Ich wünschte wirklich, ich könnte ein paar Minuten unter vier Augen mit Ihnen reden! Aber Sie sind eine so beschäftigte Frau!"

„Ja, das bin ich!", stimmte Delicia lächelnd zu. „Aber irgendwann ergeben sich immer wieder Gelegenheiten, über einen Skandal zu reden – finden Sie das nicht auch?"

Mrs. Lefroy war gegen diesen zarten Seitenhieb nicht ganz gefeit. Sie war deutlich wütend. Aber es blieb keine Zeit, es zu zeigen. Sie zwang sich zu einem Lächeln und ging – mit dem inneren Entschluss, dass sie eines Tages die klassische Gelassenheit der „Schriftstellerin" bis in die Grundfesten erschüttern und aus ihr eine zitternde, schwache, eifersüchtige Frau machen würde, wie viele andere, die sie kannte und die mit Ehemännern wie Lord Carlyon gesegnet waren.

Allmählich zerstreute sich die Menge, die sich zum Tee versammelt hatte, und Delicia blieb allein zurück, nur ein Besucher war noch da – Paul Valdis. Der Hund Spartan erhob sich aus der Ecke, in der er während des Besucherandrangs friedlich und verborgen gelegen hatte, und kam majestätisch mit wedelndem Schwanz näher und legte seinen großen Kopf zärtlich auf das Knie des Schauspielers. Valdis tätschelte ihn und sprach unwillkürlich seine Gedanken aus.

„Zumindest einer Ihrer vielen Freunde ist ehrlich, Lady Carlyon", sagte er.

Delicia, die vom Empfang ihrer Gäste etwas ermüdet war, hatte sich in einen niedrigen Sessel gesetzt, den Kopf auf einem Kissen zurückgelehnt, und sah sich nun mit einem leichten Lächeln um. „Meinen Sie Spartaner?", fragte sie, „oder Sie selbst?"

„Ich meine spartanisch", antwortete er mit einem Anflug von Leidenschaft. „Ein Hund kann ehrlich sein, ohne die Welt im Allgemeinen zu beleidigen, aber ein Mensch darf niemals ehrlich sein, es sei denn, er möchte als Narr oder Verrückter oder beides gelten."

Sie betrachtete ihn einen Moment lang aufmerksam. Ihr künstlerisches Auge bemerkte schnell die attraktiven Aspekte seines Gesichts und seiner Figur, und mit der Wahrnehmung einer Charakterforscherin schätzte sie die festen und männlichen Linien der wohlgeformten Hand, die auf Spartans Kopf ruhte, aber es war mit der Bewunderung, die sie eher einem schönen Gemälde als einem lebenden Wesen entgegengebracht hätte. Doch etwas beunruhigte sie, als sie ihn ansah, denn sie sah, dass er in ihrer Gegenwart starke Emotionen unterdrückte, und ihr erster Gedanke war, dass die englische Version von „Ernani" ein Misserfolg sein würde.

„Sie sprechen verbittert, Mr. Valdis", sagte sie nach einer Pause, „und doch sollten Sie dies nicht tun, wenn man die Brillanz Ihrer Position und Ihre enorme Popularität bedenkt."

„Glauben Sie, dass eine glänzende Position und enorme Popularität einen Mann zufriedenstellen?", fragte er, ohne sie anzusehen, sondern hielt seinen Blick auf Spartans ehrliche braune Augen gerichtet, der mit der drolligen Eitelkeit eines hübschen Hundes, der seinen eigenen Wert kennt, weiter mit dem Schwanz wedelte, in dem Glauben, das Gespräch sei nur an ihn gerichtet. „Obwohl ich vermute, dass es einen Schauspieler zufriedenstellen sollte, der von manchen Leuten kaum als Mann angesehen wird. Aber wenn wir über Position und Popularität sprechen, übertreffen Sie mich bei weitem an Ehren – und sind Sie zufrieden?"

„Vollkommen!" und Delicia lächelte ihm direkt in die Augen. „Ich wäre wirklich undankbar, wenn es nicht so wäre."

Er machte eine leichte Bewegung der Ungeduld.

„Undankbar! Wie seltsam klingt dieses Wort von Ihren Lippen! Warum verwenden Sie es überhaupt? Sie sind sicherlich der letzte Mensch auf Erden, der von Dankbarkeit sprechen sollte, denn Sie schulden niemandem etwas. Sie haben für Ihren Ruhm gearbeitet – härter gearbeitet als jeder andere, den ich kenne – und Sie haben ihn gewonnen; Sie haben die Schätze Ihres Genies an die Öffentlichkeit weitergegeben, und diese belohnt Sie mit ihrer Liebe und Ehre; es ist eine natürliche Folge von Ursache und Wirkung. Es gibt keinen Grund, warum Sie für etwas dankbar sein sollten, das lediglich die gerechte Anerkennung Ihres Wertes ist."

„Sie meinen nicht?", sagte Delicia, immer noch lächelnd. „Ah, aber ich kann Ihnen nicht ganz zustimmen! Sehen Sie, es hat so viele gegeben, die für den Ruhm geschuftet und ihn nie erlangt haben – so viele, die die „Schätze ihres Genies", um Ihre eigenen Worte zu zitieren, auf eine völlig undankbare Welt ausgeschüttet haben, die sie erst lange nach ihrem Tod anerkannt hat. Und deshalb glaube ich, dass man zu Lebzeiten für ein wenig Freundlichkeit von seinen Mitmenschen nicht genug dankbar sein kann; wenn Sie jedoch die Leute von der Presse fragen, werden sie Ihnen sagen, dass es ein sehr schlechtes Zeichen für Ihre Qualität als Autor ist, wenn Sie Erfolg haben. Die einzigen Beweise für wahres Genie sind, seine Bücher nie zu verkaufen, mit Schulden und Schwierigkeiten belastet zu sterben und seinen Namen und Ruhm einer Nachwelt zu überlassen, die man nie kennenlernen wird!"

Valdis lachte, und Delicia, deren Augen vor Vergnügen funkelten, erhob sich von ihrem Stuhl und nahm eine Zeitung von einem der Beistelltische in der Nähe.

„Hören Sie!", sagte sie. „Dies steht im gestrigen *Morning Chanticleer*, *apropos* Ihres ergebenen Dieners: ‚Die zügellose Romanautorin, bekannt als Delicia Vaughan, ist wieder dabei. Nicht zufrieden damit, ‚Beauty' Carlyon von den Guards geheiratet zu haben, der gerade in die adeligen Fußstapfen seines verstorbenen Bruders getreten ist und jetzt Lord Carlyon ist, ist sie im Begriff, ein beißendes Buch über die Sitten und Moralvorstellungen der heutigen Zeit herauszugeben, das zweifellos im üblichen hysterischen Stil weiblicher *Poser* in der Literatur geschrieben ist, deren Werke vor allem die Bewohner von Brixton und Clapham ansprechen. Wir bedauern, dass ‚Lady' Carlyon die Notwendigkeit nicht einsieht, ‚Würde anzunehmen', selbst wenn sie diese nicht hat, nachdem sie durch ihren Ehemann in die Kreise der ‚oberen Zehn' aufgestiegen ist." Also, was halten Sie davon?", fragte sie fröhlich und warf das Tagebuch hin.

Valdis war aufgestanden und stand ihr mit gerunzelter Stirn und blitzenden Augen gegenüber. „Stell dir das vor!", sagte er wütend. „Ich würde den dreckigen Schurken, der das geschrieben hat, am liebsten mit der Reitpeitsche verprügeln!"

Delicia sah ihn voller aufrichtigem Erstaunen an.

„Du meine Güte!", rief sie scherzhaft. „Aber warum so heftig, Freund Ernani? Das hat nichts – überhaupt nichts mit dem zu tun, was die Zeitungen im Allgemeinen über mich sagen. Es stört mich überhaupt nicht; im Großen und Ganzen amüsiert es mich sogar."

„Aber sehen Sie denn nicht, wie sie die Position missverstehen?", rief Valdis ungestüm. „Sehen Sie denn nicht, dass sie Ihrem Mann alle Ehre erweisen, in die Kreise der oberen Zehn aufzusteigen; als ob Sie nicht schon allein durch Ihr Genie dort wären! Was wäre Lord Carlyon ohne Sie, selbst wenn er zwanzigmal Lord wäre! Er verdankt alles Ihnen und Ihrer geistigen Arbeit; er ist nichts an sich und weniger als nichts! Da – ich bin zu weit gegangen!"

Delicia stand ganz still; ihr Gesicht war blass, und ihre schönen Augen glänzten kalt wie das Glitzern der Sterne bei Frostwetter.

„Ja, Sie sind zu weit gegangen, Mr. Valdis", sagte sie, „und das tut mir leid – denn wir waren Freunde."

Sie legte nur ganz wenig Nachdruck auf das Wort „waren", und das starke Herz des Mannes, der sie liebte, sank schwer vor Elend und Verzweiflung. Aber die innere Wut, die ihn verzehrte, als er dachte, dass sie – die geduldige, liebevolle Frau, die durch ihre eigene, unermüdliche Arbeit Reichtum erwirtschaftete, während ihr Mann das Geld ausgab und sich mit ihrem Verdienst amüsierte – öffentlich als Nichts verhöhnt und ihr noch schlimmerer Halbbruder als Yankee-Millionär behandelt werden sollte, war stärker als die persönliche Leidenschaft, die er für sie empfand, und sein männlicher Groll gegen diese Lage ließ sich nicht unterdrücken.

„Es tut mir auch leid, Lady Carlyon", sagte er heiser und vermied ihren Blick, „denn ich glaube nicht, dass ich irgendetwas von dem, was ich gesagt habe, zurücknehmen kann."

Es herrschte Schweigen. Delicia war zutiefst unzufrieden, doch mit ihrem Unmut mischte sich ein unbestimmtes Gefühl von Unbehagen und Angst. Es fiel ihr schwer, ihre Fassung zu bewahren; etwas in Valdis' trotzigem Blick und seiner Haltung war, das sie beinahe zu einem plötzlichen, unwürdigen Wutausbruch veranlasst hätte. Sie war versucht, ihm zuzuschreien: „Was verbirgst du vor mir? Da ist etwas – erzähl mir alles, was du weißt!"

Doch sie biss sich fest auf die Lippen und legte ihre Hand auf Spartans Kragen, um dessen Zittern ein wenig zu verbergen. So stehend neigte sie mit ernster Anmut und Höflichkeit ihren Kopf.

„Auf Wiedersehen, Herr Valdis!"

Er erschrak und sah sie halb flehend an. Die einfachen Worte waren seine Entlassung, und das wusste er. Weil er in diesem unbedachten Moment ein Wort der Verachtung für den prachtvollen sechs Fuß großen Ehemann ausgesprochen hatte, würden ihm fortan die Türen von Delicias Haus verschlossen bleiben, und Delicias schöne Gegenwart würde ihm verwehrt bleiben. Es war ein Schlag – aber er war ein Mann, und er ertrug seine Strafe mannhaft.

„Auf Wiedersehen, Lady Carlyon", sagte er. „Ich verdiene wenig Rücksichtnahme von Ihnen, aber ich werde Sie bitten, mich nicht ganz als unhöflichen Bauerntölpel und Flegel zu verurteilen, bis – bis Sie ein paar Dinge wissen, von denen Sie jetzt glücklicherweise nichts wissen. Wäre ich ein selbstsüchtiger Mensch, würde ich wünschen, dass Sie über diese Dinge schnell aufgeklärt werden; aber da ich, Gott weiß!, Ihr wahrer Freund bin" – hier zitterte seine Stimme – „bete ich, dass Sie noch lange im reinsten Paradies der Erde bleiben können – dem Paradies der Illusion einer liebenden Seele. Meine Hand soll keine Blüte in Ihrem Märchengarten zerstören! In alten Tagen der Ritterlichkeit hatten schöne und geliebte Frauen Kämpferinnen, die ihre Ehre und ihren Ruhm verteidigten und wenn nötig für sie kämpften; und obwohl die alten Tage vorbei sind, ist die Ritterlichkeit noch nicht ganz tot, sodass, wenn Sie jemals einen Kämpfer brauchen – Himmel! Was sage ich da? Kein Wunder, dass Sie verächtlich dreinschauen! Lady Delicia Carlyon braucht die Meisterschaft eines Schauspielers! Das ist offensichtlich absurd! Sie können mir in Ihrer Position durch Ihren Einfluss helfen, aber ich kann Ihnen nicht helfen – falls Sie jemals Hilfe brauchen sollten. Ich rede wirres Zeug und vertiefe meine Beleidigungen in Ihren Augen; vielleicht werden Sie jedoch eines Tages besser von mir denken. Und also nochmals auf Wiedersehen – ich kann Sie nicht um Vergebung bitten. Wenn Sie mich jemals wiedersehen möchten, werde ich auf Ihren Befehl kommen – aber nicht vorher.'

Sie stand unnachgiebig da, ohne ihm zum Abschied die Hand zu reichen. Aber er ergriff verzweifelt diese Hand und küsste sie mit der Leidenschaft einer Mischung aus Ernani und Romeo, dann drehte er sich um und verließ das Zimmer. Delicia lauschte seinen sich entfernenden Schritten, als er die Treppe hinabstieg und in den Flur unten ging, dann hörte sie, wie sich die Haustür schloss. Ein großer Seufzer der Erleichterung entrang sich ihren Lippen; er war fort – dieser unverschämte Schauspieler, der sich erdreistet hatte zu sagen, ihr Mann sei „nichts und weniger als nichts" – er war fort und würde wahrscheinlich nie wiederkommen. Sie sah auf Spartan hinunter und sah, dass die Augen des Hundes in fragendem Staunen und Traurigkeit zu ihr aufgerichtet waren. So deutlich, wie ein Tier nur durch einen Ausdruck sprechen kann, sagte er: –

„Was ist mit Valdis los? Er ist ein Freund von mir und warum hast du ihn vertrieben?"

„Spartan, mein Lieber", sagte sie und zog ihn an sich, „er ist ein sehr eingebildeter Mann und sagt unfreundliche Dinge über unseren lieben Herrn, und wir haben nicht vor, ihn noch einmal in unsere Nähe zu lassen! Diese großen Schauspieler werden immer verwöhnt und halten sich für allmächtige Herren und maßen sich an, über viel bessere Menschen als sie selbst zu urteilen. Paul Valdis wird so verfolgt und so lächerlich geschmeichelt, dass er bald ganz unerträglich werden wird."

Spartan seufzte tief; er war mit seinem Hundeverstand nicht ganz zufrieden. Er warf ein oder zwei sehnsüchtige und wehmütige Blicke zur Tür, aber seine wandernden Gedanken wurden schnell in seine unmittelbare Umgebung zurückgerufen, als er spürte, wie etwas Warmes und Nasses auf seinen Kopf tropfte. Es war eine Träne – eine helle Träne, die aus den schönen Augen seiner Herrin fiel – und in ängstlicher Hast drückte er seinen rauen Körper mit einer stummen Liebkosung fragenden Mitgefühls eng an sie. In Wahrheit weinte Delicia – leise und heimlich, als schäme sie sich, ihre Gefühle auch sich selbst gegenüber einzugestehen. Normalerweise gab sie gern einen Grund für ihre Gefühle an, aber bei dieser Gelegenheit war es ihr unmöglich, die Ursache ihrer Tränen zu analysieren. Dennoch fielen sie schnell, und sie wischte sie schnell mit einem kleinen, hauchdünnen Taschentuch weg, das so fein war wie ein Spinnennetz, und Spartan, getrieben von dem plötzlichen Wunsch, ihr eine harmlose Ablenkung von der Melancholie zu verschaffen, versuchte, es sich als Spielzeug zu besorgen. Mit seinen unbeholfenen Sprüngen gelang es ihm so weit, dass er endlich ein Lächeln auf ihr Gesicht zauberte, worüber er sich außerordentlich freute und mit einer Heftigkeit mit dem Schwanz wedelte, die drohte, dieses nützliche Glied völlig auszurenken.

Nach wenigen Minuten war sie wieder ganz sie selbst, und als ihr Mann zum Essen zurückkehrte, begegnete sie ihm mit der üblichen schönen Gelassenheit, die ihr Verhalten immer auszeichnete, obwohl sie eine Aura nachdenklicher Entschlossenheit an sich hatte, die die zarten Linien ihrer Züge betonte und sie intellektuell klassischer denn je aussehen ließ. Als sie an diesem Abend bei Tisch Platz nahm, verlieh ihr ihre statuenhafte Gelassenheit, kombiniert mit ihrem schönen Gesicht, den festen Augen und dem üppigen, locker auf ihrem wohlgeformten Hinterkopf zusammengebundenen Haar, so sehr das Aussehen von etwas, das den gewöhnlichen sterblichen Frauen weit überlegen war, dass Carlyon, der gerade von einer Partie Baccarat kam, bei der er in ein paar Stunden über dreihundert Pfund verloren hatte, sich eines stechenden Gefühls undefinierbarer Verärgerung bewusst wurde.

„Ich wünschte, Sie könnten unseren Namen aus den Zeitungen heraushalten“, sagte er plötzlich, als der Nachtisch vor ihnen stand und die Diener sich zurückgezogen hatten. „Es ärgert mich sehr, dass er ständig in allen möglichen vulgären Gesellschaftsartikeln auftaucht.“

Sie sah ihn fest an.

„Früher hat es Ihnen nicht so viel ausgemacht“, antwortete sie, „aber es tut mir leid, dass Sie verärgert sind. Ich wünschte, ich könnte das Übel beheben, aber leider bin ich dazu völlig machtlos. Wenn man eine öffentliche Persönlichkeit ist, werden die Zeitungen ihre Aufmerksamkeit auf sich ziehen; das lässt sich unmöglich vermeiden; aber wenn man ein ehrliches Leben in der Welt führt und keine schändlichen Geheimnisse zu verbergen hat, was macht das dann schon aus?“

„Ich glaube, das ist sehr wichtig“, brummelte er, während er vorsichtig die Haut des schönen Pfirsichs auf seinem Teller abzog und begann, seinen Geschmack zu genießen. „Ich hasse es, wenn meine Aktivitäten von der Presse unterbrochen und bekannt gemacht werden. Und was Sie betrifft, so wünsche ich mir von Herzen, dass Sie keine Persönlichkeit des öffentlichen Lebens wären.“

Sie öffnete ihre Augen ein wenig.

„Tatsächlich? Seit wann? Seit Sie Lord Carlyon wurden? Mein lieber Junge, wenn Sie sich wegen eines schäbigen kleinen Namenszugs für den Ruf Ihrer Frau als Autorin schämen müssen, finde ich es sehr schade, dass Sie diesen Titel überhaupt erlangt haben.“

„Oh, ich weiß, dass es Ihnen völlig egal ist“, sagte er und hielt den Blick auf den saftigen Pfirsich gerichtet, „aber andere Leute wissen es zu schätzen.“

„Welche anderen Leute?", fragte Delicia lachend. „Die drolligen kleinen Einheiten, die sich ‚Gesellschaft' nennen? Ich vermute, sie wissen das zu schätzen – sie haben nichts anderes zu denken oder zu reden als ‚er' und ‚sie' und ‚wir' und ‚sie'. Und doch hat der arme alte Mortlands, der heute Nachmittag hier war, diesen wunderbaren Titel viele Male völlig vergessen und mich immer wieder ‚Miss Vaughan' genannt. Dann entschuldigte er sich und sagte zu seiner Entschuldigung, dass die Anfügung von ‚Lady' an meinen Namen ‚wie feines Gold zu vergolden und die Lilie zu malen' sei. Dieses Zitat wurde schon oft unter ähnlichen Umständen verwendet, aber er hat ihm eine ganz neue Note von Galanterie verliehen."

„Die Familie Mortlands reicht etwa bis zur gleichen Zeit zurück wie unsere", sagte Carlyon nachdenklich.

„Wie unsere? Sagen wir wie Ihre, mein lieber Herr!", erwiderte Delicia fröhlich, „denn ich weiß wirklich nicht, woher die Vaughans kommen. Ich muss zum Heroldskolleg gehen und sehen, ob ich dort jemanden mit Autorität überreden kann, mir einen Vorfahren zu nennen, der Großes geleistet hat, bevor die Carlyons überhaupt existierten! Der Ruhm der Vorfahren ist für Sie jetzt so wichtig, Will, dass ich fast wünschte, ich wäre die Tochter eines Schweinefleischverpackers aus Chicago."

„Warum?", fragte Carlyon ein wenig düster.

„Warum? Weil ich notfalls immerhin einen früheren ‚Pilgervater' auftreiben könnte. Ein heutiger Ruf genügt Ihnen offenbar nicht."

„Ich glaube, die alten Zeiten waren am besten", sagte er knapp.

„Ja? Als die Männer die Frauen in ihren vier Wänden hielten, wie Kühe in Ställen, und ihnen nur so viel Futter gaben, wie sie für angemessen hielten, und sie schlugen, wenn sie rebellierten? Nun, vielleicht waren diese Zeiten angenehm, aber ich fürchte, ich hätte sie nie zu schätzen gelernt. Ich sehe lieber, wie sich die Dinge weiterentwickeln – so wie sie es tun – und ich mag eine Zivilisation, die die Bildung von Frauen ebenso wie von Männern einschließt."

„Meiner Meinung nach schreiten die Dinge viel zu schnell voran", sagte Carlyon träge und schenkte sich neben ihm ein Glas des erlesenen Rotweins ein. „Ich wäre geneigt, für etwas weniger schnelle Fortschritte zu stimmen, was die Frauen betrifft."

„Doch erst neulich sagten Sie, es sei eine Schande, dass Frauen nicht die gleichen akademischen Ehren erlangen könnten wie Männer; und Sie sagten sogar, man sollte ihnen Titel verleihen als Belohnung für ihre Verdienste in Wissenschaft, Kunst und Literatur", sagte Delicia. „Was hat Sie dazu gebracht, Ihre Meinung zu ändern?"

Er sah nicht zu ihr auf, sondern spielte geistesabwesend mit den Krümeln auf der Tischdecke.

„Nun, ich bin nicht sicher, ob es für Frauen richtig ist, in der Öffentlichkeit sehr prominent aufzutreten", sagte er.

Delicia runzelte kurz die Stirn und zeigte, dass ein Anflug von Ungeduld ihre Laune durcheinander brachte. Doch sie beherrschte sich und sagte mit vollkommener Gelassenheit:

„Ich fürchte, ich verstehe nicht ganz, was Sie meinen, es sei denn, Ihre Worte beziehen sich auf die neue Tänzerin, La Marina?"

Er zuckte heftig zusammen und stieß mit einer plötzlichen Handbewegung sein Weinglas um. Delicia beobachtete, wie der Rotwein das seidenweiße Damasttischtuch befleckte, ohne einen Ausruf oder ein Anzeichen von Ärger. Ihr Herz klopfte wie wild, denn durch ihre herabhängenden Wimpern sah sie das Gesicht ihres Mannes und las darin einen Ausdruck, der ihr fremd und neu war.

„Oh, ich weiß, was passiert ist", sagte er wütend und fast wie ein Fluch, während er versuchte, die Tropfen Chateau Lafite abzuwischen, die seine Manschette und die Tischdecke beschmutzten. „Diese Frau Lefroy war hier und hat Geschichten erzählt und Unfug getrieben! Ich habe sie neulich mit ihrer Bande von geselligen Raufbolden im Savoy gesehen ..."

„Und sie hat dich gesehen!", warf Delicia lächelnd ein.

„Und was, wenn sie es getan hat?", fauchte er gereizt. „Ich wurde La Marina von Prinz Golitzberg vorgestellt – Sie kennen diesen Deutschen – und er bat mich, sie ihm abzunehmen. Er hatte ihr ein Abendessen im Savoy versprochen und im letzten Moment wurde er zu seiner Frau gerufen, die plötzlich krank geworden war. Ich konnte ihm diesen Gefallen nicht abschlagen; er ist ein anständiger Kerl. Und dann, wie es der Zufall wollte, kam dieser Spielverderber von Lefroy und machte diesen ganzen Krawall!"

„Mein lieber Will!", protestierte Delicia in sanftem Erstaunen, „wovon redest du? Wo ist der Krawall? Was hat Mrs. Lefroy getan? Sie hat mir heute bloß erzählt, dass sie dich mit dieser Marina im Savoy gesehen hat, und damit war die Sache erledigt, und soweit es mich betrifft, wird sie damit für immer enden."

„Das ist alles Unsinn!", sagte Carlyon und wischte sich immer noch die Manschette ab. „Du weißt, dass du verärgert bist, sonst würdest du mich nicht so ansehen!"

Delicia lachte.

„Wohin schaue ich?", fragte sie fröhlich. „Bitte, mein lieber Junge, sei nicht so eingebildet, zu glauben, ich hätte etwas dagegen, wenn du die Marina oder eine beliebige Anzahl von Marinas zum Abendessen ins Savoy einlädst, wenn dich so etwas amüsiert! Du glaubst doch nicht, dass ich mich mit „Damen" von Marinas Klasse vergleiche oder dass ich auf solche Personen eifersüchtig sein könnte? Ich fürchte, du kennst mich noch nicht, Will, obwohl wir so glückliche Jahre miteinander verbracht haben! Du hast weder die Tiefe meiner Liebe ermessen noch das Maß meines Stolzes erfasst! Außerdem – ich vertraue dir!" Sie hielt inne. Dann stand sie vom Tisch auf und reichte ihm die kleine silberne Schachtel mit seinen Zigarren. „Rauch deine Gereiztheit ab, mein Junge!", sagte sie, „und komm nach oben, wenn du bereit bist. Wir gehen heute Abend zum Empfang des Premierministers, denk daran."

Ihre Hand ruhte einen Moment lang zärtlich auf seiner Schulter; dann verließ sie, eine kleine Melodie vor sich hin summend, das Zimmer, gefolgt von Spartan, der sie, wenn er es vermeiden konnte, keinen Augenblick aus den Augen ließ. Sie stieg die Treppe hinauf, blieb auf der Schwelle ihres Arbeitszimmers stehen und blickte mit unbestimmter Miene hinein, als sei ihr der Ort plötzlich fremd geworden. Dort lächelten ihr direkt die gemalten Züge Shakespeares entgegen, dieses unsterblichen Freundes des Menschen; ihre Lieblingsbücher begrüßten sie mit der stillen, aber überzeugenden Beredsamkeit ihrer wohlbekannten und hochverehrten Titel; die elektrischen Lichter, die so angebracht waren, dass sie kleine Sterne an der Decke darstellten, waren nicht eingeschaltet, und nur der junge Mond blickte schimmernd durch das Gitterfenster und warf einen blassen Glanz auf die Marmorzüge des „Antinous". Sie stand ganz still und betrachtete all diese wohlbekannten Gegenstände ihrer alltäglichen Umgebung mit einem seltsamen Gefühl der Fremdartigkeit, während Spartan sie die ganze Zeit verwundert anstarrte.

„Was ist nur mit mir los?", grübelte sie. „Warum habe ich das Gefühl, als wäre ich plötzlich aus meiner gewohnten Ruhe gerissen und gezwungen worden, an den gewöhnlichen und gemeinen Streitereien kleingeistiger Männer und Frauen teilzunehmen?"

Sie wartete noch eine Minute, dann überwand sie offenbar die Emotionen, die in ihr vorgingen, drückte auf die Elfenbeinklinke, die alles Sichtbare erhellte, und betrat den Raum mit ruhigen Schritten und einem halb reumütigen Blick, als bedauerte sie, einen unsichtbaren Geisterwächter beleidigt zu haben.

„Oh, ihr lieben, lieben Freunde!", sagte sie, näherte sich den Bücherregalen und sprach die dort aufgereihten Bände leise an, als wären sie fühlende Personen. „Ich fürchte, ich konsultiere euch nicht halb genug! Ihr seid immer bei mir und bereit, mir zu jedem Thema der Welt den vernünftigsten Rat zu geben; Rat, der noch dazu auf weiser Erfahrung beruht! Sagt mir jetzt etwas aus eurem Weisheitsschatz, um diesen dummen kleinen Schmerz in meinem Herzen zu lindern – dieses irritierende, selbstsüchtige, argwöhnische Leiden, das meiner ganz unwürdig ist, wie es jedes anderen unwürdig ist, der das große Privileg hatte, von Lehrern wie euch große Lektionen zu lernen! Es ist nicht so, als wäre ich eine Frau, deren einzige Vorstellungen vom Leben sich um Kleidung und Häuslichkeit drehen, oder eines dieser unglücklichen, sich selbst quälenden Geschöpfe, die ohne Bewunderung und Schmeichelei nicht existieren können; ich bin, denke und hoffe ich, anders beschaffen und habe vor, nach großen Dingen zu streben, auch wenn es mir nie gelingt, sie zu erreichen. Aber wenn man nach Größe strebt, darf man nicht in die Kleinheit abdriften – rettet mich vor dieser Gefahr, meine lieben Kameraden aus der alten Welt, wenn ihr könnt, denn heute Nacht bin ich ganz anders als ich selbst. In meinem Kopf sind Gedanken, die Xantippe hätten aufregen können, die Delicia aber nie beunruhigen sollten, wenn Delicia sich selbst nur als wahr erweist!'

Und sie hob mit einem halben Lächeln die Augen zu Shakespeares nachdenklichem Antlitz. „Herrlicher und göttlicher Williams, Sie müssen mir verzeihen, dass ich Ihre patriotische Linie über England meinen unwürdigen Bedürfnissen anpasse; aber warum *machen* Sie sich so hervorragend zitierbar?" Sie hielt inne und nahm dann ein Buch auf, das auf ihrem Schreibtisch lag. „Hier ist ein ausgezeichneter Arzt für ein krankes, launisches Kind wie mich – Marcus Aurelius. Was willst du mir sagen, weiser Heide? Lass mich nachdenken", und sie schlug eine Seite aufs Geratewohl auf, und ihr Blick fiel auf die Worte: „Glauben Sie nicht, dass Sie verletzt sind und Ihre Klage aufhört. Hören Sie auf zu klagen, und Sie sind nicht verletzt."

Sie lachte, und ihr Gesicht begann mit der gewohnten Lebhaftigkeit zu leuchten.

„Ausgezeichneter Kaiser! Was für eine gehörige Tracht Prügel verpassen Sie mir! Noch etwas?" Und sie blätterte ein paar Seiten um und stieß auf eine der kühl-diktatorischsten Behauptungen des kaiserlichen Moralisten. „Wie einfach ist es doch, den Strom der eigenen Vorstellungskraft einzudämmen, einen lästigen oder unangebrachten Gedanken loszuwerden und sofort wieder zur Ruhe zu gelangen!"

„Das weiß ich nicht, Marcus", sagte sie. „Es ist nicht gerade eine ‚einfache' Sache, den Strom der Einbildungskraft einzudämmen, aber es ist sicher einen Versuch wert", und sie las weiter: „Heute bin ich dem Unglück davongerannt, oder vielmehr habe ich das Unglück von mir geworfen; denn, um die Wahrheit zu sagen, es kam nicht von außen und kam mir nie näher als meine eigene Einbildungskraft."

Sie schloss das Buch lächelnd – die schöne Gelassenheit ihres Gemüts war vollständig wiederhergestellt. Sie verließ ihr hübsches Schreibzimmer und befahl Spartan, dort Wache zu halten – ein Befehl, an den er gewöhnt war und dem er sofort, wenn auch mit einem tiefen Seufzer, gehorchte, da die „Abende außer Haus" seiner Herrin das Hauptproblem seines ansonsten beneidenswerten Daseins waren. Delicia machte sich inzwischen für den Empfang des Premierministers an und schlüpfte bald in das Gewand, das sie sich von einer berühmten indischen Stickerfirma hatte entwerfen lassen – ein Gewand aus weichstem weißen Satin, geschmückt mit Gold- und Silberfäden und dicht verflochtenen Perlen, so dass es wie eine Masse fein gearbeiteter Juwelen aussah. Ein einzelner Stern aus Diamanten glitzerte in ihrem Haar, und sie trug einen Fächer aus natürlichen Lilien, der mit einem weißen Band zusammengebunden war. So gekleidet gesellte sie sich zu ihrem Mann, der im Salon bereit stand und auf sie wartete. Er blickte etwas beschämt zu ihr auf.

„Du siehst heute Abend wirklich großartig aus, Delicia", sagte er.

Sie machte einen ausladenden Knicks und lächelte.

„Mein Herr, Ihr wohlwollendes Lob überwältigt mich!", antwortete sie. „Ist es nicht angemessen und richtig, dass ich so erscheine, dass ich des Hauses Carlyon für würdig befunden werde?"

Er legte seinen Arm um ihre Taille und zog sie an sich. Es war merkwürdig, dachte er, wie frisch ihre Schönheit aussah! Und die Männer in seiner „Szene" wären in lautes, grobes Gelächter ausgebrochen, wenn einer von ihnen gedacht hätte, dass er so viel vom Charme seiner Frau hielt – seiner eigenen Frau, mit der er seit über drei Jahren fest verheiratet war! Nach den Regeln der „modernen" Moral sollte man in drei Jahren genug von seiner rechtmäßigen Frau haben und eine passende „Seele" finden, mit der man „Verwandtschaft" beanspruchen kann.

„Delicia", sagte er und spielte gedankenverloren mit den Lilien ihres Fächers, „es tut mir leid, dass Sie sich über die Marina-Frau geärgert haben –"

Sie unterbrach ihn, indem sie ihre kleinen, weiß behandschuhten Finger auf seine Lippen legte.

„Verärgert? Oh nein, Will, nicht verärgert. Warum sollte ich? Bitte, lass uns nicht mehr darüber reden; ich habe den Vorfall fast vergessen. Komm! Es ist Zeit, dass wir aufbrechen!"

Und als Reaktion auf das seltsam reumütige, halb mürrische Benehmen des „bösen Jungen", das er annahm, küsste sie ihn. Daraufhin versuchte er seine besondere Methode, die ihm bei seinem Werben um sie den Sieg beschert hatte, den leidenschaftlichen Ausbruch; und murmelte mit seiner vollen

Stimme, dass sie immer die „einzige Frau auf der Welt", der „Engel seines Lebens" und insgesamt die Krönung und der Gipfel süßer Vollkommenheit gewesen sei, und er schloss sie mit der ganzen Inbrunst eines Liebhabers in seine Arme. Und sie klammerte sich an ihn und vergaß ihre Zweifel und Ängste, vergaß die strengen Feststellungen von Marcus Aurelius, vergaß die Triumphe ihrer eigenen intellektuellen Laufbahn, vergaß im Grunde alles, außer der Tatsache, dass sie die ihn blind anbetende Anhängerin eines über 1,80 Meter großen Gardisten war, den sie selbst als „Gott" auf den Thron des Ideals gesetzt hatte und den sie durch eine so rosige Wolke süßer Selbstverleugnung anbetete, dass sie nicht erkennen konnte, was für ein armseliger Fetisch ihr Idol letztlich war – aus nichts anderem gemacht als dem gewöhnlichsten Lehm!

KAPITEL III

Das Raucherzimmer des „Bohemian" war voll mit einer bunt zusammengewürfelten Ansammlung von Männern des literarischen Vagabundentyps - Reporter, Paragraphenschreiber, Autoren von Groschenromanen, die kassettenweise von den dünnen Spulen rauchgetrockneter Männerhirne abgespult wurden; herumstreunende Schauspieler, Bühnenautoren, die darauf brannten, das Werk irgendeines berühmten Ausländers zu übersetzen und sich so an seine überlegenen Rockschöße zu hängen; „Bearbeiter", die darauf brannten, irgendeinen berühmten Roman zu dramatisieren und den ganzen Profit einzustecken; eifrige „Anbieter" neuer Zeitschriften, die nach „Geldern" für ihre Finanzierung suchten, und unter all diesen eine äußerst beiläufige Handvoll brillanter und erfolgreicher Künstler und Literaturschaffender, die entweder Ehrenmitglieder waren oder ihre Namen im Komitee stehen ließen, um einer Ansammlung „Prestige" zu verleihen, die man sonst als „Lumpensammler" der Literatur bezeichnen würde. Die Meinungen des „Bohemian" – die leichtsinnig idiotischen Theorien, mit denen sich die Mitglieder vergnügten und die den Laien Stoff zum Lachen lieferten – wurden gelegentlich in den Zeitungen zitiert, was dem Club natürlich in seinen eigenen Augen, wenn auch in den Augen anderer, eine gewisse Bedeutung verlieh. Und das Komitee legte, wie man sagt, eine beträchtliche Menge „Seitenhieb" hin; ab und zu tat es so, als würde man einen halb-halb-Prominenten ehren, indem man ihn zu einem Fünf-Schilling-Dinner einlud und ihn zum „Gast des Abends" ernannte, während er in der Zwischenzeit düster die halbkalte, schlecht gekochte Armseligkeit des Essens zur Kenntnis nahm und mit sich selbst überlegte, ob er rechtzeitig wegkommen würde, um auf dem Heimweg irgendwo ein Kotelett „vom Grill" zu essen. Der „Bohemian" hatte lange gebraucht, um sich zu etablieren, was an der Art lag, wie die Herren, die „drin" waren, jeden neuen Anwärter auf die Ehre der Mitgliedschaft beharrlich ausschlossen. Der Grund hierfür war der chronische Zustand nervöser Eifersucht, in dem die „Bohemiens" lebten. Bis zu einem gewissen Grad und soweit ihre persönlichen Feindseligkeiten es zuließen, waren sie eine „Gesellschaft gegenseitiger Bewunderung" und fürchteten das Eindringen eines Fremden, der sich daran machte, „ihre Tricks und ihre Manieren" herauszufinden. Sie hatten einen eigenen Anwalt, dessen Aufgabe es war, die Streitigkeiten des Clubs zu schlichten, falls dies erforderlich war, und sie hatten auch einen Arzt, einen humorvollen und sehr klugen kleinen Mann, der abends gern auf dem Gelände herumschlenderte und sich Notizen für das Schreiben einer medizinischen Abhandlung mit dem Titel „Literarische Dyspepsie und die Leidenschaft des Neids in ihrer Wirkung auf die Milz und andere lebenswichtige Organe" machte, ein Buch, von dem er zu Recht glaubte, dass es bei seinen Berufskollegen großes Interesse erregen würde. Aber trotz des imposanten Namenskomitees, des Anwalts und des Arztes zahlte der „Bohemien" nicht. Es kämpfte weiter, behindert durch Schulden und Schwierigkeiten, wie die meisten seiner Mitglieder. Es gab gelegentlich Raucherkonzerte, für die es extra Gebühren verlangte, und zweimal im Jahr ließ es Damen zu seinen Abendessen zu, während derer Bankette Reden gehalten wurden, die dem schönen Geschlecht deutlich bewiesen, dass sie hier überhaupt nichts zu suchen hatten. Doch trotz aller Vorteile, die ein ständiges Feuer satirischer Kommentare ihm in Bezug auf Bekanntheit verschaffen konnte, war das „Bohemian" kein florierendes Unternehmen; und kein Yankee-Bullion-Bag schien geneigt, es zu übernehmen oder in seine Zukunftschancen zu investieren. Eine blassere, säuerlichere, unzufriedenere Gruppe von Männern, als sie sich an dem betreffenden Abend im Raucherzimmer versammelt hatten, konnte man zwischen London und den Antipoden kaum finden, und nur der kleine Doktor, der sich in einem Liegestuhl zurücklehnte, seine hübsch geformten kleinen Beine locker übereinandergeschlagen hatte und ein Lächeln im Gesicht hatte, schien seine Position als unparteiischer Zuschauer der Szene zu genießen. Sein Lächeln war jedoch das einer rein beruflichen Zufriedenheit; er studierte ein „Thema" in Gestalt eines langhaarigen „Dichters", der seine eigenen Rezensionen schrieb. Dieser Sohn der Musen war ein ungepflegter, schmutzig aussehender Mann, und seine üppigen Locken erinnerten unwiderstehlich an eine schwarze Fußmatte aus Ziegenfell, die dort getragen wurde, wo rücksichtslose Besucher ihre schmutzigen Stiefel daran abgewischt hatten. Zweifellos wusch sich dieser Dichter gelegentlich, aber seine Haut hatte eine der eigenartigen Beschaffenheiten, über die sich Lady Macbeth beschwerte – „alle Düfte Arabiens" konnten sie weder reinigen noch „süßen".

„Gelbsucht", murmelte der kleine Doktor freundlich. „Ich gebe ihm ein Jahr, und dann ist er in der schlimmsten Form. Zu viel Rauch, zu viel Whisky, geistig kombiniert mit Eitelkeit, Gehässigkeit und der gewohnheitsmäßigen Konzentration der Vorstellung auf sich selbst; und keine Fröhlichkeit, kein Witz oder keine Freundlichkeit, um diese Mischung abzumildern. Alles schlecht für die Gesundheit – so schlimm, wie es nur sein kann! Aber, Gott segne meine Seele, was macht das schon? Er würde nie vermisst werden!"

Und er rieb sich jubelnd die Hände und lächelte immer noch.

Inzwischen saß der so verdammte Reimdichter an einem entfernten Tisch und schrieb über sich selbst:

„Wenn Shelley ein Dichter war, wenn Byron ein Dichter war, wenn wir Shakespeare als König der Barden und Dramatiker anerkennen, dann ist auch Mr. Aubrey Grovelyn ein Dichter, der hervorragend dazu geeignet ist, der Kamerad dieser Unsterblichen zu sein. Inspiriertes Denken, Schönheit der

Diktion, Leichtigkeit und Pracht des Rhythmus zeichnen Aubrey Grovelyns Muse aus, wie sie Shakespeares Äußerungen auszeichnen; und indem wir diesem begabten Sänger das Lob zuteil werden lassen, das ihm zu Recht gebührt, meinen wir, dass wir England einen Dienst erweisen, indem wir zu den Ersten gehören, die auf das glorreiche Versprechen und den Wert eines Genies hinweisen, das dazu bestimmt ist, alle seine Zeitgenossen an weitreichender Originalität und Erhabenheit des Entwurfs zu übertreffen."

Er beendete dies mit einem kühnen Schwung, steckte es in einen Umschlag und adressierte es an die Redaktion der Zeitschrift, bei der er angestellt war und die er nur als Alfred Brown kannte. Mr. Alfred Brown war als Kritiker in der Redaktion dieser Zeitschrift tätig; und als Brown lobte er sich selbst in der Person von Aubrey Grovelyn. Der große Herausgeber der Zeitschrift, der die Hälfte seiner Zeit mit Schießen, Golfen oder anderen Freizeitbeschäftigungen verbrachte, wusste weder etwas über Grovelyn noch über Brown und kümmerte sich auch nicht darum. Und das Publikum, das Grovelyn als Shakespeare beschrieben sah, schloss sofort daraus, dass er ein Schwindler sein musste, und mied seine Bücher so vorsichtig, als ob sie mit dem Etikett „Gift" versehen gewesen wären. Daher Brown-Aubrey-Grovelyns chronische, trübe Melancholie – seine Gedichte ließen sich nicht „verkaufen". Er stopfte seine lobende Rezension seiner neuesten Produktion in die Tasche und ging zum Arzt, an dessen Zigarre er sich seine eigene anzündete.

„Haben Sie heute Abend die Zeitung gelesen?", fragte er träge, ließ sich auf einen Sessel neben dem „Galen" des Clubs fallen und fuhr sich mit einer dünnen Hand durch seine auf der Fußmatte liegenden Locken.

„Ich habe sie nur überflogen", antwortete der Doktor gleichgültig. „Ich lese nie etwas anderes als die Telegramme."

Der Dichter zog hochmütig die Augenbrauen hoch.

„Also? Sie lassen sich nicht vom Auf und Ab der menschlichen Gezeiten beeinflussen", murmelte er vage. „Aber ich hätte gedacht, dass Ihnen die lächerliche Ankündigung des neuen Buches dieser schrecklichen Frau, Delicia Vaughan, aufgefallen wäre. Es ist ungeheuerlich! Ein Verkauf von hunderttausend Exemplaren; das ist eine teuflische Lüge!"

„Das ist die verdammte Wahrheit!", sagte plötzlich eine angenehme Stimme mit dem mildesten aller Akzente, und ein gutaussehender Mann mit einem hübschen Trick, seinen Schnurrbart zu zwirbeln, und einer unbequemen Art, mit den Augen zu blitzen, stellte sich vor dem Arzt und dem Dichter aufrecht hin. „Ich bin der Verleger, und ich weiß es!"

Es entstand eine Stille, während der Mr. Grovelyn ärgerlich lächelte und seine Fußmatte neu zuordnete. „Wann", fuhr der Verleger freundlich fort, „ermöglichen Sie mir, dasselbe für Sie zu tun, Mr. Grovelyn?"

Der Arzt, sein Name war Dalley, lachte; der Dichter runzelte die Stirn.

„Sir", sagte Grovelyn, „meine Arbeit spricht diese Zeit nicht an, die nur noch mehr Idioten hervorbringt. Ich vertraue mich und meine Werke der Gerechtigkeit der Nachwelt an."

„Dann müssen Sie sich doch auch an die Verleger der Nachwelt wenden, nicht wahr, Mr. Granton?", schlug Doktor Dalley mit einem humorvollen Funkeln in den Augen vor und wandte sich an den Verleger, der als Chef einer wohlhabenden und einflussreichen Firma von allen mittellosen Schreiberlingen im „Bohemian" mit Gefühlen betrachtet wurde, die zwischen Ehrfurcht und Angst schwankten.

„Das muss er wirklich!", sagte Granton. „Ich persönlich spekuliere lieber auf Delicia Vaughan, jetzt Lady Carlyon. Ihr neues Buch ist ein Meisterwerk; ich bin stolz, der Verleger davon zu sein. Und auf mein Wort, ich glaube, das Publikum beweist hervorragenden Geschmack, wenn es sich darauf stürzt."

„Pah, sie kann nicht schreiben!", höhnte Grovelyn. „Kannten Sie jemals eine Frau, die das konnte?"

„Ich habe von George Eliot gehört", deutete Dalley an.

„Eine alte Henne, die sich einbildete, sie könne krähen!", sagte der Dichter mit tiefer Bosheit. „Sie wird in Kürze vergessen sein, als hätte sie nie existiert; und was diese Vaughan-Frau betrifft, sie steht noch mehrere Klassen unter ihr und sollte nur für das *London Journal arbeiten* !"

Granton sah ihn an und biss sich auf die Lippen, um ein Lächeln zu verbergen.

„Mir kommt es so vor, als ob Sie trotzdem lieber in Lady Carlyons Fußstapfen treten würden, Mr. Grovelyn", sagte er.

Grovelyn lachte, und sein Lachen war so schrill, dass sich Dr. Dalley sofort eine mentale Notiz mit dem Titel „Milzhysterie" machte und ihn mit professioneller Aufmerksamkeit beobachtete.

„Ich nicht", rief er aus. „Jeder weiß, dass ihr Mann mehr als die Hälfte ihrer Bücher schreibt!"

„Das ist eine Lüge!", sagte eine volle, klare Stimme hinter ihnen. „Ihr Mann ist ein ebenso großes Arschloch wie du!"

Grovelyn drehte sich grimmig um und stellte sich Paul Valdis entgegen. Es herrschte eine Stille der Überraschung und Bestürzung. Mehrere Männer erhoben sich aus verschiedenen Teilen des Zimmers und kamen, um zu sehen, was los war. Dr. Dalley rieb sich in freudiger Erwartung eines „Streits" die Hände, aber keiner sprach oder unternahm etwas, um einzugreifen. Die beiden Männer, Grovelyn und Valdis, standen sich gegenüber; der eine mit grimmigen Gesichtszügen, jede Bewegung seines Körpers von einer falschen und abstoßenden Affektiertheit geprägt, der andere eine männliche und heroische Gestalt, die sich durch gutes Aussehen und anmutiges Auftreten auszeichnete, mit dem Bewusstsein für Recht und Gerechtigkeit, das in seinen Augen aufblitzte.

„Sie beschuldigen mich der Lüge, Mr. Valdis", zischte Grovelyn, „und nennen mich einen Esel!"

„Das tue ich", erwiderte Valdis kühl. „Es ist ganz sicher eine Lüge, dass Lord Carlyon die Hälfte der Bücher seiner Frau schreibt. Ich habe einmal einen Brief von ihm bekommen und daraus erfahren, dass er nicht einmal richtig schreiben kann, geschweige denn sich grammatikalisch ausdrücken kann. Und natürlich sind Sie ein Esel, wenn Sie glauben, dass er in Sachen Literatur etwas leisten könnte; aber das glauben Sie nicht – Sie sagen das nur aus purer Eifersucht auf den Ruhm einer Frau!"

„Sie werden dafür geradestehen, Mr. Valdis!", rief Grovelyn, und die Locken seiner Fußmattenfrisur sträubten sich vor Wut. „Beim Himmel, Sie werden dafür geradestehen!"

„Wann und wie es Ihnen beliebt", erwiderte Valdis gelassen. „Hier und jetzt, wenn Sie möchten und wenn die Mitglieder das Kämpfen auf dem Clubgelände gestatten."

Ausrufe wie „Nein, nein!" vermischten sich mit Gelächter und übertönten teilweise seine Stimme. Jeder im „Bohemian" kannte und fürchtete Valdis; er war die einflussreichste Person im Komitee und die gefährlichste, wenn man ihn beleidigte.

„Lady Carlyons Name ist kaum dazu geeignet, ein Zankapfel für uns literarische und schauspielerische Selbstläufer zu sein", fuhr er fort. „Sie schreibt keine Verse, also steht sie Ihnen nicht im Weg, Mr. Grovelyn, und sie wird auch Ihren Anspruch auf die Nachwelt nicht beeinträchtigen. Sie ist keine Schauspielerin, also raubt sie mir keine meiner Ehren als Schauspieler, und ich denke, wir täten gut daran, ihr großzügig den friedlichen Genuss ihres ehrlich verdienten Rufs zu gestatten, ohne uns wie schmutzige Straßenjungen zusammenzutun und zu versuchen, sie mit Dreck zu bewerfen. Unser Dreck bleibt nicht haften, wissen Sie! Ihr Buch ist ein überwältigender Erfolg, und ihr Mann wird zweifellos alle finanziellen Gewinne daraus genießen."

Er drehte sich auf dem Absatz um und blickte auf einige Papiere, die auf dem Tisch lagen. Grovelyn berührte seinen Arm. Auf seinem Gesicht lag ein böser Blick.

„Die Feder ist mächtiger als das Schwert, Herr Valdis!", bemerkte er.

"Ja, ja! Das heißt, Sie werden mich in der nächsten Ausgabe des Halfpenny *Clarion verleumden* ? So sei es! Die Wahrheit soll nicht für ein Halfpenny Verleumdung weichen!"

Er nahm seine Durchsicht der Papiere wieder auf, und Grovelyn ging langsam davon, den Blick zu Boden gerichtet und mit einem grüblerischen, schelmischen Gesichtsausdruck.

„Sie sollten nie die Laune eines Mannes mit Leberproblemen aufregen, Valdis", sagte Dr. Dalley fröhlich und zog seinen Stuhl an den Tisch heran, an dem der gutaussehende Schauspieler noch immer lehnte. „Alle schlechten Launen kommen von Problemen mit diesem wichtigen Organ, und ich bin sicher, wenn ich einem Möchtegern-Mörder nur rechtzeitig begegnen könnte, könnte ich ihn mit einer Dosis – einer ganz kleinen Dosis – eines geeigneten Medikaments vor der Begehung seiner geplanten bösen Tat bewahren!"

Valdis lachte ziemlich gezwungen.

„Könnten Sie das? Dann sollten Sie sich besser unverzüglich um Grovelyn kümmern. Er ist reif für einen Mord – mit der Feder!"

Dr. Dalley rieb nachdenklich sein glattrasiertes, rundes Kinn.

„Ist er das? Nun, vielleicht ist er das; das sollte mich wirklich nicht wundern! Merkwürdigerweise, wenn ich jetzt darüber nachdenke, hat er gewisse Eigenschaften, die mit dem Instinkt eines Mörders gleichzusetzen sind – phrenologisch und physiologisch gesehen, meine ich. Es ist ziemlich seltsam, dass er überhaupt ein Dichter ist."

„Ist er ein Dichter?", fragte Valdis verächtlich. „Ich habe nie gehört, dass das ehrlich zugegeben wurde. Man erkennt einen Mann nicht einfach als Dichter an, nur weil er einen Schopf mit sehr schmutzigem Haar hat."

„Mein lieber Valdis", protestierte der kleine Doktor freundlich, „Sie sind wirklich sehr verbittert, fast gewalttätig in Ihren Kritiken an dem Mann, der für mich einer der interessantesten Menschen ist, die ich je getroffen habe! Denn ich sehe seinen Tod – aufgrund sehr komplexer und unterhaltsamer Krankheitskomplikationen – in einem Zeitraum von – lassen Sie mich nachdenken! Also, sagen wir, in achtzehn Monaten! Ich glaube nicht, dass wir eine Autopsie durchführen können. Ich wünschte, ich könnte es für wahrscheinlich halten, aber ich fürchte –" Hier schüttelte Dr. Dalley den

Kopf und wirkte so verzweifelt über die geringe Hoffnung, die er hatte, Grovelyn nach seinem Tod sezieren zu können, dass Valdis herzlich und diesmal ohne Zurückhaltung lachte.

„Sie vergessen, es gibt die neue Fotografie; Sie könnten sein Inneres fotografieren, während er noch lebt!"

„Mein Gott! Daran habe ich noch nie gedacht!", rief der Arzt freudig. „Natürlich! Ich werde es machen lassen, wenn die Krankheit schon etwas weiter fortgeschritten ist. Es wird äußerst lehrreich sein!"

„Das wird es", sagte Valdis. „Besonders, wenn Sie es in den Zeitschriften wiedergeben und es ‚Porträt des Inneren eines Spottschriftstellers im Prozess der Zerstörung durch die Mikroben der Enttäuschung und des Neids‘ nennen."

„Gut! Gut!", kicherte Dalley. „Und, mein lieber Valdis, wie würde Ihnen ein Foto mit dem Titel ‚Porträt des Vorstellungsorgans eines hervorragenden Schauspielers, verzehrt vom Feuer einer hoffnungslosen Liebe‘ gefallen?"

Valdis errötete heftig und wurde bald darauf blass.

„Sie sind ein alter Freund von mir, Dalley", sagte er langsam, „aber Sie gehen möglicherweise zu weit!"

„Das darf ich, und das habe ich auch getan!", erwiderte der kleine Doktor reumütig und mit beschämtem Blick. „Verzeihen Sie mir, mein lieber Junge; ich habe mich einer Unverschämtheit schuldig gemacht, und es tut mir leid! So! Aber ich würde gern ein paar Worte mit Ihnen allein sprechen, wenn es Ihnen nichts ausmacht. Es ist Sonntagabend; Sie können nicht einfach ‚Ernani‘ sein. Wollen Sie ein paar Minuten Ihrer Gesellschaft mit mir verschwenden – außerhalb dieser Räumlichkeiten, wo selbst die Wände Ohren haben?"

Valdis stimmte zu und nach wenigen Minuten verließen sie gemeinsam den Club. Bei ihrem Aufbruch entstand eine leichte Aufregung unter den Männern im Raum, die lasen, rauchten und Whisky mit Wasser tranken.

„Ich wünschte, sie würde etwas mit ihm anfangen!", knurrte ein Mann, dessen Kopf halb hinter einem *Schiedsrichter verborgen war* . „Warum zum Teufel spielt sie nicht die Närrin wie andere Frauen?"

„Von wem sprechen Sie?", fragte ein stämmiger Mann, der gerade seine kritischen Notizen zu einem neuen Stück korrigierte, das am Vorabend zum ersten Mal aufgeführt worden war.

„Delicia Vaughan – Lady Carlyon", antwortete der erste Mann. „Valdis ist in sie vernarrt. Warum sie nicht zu ihm übergeht, kann ich mir nicht vorstellen. Eine schreibende Frau braucht nicht anspruchsvoller zu sein als eine tanzende Frau. Ich würde sagen, sie sind beide Persönlichkeiten des öffentlichen Lebens, und Carlyon hat sich als Geschenk zu La Marinas Füßen niedergeworfen, also steht dem nichts im Weg, außer der außergewöhnlichen „Verstocktheit" der Frau selbst."

„Was würde es Ihnen nützen, wenn sie ‚rübergeht', wie Sie es nennen, zu Valdis?", erkundigte sich der stämmige Schreiberling zweifelnd und biss auf das Ende seines Bleistifts.

„Gut? Mir persönlich nicht", sagte der andere, „aber es würde sie runterziehen! Verstehst du nicht? Es würde dem idiotischen Publikum, das ihr gerade hinterherläuft, als wäre sie eine Göttin, beweisen, dass sie nur der übliche zerbrechliche Stoff ist, aus dem Frauen gemacht sind. Das würde mir gefallen! Ich gestehe, es würde mir gefallen! Ich mag es, wenn Frauen an ihrem Platz gehalten werden –"

„Das heißt, weiter unten", meinte der stämmige Herr, immer noch skeptisch.

„Natürlich! Wozu wurden sie sonst gemacht? La Marina, die ihre Röcke hochwirft und sich mit der Spitze ihres großen Zehs an die Nase schlägt, ist, nehme ich an, viel mehr eine Frau und sicherlich mehr nach dem Geschmack eines Mannes als die freche, brillante, überlegene Delicia Vaughan!"

„Oh! Sie geben zu, dass sie brillant und überlegen ist?", sagte der sture Kritiker lächelnd. „Nun, Sie wissen, dass das eine Menge heißt! Ich bin ein altmodischer Mann –"

„Natürlich sind Sie das!", warf ein junger Mann ein, der in der Nähe stand. „Sie glauben gern, dass es gute Frauen – echte Engel – auf der Erde gibt. Sie glauben gern daran, und ich auch!"

Er war ein junger Mann mit frischen Farben, der vor kurzem aus der Provinz nach London gekommen war, um sich in der Literatur zu versuchen, und die Person, die mit dem *Schiedsrichter* zusammen war und das Gespräch begonnen hatte, musterte ihn mit der äußersten Verachtung.

„Ich hoffe, deine Mutter ist in der Stadt und kümmert sich um dich, du Trottel", sagte er. „Du bist ein ganz unerfahrener Vogel!"

Der junge Mann lachte gutmütig.

„Tu ich das? Na ja, ich ehre die Frauen lieber, als sie zu verachten."

Der beherzte Kritiker blickte anerkennend von seinem Notizbuch auf.

„Mach so weiter, solange du kannst, Junge", sagte er. „Es wird dir nicht schaden!"

Es folgte Schweigen; der Mann mit dem *Schiedsrichter* sprach kein weiteres Wort, und der frisch geschminkte Provinzler, der des Rauchs und der allgemeinen egoistischen Konzentration müde wurde, mit der jedes Clubmitglied fest in seinem eigenen Stuhl saß und in seine eigene Form der inneren Meditation vertieft war, machte sich hastig auf den Weg, froh, in die kühle Nachtluft hinauszukommen. Sein Heimweg führte durch einen Teil von Mayfair, und vor einem der Häuser, an denen er vorbeikam, sah er draußen eine lange Reihe von Kutschen und drinnen ein strahlendes Lichtspiel. Ein mondäner Anführer der Gesellschaft hielt einen Sonntagabendempfang ab; und bewegt von einem gewissen vagen Interesse und Neugier blieb der junge Reporter einen Moment stehen und beobachtete die bunt gekleideten Frauen, die ein- und ausgingen. Während er noch wartete, erschien ein würdevoller Butler auf den Stufen und murmelte einem mit Goldknöpfen bekleideten Portier etwas ins Ohr, der daraufhin lautstark rief:

„Lady Car-ly-ons Kutsche! Hier entlang!"

Und als ein elegantes *Coupé*, gezogen von zwei temperamentvollen Pferden, dem Rufe folgend schnell heranfuhr, kam eine Frau, in eine weiche, weiße Mantilla aus alter spanischer Spitze gehüllt und ihre seidene Schleppe mit einer Hand hochhaltend, mit einem Herrn, offensichtlich ihrem Gastgeber, der sie zur Kutsche begleitete, aus dem Haus. Der junge Mann vom Land beugte sich eifrig nach vorne und erblickte ein stolzes, zartes Gesicht, das von zwei dunkelvioletten Augen erhellt wurde, ein aufblitzender Anflug von Schönheit, der verschwand, bevor er vollständig sichtbar wurde. Aber es genügte, um ihn, der als „unerfahrener Vogel" bezeichnet worden war, plötzlich empört über gewisse selbsternannte Berühmtheiten werden zu lassen, die er gerade im „Bohemian" zurückgelassen hatte.

„Was für Bestien sind das!", murmelte er. „Was für Schurken! Gott sei Dank werden sie nie berühmt. Sie sind zu gemein! So einer Frau ihre schmutzige Bosheit entgegenschleudern! Das ist widerlich! Warte, bis ich Gelegenheit dazu habe. Ich werde ihren Müll für sie „überprüfen"!"

Und erwärmt von der Aussicht auf diese zukünftige Rache, ging der „unerfahrene Vogel" heim zu seinem Schlafplatz.

KAPITEL IV

Einige Tage nach dem Wortgefecht zwischen Valdis und Aubrey Grovelyn im „Bohemian" war Delicia in der Bond Street einkaufen, nicht für sich selbst, sondern für ihren Mann. Sie hatte eine ganze Liste von Bestellungen für ihn zu erledigen, von Krawatten und Strümpfen bis zu einem neuen und teuren „Coach-Lunch-Korb", an dem er plötzlich Gefallen gefunden hatte; außerdem suchte sie in allen Juweliergeschäften nach einem geschmackvollen und wertvollen Gegenstand, den sie ihm als Andenken an den bevorstehenden Jahrestag ihrer Hochzeit schenken konnte. Als sie schließlich vor einem glitzernden Schaufenster stehen blieb, sah sie ein ziemlich kurioses Paar Manschettenknöpfe, von denen sie dachte, dass sie möglicherweise ihren Zweck erfüllen könnten, und sie ging in den Laden, um sie genauer zu betrachten. Der Juwelier kannte sie nicht persönlich, schloss aber aus der Gleichgültigkeit, mit der sie die Ankündigung seiner ziemlich hohen Preise aufnahm, dass sie eine ziemlich reiche Frau sein musste, und begann ihr einige seiner kostbarsten Kunstwerke zu zeigen, in der Hoffnung, sie dadurch zum Kauf von etwas für sich selbst zu verleiten. Sie hatte keine große Vorliebe für Juwelen, aber für künstlerisches Design, und sie erfreute den Juwelier durch ihr intelligentes Lob einiger besonders erlesener Stücke, deren Vorzüge nur mit einem scharfen Auge und kultiviertem Geschmack vollständig erkannt werden konnten.

„Das ist ein bezaubernder Anhänger", sagte sie und nahm ein Samtkästchen zur Hand, in dem eine Taube mit ausgebreiteten Flügeln aus den feinsten Diamanten ruhte. In ihrem Schnabel trug sie die Nachbildung eines gefalteten Briefes aus fein gearbeitetem Gold mit den Worten „*Je t'adore ma mie!*", die in glänzenden Rubinen darauf angebracht waren. „Die Idee ist an sich anmutig und bewundernswert ausgeführt."

Der Juwelier lächelte.

„Ah, das ist ein ganz besonderes Ding", sagte er, „aber es ist nicht zu verkaufen. Es wurde als Sonderanfertigung für Lord Carlyon angefertigt."

Ein leichtes Zittern überkam Delicia wie die Berührung eines kalten Windes, und einen Moment lang tanzten die Juwelen, die auf dem Glastresen vor ihr ausgebreitet waren, auf und ab wie Funken, die aus einem Feuer sprühen, aber sie behielt ihre äußere Fassung. Und im nächsten Moment lächelte sie über sich selbst und fragte sich, warum sie so erschrocken war, denn natürlich hatte ihr Mann dieses hübsche Schmuckstück als Geschenk für sie bestellt, und zwar genau an dem Jahrestag, den sie mit einem Geschenk für ihn feiern wollte! In der Zwischenzeit nahm der Juwelier, der aufgeschlossen war und gerne verirrten Kunden Klatsch und Tratsch anvertraute, die

Diamanttaube aus ihrem mit Satin ausgekleideten Nest und hielt sie ins Sonnenlicht, um den Glanz der Steine zu zeigen.

„Das ist ein schönes Design!", sagte er begeistert. „Es wird Lord Carlyon etwas über fünfhundert Pfund kosten. Aber Gentlemen seines Schlages ist es egal, was sie bezahlen, solange sie der Dame, die sie haben wollen, eine Freude machen können. Und die Dame in diesem Fall ist nicht die Frau seiner Lordschaft, wie Sie sich sicher denken können!"

Er kicherte, und eines seiner Augenlider zitterte, als würde es jeden Moment zu einem profanen Blinzeln ansetzen. Delicia blickte ihn mit geradem, klarem Blick an.

„Warum sollte ich so etwas annehmen?", fragte sie ruhig. „Ich würde im Gegenteil annehmen, dass es genau das geschmackvolle Geschenk ist, das ein Mann für seine Frau aussuchen möchte."

Der Juwelier machte eine neugierige kleine Verbeugung über seinem Ladentisch und drückte damit seine Ehrerbietung gegenüber Delicias argloser Natur aus.

„Würden Sie das wirklich?", sagte er. „Tatsächlich ist es in unserem Gewerbe so, dass wenn wir von Herren Sonderbestellungen für wertvollen Schmuck erhalten, dieser niemals zufällig für die Ehefrauen dieser Herren bestimmt ist. Natürlich ist es nicht unsere Aufgabe, uns in das Verhalten unserer Kunden einzumischen oder es auch nur zu kommentieren; aber was unsere eigene künstlerische Arbeit betrifft, schmerzt es uns oft – ja, ich darf sagen, es schmerzt uns –, wenn wir sehen, wie einige unserer schönsten Stücke an Tänzer und Varietésänger verschleudert werden, die sie nicht wirklich zu schätzen wissen, weil ihnen Geschmack oder Kultur dafür fehlen. Sie wissen, was Juwelen wert sind – oh, das können Sie ihnen glauben. Und wenn sie Bargeld auftreiben wollen, sind ihre Juwelen natürlich sehr nützlich. Aber für uns als Firma ist das nicht zufriedenstellend, denn wir sind sehr stolz auf unsere Arbeit. Diese Taube zum Beispiel", und wieder ließ er den Anhänger in den Sonnenstrahlen baumeln, „ist ein prachtvolles Beispiel einer Diamantfassung, und natürlich wäre es uns als Hersteller eines solchen Schmuckstücks viel lieber, wenn es an Lady Carlyon ginge als an La Marina."

Delicia kam es vor, als sei sie in einer Art trübem Traum; vor ihren Augen blitzten flackernde Lichtlinien auf, und ihre Glieder zitterten. Sie hörte die Stimme des Juweliers, die in ihrem höflichen, klatschenden Tonfall wieder weitersprach, als sei sie weit entfernt.

„Natürlich ist La Marina ein wunderbares Wesen, eine wunderbare Tänzerin und auf ihre Art gutaussehend, aber gewöhnlich. Ach! gewöhnlich ist kein gutes Wort dafür! Sie war die Tochter eines Straßenhändlers in Eastcheap. Lady Carlyon hingegen ist eine ganz andere Person; sie ist am besten unter ihrem Mädchennamen Delicia Vaughan bekannt. Sie ist die Autorin dieses Namens; ich vermute, Sie haben einige ihrer Bücher gelesen?"

„Ich glaube – ja, ich denke schon", murmelte Delicia schwach.

„Nun, da haben Sie es! Sie ist eine wirklich berühmte Frau und wird von vielen Leuten sehr geliebt, habe ich gehört; aber, mein Gott! Ihr Mann schenkt ihr kaum einen Gedanken! Ich habe ihn in dieser Straße mit Frauen spazieren gehen sehen, deren Bekanntschaft sogar ich mich schämen würde; und es geht das Gerücht um, dass er keinen einzigen Penny besitzt und dass all das Geld, das er so verschwenderisch ausgibt, seiner Frau gehört; und wenn das der Fall ist, ist das wirklich beschämend, denn natürlich bezahlt sie, ohne es zu wissen, Marinas Juwelen! Über Geschmack lässt sich jedoch nicht streiten. Ich nehme an, Lady Carlyon ist zu klug oder in ihrer persönlichen Erscheinung schlicht; und deshalb geht diese Diamanttaube nach La Marina und nicht zu ihr. Nehmen Sie die Manschettenknöpfe?"

„Ja, danke, ich nehme sie", sagte Delicia, öffnete mit kalten, zitternden Fingern ihre Geldbörse und zählte frische Banknoten im Wert von zwanzig Pfund heraus. „Sie sind hübsch und sehr passend für einen – einen Gentleman."

Unbewusst betonte sie das Wort „Gentleman" und der Juwelier nickte.

„Genau! Sie haben nichts Vulgäres an sich, nicht den geringsten Verdacht auf irgendetwas ‚Schnelles'! Man kann bei der Wahl der Hengste wirklich nicht zu wählerisch sein, denn bei den Sportlern und den Jockeys und Trainern, die von ihren Turf-Kunden wertvolle Hengste geschenkt bekommen, ist es schwierig, *für* einen Gentleman etwas wirklich Gentlemanhaftes zu finden. Aber" – und der ehrenwerte Mann lächelte, während er die Hengste einpackte – „wirkliche Gentlemen werden schließlich immer seltener! Gestatten Sie mir!" Hier riss er die Tür seines Etablissements mit der Anmut eines Sir Charles Grandison auf und befahl dem kleinen Jungen in den Knöpfen, die an den Laden gefesselt waren, königlich: „Bringen Sie diese Dame zu ihrer Kutsche!"

Wie „diese Dame" in diese Kutsche gelangte, erfuhr sie nie recht. Der Page tat sein Möglichstes, indem er sorgfältig darauf achtete, dass ihr Kleid nicht das Rad berührte, indem er sie in die reiche Bärenfelldecke hüllte, die sie vor Seitenwinden schützte, und indem er ruhig den Schilling ergriff, den sie ihm für seine Dienste in die Hand gleiten ließ, aber sie selbst fühlte sich mehr wie eine mechanische Puppe, die sich auf Drähten bewegt, als wie eine lebendige, fühlende Frau. Ihr Kutscher, der immer genug damit zu tun hatte, die temperamentvollen Pferde zu lenken, die ihre leichte Victoria zogen, blickte ein- oder zweimal zweifelnd nach ihr zurück, als er seine tänzelnden Tiere aus dem Durcheinander der Bond Street lenkte und in Richtung Park fuhr, wobei er sich überlegte, dass „Ihre Ladyschaft" ihn sofort aufhalten würde, wenn er in eine unerwünschte Richtung ginge; aber Ihre Ladyschaft lehnte sich in ihrem gepolsterten Sitz zurück, reglos, gleichgültig, sah nichts und hörte nichts. Das modische Spektakel der Park-„Saison" erschien ihr wie ein bloßes chaotisches Durcheinander; und mehrere eifrige Bewunderer ihrer Schönheit und ihres Genies zogen vergeblich den Hut vor ihr – sie bemerkte sie nie. Eine seltsame Benommenheit hatte sie überkommen; als sie die Bewegung der Kutsche spürte, fragte sie sich, ob es nicht ein Leichenwagen war und sie die Leiche darin zu ihrem Grab getragen wurde! Dann, ganz plötzlich, erhob sie sich und setzte sich aufrecht hin, blickte sich um auf das üppige Laub der Bäume, die bunten Blumenbeete und die auf und ab gehende Menschenmenge; eine helle Röte überzog ihr Gesicht, das in den letzten paar Minuten totenbleich gewesen war, und als zwei oder drei ihrer Bekannten in ihren Kutschen oder zu Fuß an ihr vorbeigingen, grüßte sie sie mit ihrer üblichen anmutigen Miene aus einer Mischung von Stolz und Süße und schien fast wieder sie selbst zu sein. Aber sie konnte die Belastung, die sie ihren Nerven auferlegte, nicht lange ertragen, und nach ein oder zwei Runden in der Row bat sie ihren Kutscher, nach Hause zu fahren. Als sie dort ankam, fand sie ein Telegramm ihres Mannes vor, das folgendermaßen lautete:

„Ich werde nicht zum Abendessen zurückkommen. Warte nicht auf mich."

Sie zerdrückte das Schreiben in ihrer Hand und ging sofort in ihr Arbeitszimmer, der treue Spartaner folgte ihr, und dort schloss sie sich für ein paar Stunden allein mit ihrem Hundefreund ein. Die gelehrte Ruhe des Ortes wirkte beruhigend auf sie und linderte den brennenden Schmerz ihres verwundeten Geistes. Mit einem Seufzer der Erleichterung setzte sie sich in ihren Lieblingssessel und drehte dem weißen Marmor „Antinous" absichtlich den Rücken zu, dessen grausames Lächeln nichts als Spott über den Schmerz einer Frau enthielt. Spartaner legte seinen Kopf auf ihr Knie, und sie legte zärtlich eine Hand auf seine breite Stirn.

„Ich muss über diese Sorgen nachdenken, Spartanerin!", sagte sie sanft. „Ich fühle mich, als hätte ich Gift geschluckt und bräuchte ein Gegenmittel."

Spartan wedelte mit seinem buschigen Schwanz und blickte in die Ferne. Hätte er sprechen können, hätte er vielleicht gesagt: „Warum hast du jemals einem Menschen vertraut? Hunde sind viel treuer!"

Sie versank in tiefe Träumereien. Ihr Verstand war klar, logisch und ausgeglichen, und sie hatte keine der flatterhaften, phantastischen, hysterischen Vorstellungen, die vielen ihres Geschlechts gemeinsam waren. Sie war in der großartigen Schule der klassischen Philosophie ausgebildet worden, oder vielmehr hatte sie sich selbst ausgebildet; und außerdem war sie eine fromme Christin, eine vom Typ der alten Welt, die bereitwillig das

Martyrium für den Glauben ertragen hätte, wenn es nötig gewesen wäre. Sie war keine Kirchgängerin und gehörte keiner speziellen „Sekte" an; sie hatte keine vulgären Laster, die sie durch eine protzige Zurschaustellung öffentlicher Wohltätigkeit verbergen musste, aber sie hatte den absolutsten und leidenschaftlichsten Glauben und die Liebe zu Christus, dem einzigen göttlichen Boten Gottes an die Menschen; und jetzt brachte sie sowohl ihren Glauben als auch ihre philosophischen Theorien in die gegenwärtige unerwartete Krise ihres Lebens ein.

„Wenn ich eine niedere Frau wäre, eine vulgäre Frau, ein Weib im häuslichen Leben oder das, was die Franzosen *une femme impossible nennen* , könnte ich verstehen, dass er überall und jederzeit eine Abwechslung von meiner abscheulichen Gesellschaft sucht", argumentierte sie im Geiste; „aber so wie die Dinge stehen, was habe ich getan, dass er von mir zu La Marina herabsteigt? Männer amüsieren sich – das weiß ich nur zu gut –, aber sie müssen sich diese Unterhaltung auf so niedrigem Niveau verschaffen! Und ist es fair, dass meine Einkünfte La Marina mit Juwelen versorgen?"

Bei diesem letzten Gedanken sprang sie auf und begann ruhelos im Zimmer auf und ab zu gehen. Dabei stand sie Auge in Auge mit der Marmorbüste des „Antinous", blieb abrupt stehen und betrachtete sie eingehend.

„Oh Männer, wozu seid ihr geschaffen?", fragte sie halblaut. „Um die Herren des Planeten zu sein? Dann sollte eure Herrschaft doch sicherlich von Wahrheit und Adel geprägt sein, nicht von Niedertracht und Betrug! Sicherlich hat Gott euch ursprünglich für bessere Dinge vorgesehen, als alle Schwachen und Hilflosen mit Füßen zu treten, die schönsten Szenen der Natur zu verwüsten und alle Frauen, die euch lieben, zu elenden Wracks zu machen! Ja, Antinous, ich kann in eurem gemeißelten Gesicht den höchsten Egoismus der Männlichkeit lesen, einen Egoismus, den das Schicksal zu gegebener Zeit rächen wird! Kein Wunder, dass so wenige Männer echte Christen sind; es ist ein zu erhabener und spiritueller Glaube für die männliche Natur, die eine Mischung aus wildem Tier und intellektuellem Heiden ist. Was soll ich nun tun? Soll ich, Delicia, wenn ich meinen Mann im Schlamm sehe, ebenfalls in den Schlamm hinabsteigen? Oder soll ich mich rein halten – nicht nur körperlich rein, sondern auch geistig rein? Rein von Gemeinheit, rein von Falschheit, rein von Gehässigkeit, nicht nur um seinetwillen, sondern um meiner eigenen Selbstachtung willen? Soll ich den Dingen ihren Lauf lassen, bis sie von selbst in der vorherbestimmten Katastrophe kulminieren, die dem Bösen immer folgt? Ja, das werde ich wohl! Das Leben ist schließlich ein Schatten; und Liebe, was ist sie?' Sie seufzte und schauderte. ,Weniger als ein Schatten, vielleicht; aber da ist etwas in mir, das Leben und Liebe überdauern muss – etwas, das die wahre Delicia ist, die sich im Folgenden vor einem obersten Richter für die Gedanken verantworten muss, die ihre Seele erhoben oder erniedrigt haben!'

Sie begann erneut, auf und ab zu gehen.

„Wie einfach wäre es, sich wie andere Frauen zu benehmen!", grübelte sie. „Zu toben und zu weinen und hysterisch Klagen in die Ohren von ‚Mylord‘ zu schreien, wenn er heute Abend zurückkommt; oder den Tag morgen mit Wut und Aufregung zu beginnen, so heiß und dampfend wie das kochende Wasser, mit dem ich den Frühstückstee mache! Oder zu einer Vertrauten zu gehen und zu murren, *die* ihre Informationen sofort für fünf Schilling an die bequemste ‚Gesellschaftszeitschrift‘ verkaufen würde! Oder direkt in den tiefsten Sumpf der Schande zu sinken und anonyme Briefe an La Marina zu schreiben, die Tochter des Gemüsehändlers in Eastcheap! Oder einen Detektiv zu engagieren, um seinen und ihren Bewegungen auszuweichen! Himmel! Wie tief können wir fallen, wenn wir wollen! Und ebenso wie hoch können wir stehen, wenn wir uns entschließen, festen Fuß zu fassen auf

„Ein schneebedeckter Gipfel,

Erhaben und glitzernd im goldenen Glanz

Von der reifenden Pracht des Sommers."

Manche Leute fragen, was es bringt, „hoch zu stehen". Sicherlich kommt man in der Gesellschaft viel besser voran, wenn man sich tief hinabschleicht und auf allen vieren ganz bescheiden zu den Füßen der neuesten *Halbweltfrau kriecht* , vorausgesetzt, sie gehört der Aristokratie an. Wenn man die Vulgarität eines Prinzen zu verzeihen weiß und seine Laster Tugend nennt, wenn man die Gemeinheit eines Herzogs verzeihen und von ihm als „Gentleman" sprechen kann, obwohl man ihn unter anständigen Menschen nicht tolerieren kann, dann wird man sicher „weiterkommen", wie man so schön sagt. Sich moralisch rein zu halten, ist heutzutage eine Art Vergehen; aber ich glaube, ich werde weiterhin vergehen!" Sie fuhr sich verträumt mit der Hand über die Stirn. „Etwas hat mich verwirrt und betäubt; ich kann nicht ganz begreifen, was es ist. Ich glaube, ich hatte irgendwo ein Idol, das auf einem goldenen Sockel stand; es ist plötzlich von selbst umgestürzt!" Sie lächelte vage. „Es ist noch nicht kaputt, aber es ist definitiv heruntergefallen!"

Als Lord Carlyon in dieser Nacht gegen ein Uhr zurückkam, fand er das Haus dunkel und still vor. Niemand wartete auf ihn außer seinem Diener, einem diskreten und nüchternen Mann, der die Geheimnisse seines Herrn kannte und sie für sich behielt; keineswegs, weil er seinen Herrn respektierte, sondern weil er die Frau seines Herrn respektierte. Und die Halbdunkelheit und ernste Einsamkeit seines Hauses ärgerte „Beauty" Carlyon in höchst unerträglichem Maße, da er Delicia selbst telegraphiert hatte, dass sie nicht für ihn aufbleiben sollte.

„Wo ist Ihre Ladyschaft?", fragte er hochmütig. „Ist sie heute Abend ausgegangen?"

Ernsthaft half ihm der Diener, seinen Opernmantel auszuziehen, und er antwortete:

„Nein, Sir – ich meine Mylord – Ihre Ladyschaft hat allein gegessen und sich früh zurückgezogen. Ich glaube, das Zimmermädchen sagte, Ihre Ladyschaft sei um zehn im Bett gewesen."

Carlyon murmelte etwas Unverständliches und ging nach oben. Vor dem Zimmer seiner Frau blieb er stehen und probierte die Klinke ihrer Schlafzimmertür; sie war verschlossen. Überrascht und wütend klopfte er heftig an die Tür; es kam keine Antwort außer einem leisen, wilden Knurren von Spartan, der plötzlich von seinem üblichen Posten auf dem Treppenabsatz vor dem Schlafzimmer seiner Herrin aufstand und ungewöhnliche und außergewöhnliche Anzeichen von Wut zeigte.

„Leg dich hin, du Narr!", murmelte Carlyon zu dem riesigen Tier. „Leg dich hin, sonst wird es schlimmer für dich!"

Spartan aber blieb aufrecht stehen, mit angelegten Ohren und gefletschten weißen Zähnen, und Carlyon klopfte noch einmal vergeblich an die geschlossene Tür, gab es dann aber auf und zog sich in sein Privatgemach zurück.

„Ich habe sie noch nie so tief und fest schlafend erlebt", brummelte er. „Normalerweise bleibt sie wach, bis ich nach Hause komme."

Er warf sich in sein Bett, von einer Art mürrischer Wut erfüllt; an diesem Abend war bei ihm alles ganz und gar schiefgelaufen. Er hatte beim Spielen Geld verloren (Delicias Geld), und La Marina hatte, wie ihre Vertrauten es nannten, „eine ihrer üblen Launen". Das heißt, sie hatte viel mehr Champagner getrunken, als ihr gut tat, und hatte danach die Tendenz gezeigt, Weingläser nach ihren Verehrern zu werfen. Sie hatte Carlyon eine Ohrfeige verpasst, ihm einen Löffel Erdbeereis den Rücken hinuntergeschüttet und ihn „einen halben schlechten Aristokraten" genannt.

„Was glauben Sie, warum wir *Künstler* solche Kerle wie Sie heiraten?", rief sie und brach in betrunkenes Gelächter aus. „Na, damit Sie noch dümmer dastehen als je zuvor!"

Und dann hatte sie ihm eine verbrannte Mandel fast ins Auge geschossen. Und er hatte das alles stoisch ertragen, nur um den anderen Männern um La Marinas Abendbrottisch klarzumachen, dass sie im Augenblick sein Eigentum war, ganz gleich, wem sie in Zukunft gehören würde. Aber sie hatte sich so schlecht benommen und ihn so undankbar behandelt, dass er sich unbewusst nach der schönen, ruhigen Gegenwart Delicias sehnte, die ihn immer mit der Ehre und Verehrung empfing, die er ihm als Mann, Lord und Offizier der Garde schuldig hielt; und jetzt, als er nach Hause kam und erwartete, von ihr bezaubert, geschmeichelt und gestreichelt zu werden, hatte sie die unverantwortliche Indiskretion begangen, zu Bett zu gehen und fest einzuschlafen! Es war wirklich zu schlimm! – genug, um den erhabenen Geist eines Carlyon zu verletzen! Und das seltsame Selbstmitleid und der Egoismus mancher Männer sind in ihrer schlimmsten Form so ausgeprägt, dass „seine Lordschaft" sich wirklich verletzt fühlte, als er seinen „gottgleichen" Kopf auf das einsame Kissen legte und in einen unruhigen Schlaf fiel, gestört durch sehr unangenehme Träume von seinen Verlusten beim Baccara und Marinas angeheiterten Wutanfällen.

KAPITEL V

Am nächsten Morgen stand Delicia etwa um sechs Uhr auf und ritt in der Row aus, lange bevor die Welt der Mode aufblühte. Begleitet von ihrem Bräutigam und Spartan, die auf dem Gras hinter dem Geländer der „Ladies‘ Mile" lange Rennhüpfer machten, galoppierte sie im tiefen, taufrischen Schatten der Bäume und dachte über ihre Stellung in Bezug auf ihren Ehemann nach. Trotz innerer Trauer und Verwirrung hatte sie gut geschlafen; denn einem reinen Gewissen und Herzen, verbunden mit einem gesunden Körper, wird der Schlaf nie verwehrt. Mutter Natur schützt ihre aufrichtigen und reinen Kinder besonders; sie hält ihre Gesichter jung, ihre Augen strahlend, ihre Geister elastisch, ihre Gemüter ausgeglichen, und um Delicias Kummer an diesem Morgen zu lindern, tanzten die Sonnenstrahlen in einem goldenen Walzer der Freude um sie herum, die Blätter raschelten im Wind, die Blumen verströmten ihren reinsten Duft und die Vögel sangen. Sie ritt mühelos auf ihrer wunderschönen Stute „Phillida" – die fast so sehr eine persönliche Freundin von ihr war wie Spartan selbst und die sie von den „Tantiemen" gekauft hatte, die sie für eines ihrer früheren Werke angehäuft hatte – und war empfänglicher als sonst für die exquisiten Eindrücke natürlicher Schönheit. Sie war sich allem bewusst; von den weißen Wolken, die sich in schneebedeckten, bergigen Gebirgsketten entlang des äußersten sichtbaren Randes des blauen Himmels aufgetürmt hatten, bis zu den offenherzigen Gänseblümchen im Gras, die mit der ganzen Offenheit alter Freundschaft und Vertrautheit zur gerade aufgegangenen Sonne aufblickten. Die frische Morgenluft und die belebende Bewegung färbten ihre Wangen lieblich, und als ihre anmutige Gestalt leicht zu dem halb koketten, fröhlichen Galoppieren von „Phillida" wiegte, die sich auch bewusst war, dass es ein sehr angenehmer Morgen war, fühlte sie sich, als ob die Information, die sie am Vortag so unerwartet und widerwillig im Juweliergeschäft in der Bond Street erhalten hatte, ein böser Traum und nichts weiter war. Nach etwa einer Stunde Ritt kehrte sie in schnellem Trab nach Hause zurück und hörte beim Betreten des Hauses, dass ihr „Herr und Meister" noch nicht aufgestanden war. Sie tauschte ihr Reitkostüm gegen eines ihrer einfachen weißen Morgengewänder und ging in ihr Arbeitszimmer, um ihre zahlreichen Briefe zu öffnen, zu lesen und sie zu markieren, damit ihre Sekretärin sie beantworten konnte. Sie war noch immer mit dieser Beschäftigung beschäftigt, als Lord Carlyon langsam, schläfrig und nicht sehr gut gelaunt herunterkam.

„Oh, da bist du ja endlich, Will!", sagte sie und sah ihn fröhlich an. „Du bist gestern Abend wohl spät nach Hause gekommen und müde?"

Er stand einen Moment still da und fragte sich, warum sie ihm nicht ihren üblichen Guten-Morgen-Kuss gab.

„Es war nicht so spät", sagte er verärgert. „Es war erst halb eins. Du bist oft noch länger wach geblieben und hast auf mich gewartet. Aber letzte Nacht, als ich an deine Tür klopfte, hast du mir nicht geantwortet – du musst tief geschlafen haben."

Dies in einem Ton der Verletzung.

Delicia las ruhig den Brief durch, den sie in der Hand hielt, und legte ihn dann beiseite.

„Ja, das muss ich gewesen sein", antwortete sie ruhig. „Weißt du, ich arbeite ziemlich hart, und die Natur ist so gut, mir Ruhe zu gönnen, wenn ich sie brauche. Du arbeitest auch hart, Will, aber auf eine ganz andere Weise – du schuftest nach Vergnügen. Das ist die härteste Form von Arbeit, die ich kenne! Laufbänder sind da kein Problem! Kein Wunder, dass du müde bist! Das Frühstück ist fertig; lass uns hingehen und es essen; ich bin heute Morgen eine Stunde lang ausgeritten und habe furchtbaren Hunger. Komm mit!"

Sie ging voran die Treppe hinunter; er folgte ihr langsam und mit einem vagen Gefühl des Unbehagens. Er vermisste etwas im Benehmen seiner Frau – etwas undefinierbares, das er nicht ausdrücken konnte – etwas, das sie immer ausgezeichnet hatte, das nun aber unerklärlicherweise verschwunden war. Es war, als ob plötzlich ein breiter Fluss zwischen sie geschwappt wäre und sie gezwungen hätte, auf der einen Seite der Flut zu stehen und ihn auf der anderen. Er musterte sie aufmerksam unter seinem feinen Wimpernwuchs hervor, während sie den Tee zubereitete und mit ein paar schnellen Handgriffen hier und da die schickliche Förmlichkeit des Frühstückstisches in die Ähnlichkeit eines arkadischen Festmahls der Schönheit verwandelte, indem sie lediglich eine Vase mit Blumen oder eine Schale mit Obst kunstvoll platzierte, und reichte ihm danach lächelnd und höflich die Morgenzeitung.

„Spartan scheint langsam mürrisch zu werden", bemerkte er, als er das Tagebuch auffaltete. „Letzte Nacht, als ich an Ihre Tür klopfte, fletschte er die Zähne und knurrte mich an. Ich wusste nicht, dass er so ein wechselhaftes Temperament hat."

Delicia blickte mit hübschem, vorwurfsvollem Gesichtsausdruck zu ihrem Hundefreund um.

„Oh, Spartan! Was höre ich da?", sagte sie, woraufhin Spartan den Kopf hängen ließ und den Schwanz einzog. „Erkennst du deinen Herrn nicht, wenn er spät nach Hause kommt? Hast du ihn für einen richtigen ‚Wüstling' gehalten, Spartan? Dachtest du, er wäre in schlechter Gesellschaft gewesen? Pfui, wie beschämt! Du solltest es besser wissen, unartiger Junge!"

Spartan sah beschämt aus, aber nicht so beschämt wie Lord Carlyon. Er rutschte auf seinem Stuhl hin und her, wurde rot im Gesicht und machte ein lautes Geräusch, als er die Zeitung zusammen- und auseinanderfaltete. Als er dann merkte, dass ihm seine eigenen Gedanken zu viel waren, wurde er wütend auf niemanden im Besonderen und, wie es bei egoistischen Männern so üblich ist, griff er plötzlich und grundlos die Frau an, der er stündlich und täglich Unrecht tat.

„Ich habe letzte Nacht etwas gehört, das mir sehr missfiel, Delicia", sagte er in geheucheltem, moralischem Ton. „Es betrifft dich, und ich möchte mit dir darüber sprechen."

„Ja?", sagte Delicia und hob dabei ganz leicht ihre zarten Augenbrauen.

„Ja." Und Lord Carlyon druckste ein paar Sekunden lang zweifelnd herum. „Sehen Sie, Sie sind eine Frau und sollten sehr vorsichtig sein, was Sie schreiben. Ein Mann hat mir erzählt, dass in Ihrem letzten Buch einige sehr starke Passagen waren – wirklich stark – Sie wissen, was ich meine – und er sagte, es sei sehr fraglich, ob eine Frau mit einem angemessenen Feingefühl auf diese Weise schreiben sollte."

Delicia sah ihn fest an.

„Wer ist er? Mein Buch hat ihn wahrscheinlich an einer wunden Stelle berührt!"

Carlyon antwortete nicht sofort; ein unangenehmer Hustenanfall quälte ihn.

„Nun", sagte er schließlich, „es war Fitz-Hugh. Sie kennen ihn – ein furchtbar guter Kerl – hat Schwestern und so – und sagt, er würde seine Schwestern um nichts in der Welt Ihr Buch lesen lassen, und es war verdammt unangenehm für mich, das zu hören, das kann ich Ihnen sagen."

„Sie haben mein Buch gelesen", sagte Delicia langsam. „Und haben Sie irgendetwas der Art entdeckt, worüber sich Captain Fitz-Hugh beschwert hat?"

Wieder hustete Lord Carlyon unbehaglich.

„Also, auf mein Wort, ich kann mich nicht mehr genau erinnern, aber ich kann nicht sagen, dass ich es getan habe!"

Delicia hielt ihren Blick noch immer auf ihn gerichtet.

„Dann haben Sie mich natürlich verteidigt?"

Carlyon errötete und begann in nervöser Hast, ein Stück Toast mit Butter zu bestreichen.

„Aber es war doch nicht nötig, sich zu verteidigen", stammelte er. „Die ganze Sache ist kurz gesagt: Ein Autor ist ein Autor, egal ob Mann oder Frau, und damit ist die Sache erledigt. Natürlich bist du allein für das Buch verantwortlich, und wie ich schon sagte, wenn es ihm nicht gefällt, braucht er es nicht zu lesen, und niemand hat ihn gebeten, es seinen Schwestern zu geben!"

„Sie drücken sich aus", unterbrach Delicia fest. „Aber vielleicht ist es auch gut, dass Sie es nicht für nötig hielten, mich vor einem Mann wie Captain Fitz-Hugh zu verteidigen, der seit Jahren der berüchtigte Liebhaber von Lady Rapley ist, zur Schande ihres Mannes, der den Skandal zulässt. Und für Captain Fitz-Hughs Schwestern, die die Hauptverbreiter von Verleumdungen in der elenden kleinen Provinzstadt sind, in der sie leben, und von denen jede ihr Bestes tut, um den Pfarrer oder den Gutsherrn zu schnappen, werde ich eines Tages sehr gern ein Buch schreiben, das sich ausschließlich mit dem kleinlichen Leben solcher Frauen beschäftigt – Frauen, die im Geiste unreiner sind als ein Mauersegler und intellektuell niedriger stehen als eine aufstrebende Kaulquappe, die jedenfalls den lobenswerten Ehrgeiz und die Absicht hat, eines Tages ein richtiger Frosch zu werden!"

Carlyon starrte, leicht erschrocken und geschockt von ihrem kalten, ruhigen Akzent.

„Bei Gott! Du *bist* ätzend, Delicia!", protestierte er. „Der arme Fitz-Hugh! Er kann einfach nicht anders, als sich in Lady Rapley zu verlieben –"

„Er kann nicht anders!", wiederholte Delicia mit höchster Verachtung. „Kann er nicht anders, als sie zu entehren? Ist es nicht möglich, groß und edel zu lieben und zu sterben, ohne das Geheimnis zu wahren? Hat das Mannsein keine Würde mehr? Oder das Frausein? Glauben Sie zum Beispiel, dass *ich* mir erlauben würde, einen anderen Mann als Sie zu lieben?"

Sein hübsches Gesicht errötete und seine Augen funkelten. Er lächelte selbstzufrieden.

„Bei meinem Leben, das ist großartig – wie Sie das sagen!", rief er aus. „Aber nicht alle Frauen sind wie Sie –"

„Ich weiß, dass sie es nicht sind", antwortete sie. „Captain Fitz-Hughs Schwestern zum Beispiel sind ganz bestimmt nicht wie ich! Sie tun gut daran, mein Buch zu meiden; sie würden darin weibliche Heuchelei und Scheinheiligkeit finden, die ihnen nicht gefallen würde. Aber was Ihre Beschwerde betrifft – denn ich betrachte sie als eine Beschwerde von Ihnen –, können Sie die ganze Welt der Verleumder herausfordern, wenn Sie wollen, um einen einzigen beleidigenden Ausdruck in meinen Schriften zu nennen – sie werden ihn nie finden."

Er stand auf und legte den Arm um sie. Bei seiner Berührung schauderte sie mit einer neuen und eigenartigen Abneigung. Er hielt das Zittern für ein Entzücken.

„Und deshalb wirst du es dir nie erlauben, einen anderen Mann als mich zu lieben?", fragte er zärtlich und berührte mit seinen Lippen die üppige Fülle ihres Haares.

„Niemals!", antwortete sie fest und sah ihm direkt in die Augen. „Aber missverstehen Sie mich nicht! Es ist sehr gut möglich, dass ich ganz und gar aufhöre, Sie zu lieben – ja, das könnte sicherlich jeden Moment passieren; aber ich würde deshalb nie einen anderen Mann lieben. Ich könnte mich nicht so erniedrigen, meine Zuneigung auf verschiedene Seiten zu verteilen, wie Lady Rapley, die sich, wie einer unserer modernen Romanautoren bemerkt, freiwillig „auf die Sitten und Gebräuche des Hühnerhofs" herabgelassen hat. Wenn ich aufhörte, Sie zu lieben, würde die Liebe selbst für mich aufhören. Sie könnte für niemanden anders wieder aufleben; sie wäre toter Staub und Asche! Ich habe kein Vertrauen in Frauen, die mehr als einmal lieben."

Carlyon spielte noch immer mit ihrem Haar; das undefinierbare Etwas, das er an ihr vermisste, ärgerte und verwirrte ihn.

„Ist dir bewusst, dass du mich heute Morgen sehr seltsam ansiehst, Delicia?", sagte er schließlich. „Fast so, als wäre ich nicht mehr derselbe Mensch! Und das ist das erste Mal, dass ich dich davon sprechen höre, dass du mich möglicherweise nicht mehr lieben könntest!"

Sie bewegte sich unruhig in seiner Umarmung, schob ihn dann sanft beiseite, erhob sich vom Frühstückstisch und gab vor, sich mit dem Arrangieren einiger Blumen auf dem Kaminsims zu beschäftigen.

„Ich habe Philosophie gelesen", antwortete sie ihm mit einem zitternden kleinen Lachen. „Grausame alte Zyniker, sowohl aus der Antike als auch aus der Moderne, die sagen, dass nichts auf der Erde von Dauer ist und dass die menschliche Seele aus so unvergänglichem Stoff gemacht ist, dass sie immer eine Emotion nach der anderen übertrifft und nach höchster Vollkommenheit strebt. Wenn das wahr ist, dann ist selbst die menschliche Liebe im Vergleich zur göttlichen Liebe armselig und unbedeutend!" Ihre Augen verdunkelten sich vor Gefühlsintensität. „Zumindest sagen das einige unserer weisen Lehrer; und wenn es tatsächlich eine Tatsache ist, dass sterbliche Dinge nur der vorübergehende Schatten unsterblicher Dinge sind, ist es ganz natürlich, dass wir in unserem Verlangen nach dem Ewigen das Zeitliche allmählich überleben."

Carlyon sah sie verwundert an. Sie begegnete seinem Blick voll und ganz und ihre Augen strahlten in einem reinen Licht, das ihn beinahe blendete.

„Ich kann all Ihren transzendentalen Theorien nicht folgen“, sagte er halb ärgerlich; „das konnte ich noch nie. Ich habe Ihnen immer gesagt, dass man vernünftige Menschen nicht dazu bringen kann, sich für ein anderes Leben als dieses zu interessieren – sie sehen es nicht, sie wollen es nicht. Der Himmel erscheint ihnen überhaupt nicht als ein netter Ort, und wenn Sie darüber nachdenken, möchten Sie lieber keinen Engel haben, der Sie liebt; Sie möchten viel lieber eine Frau.“

„Sprich für dich selbst, mein lieber Will“, antwortete Delicia mit einem leichten Lächeln. „Wenn es überhaupt Engel gibt, wie ich sie mir vorstelle, dann würde ich es viel lieber haben, von einem von ihnen geliebt zu werden als von einem Mann. Die Liebe des Engels könnte von Dauer sein, die des Mannes nicht. Wir sehen diese Dinge aus verschiedenen Blickwinkeln. Und was dieses Leben betrifft, versichere ich dir, dass ich davon überhaupt nicht entzückt bin.“

„Du meine Güte! Du hast alles, was du willst“, rief Carlyon aus, „sogar Ruhm, der einer Frau so selten zuteilwird!“

„Ja, und ich kenne seinen Wert!“, antwortete sie. „Ruhm bedeutet wörtlich übersetzt Verleumdung. Glauben Sie, ich bin nicht in der Lage, seinen wahren Wert einzuschätzen? Glauben Sie, ich wüsste nicht, dass ich von den Lügen, dem Neid und dem Hass der Erfolglosen verfolgt werde? Oder dass ich meine Augen vor der Feindseligkeit verschließe, die mich überall verfolgt? Wenn ich alt wäre, wenn ich arm wäre, wenn ich hässlich wäre und kaum ein Kleid am Leib hätte und immer noch Bücher schreiben würde, wäre ich viel beliebter, als ich es bin. Ich vermute, einige reiche Leute würden sich sogar bereit finden, mich zu „bevormunden“!“ Sie lachte verächtlich. „Aber wenn diese gleichen reichen Leute entdecken, dass ich es mir leisten kann, *sie zu bevormunden* – wer kann dann das Ausmaß oder die Heftigkeit ihrer Abneigung mir gegenüber richtig einschätzen? Doch wenn ich sage, dass ich nicht vom Leben entzückt bin, meine ich nur das „gesellschaftliche“ Leben; Ich meine nicht das Leben in der Natur – dessen werde ich nie müde.‘

„Na ja, jedenfalls scheinen Sie heute Morgen genug von mir zu haben“, sagte Carlyon gereizt. „Also gehe ich Ihnen wohl besser aus dem Weg!“

Sie gab überhaupt keine Antwort. Er zappelte ein wenig herum und begann dann wieder zu murren.

„Es tut mir leid, dass Sie so schlecht gelaunt sind.“ Sie hob lächelnd und protestierend die Augenbrauen. „Ja, Sie wissen, dass Sie schlecht gelaunt sind“, fuhr er hartnäckig fort. „Sie tun zwar so, als wären Sie es nicht, aber das sind Sie. Und ich wollte Ihnen eine Frage zu Ihren eigenen geschäftlichen Angelegenheiten stellen.“

„Bitte, fragen Sie es!", sagte Delicia, immer noch lächelnd. „Bevor Sie jedoch sprechen, lassen Sie mich Ihnen versichern, dass meine geschäftlichen Angelegenheiten in bester Ordnung sind."

„Oh, ich weiß nicht", fuhr er unbehaglich fort. „Diese verdammten Verleger winden sich oft aus Geschäften heraus und versuchen, eine Frau zu ‚übers Ohr zu hauen'. Hat Ihnen diese Firma also – die, die gerade Ihr letztes Buch veröffentlicht hat – bezahlt?"

„Das haben sie", antwortete sie gelassen. „Obwohl sie Verleger sind, sind sie immer noch ehrenwerte Männer."

„Es sollten doch achttausend sein, oder?", fragte er, blickte auf die Revers seines gut sitzenden Cutaways und schnippte ein Staubkorn vom Stoff.

„Das war es und das ist es auch", antwortete sie. „Ich habe gestern viertausend davon auf Ihr Bankkonto überwiesen."

Seine Augen blitzten.

„Mein Gott! Was bist du für eine kluge kleine Frau!", rief er aus. „Stell dir vor, du kriegst so viel Geld aus deinem Hirn raus! Es ist mir ein Rätsel, wie du das machst, weißt du! Ich komme nie dahinter –"

„Über den Geschmack des Publikums lässt sich nicht streiten", sagte Delicia und beobachtete ihn mit dem schmerzlichen Bewusstsein einer plötzlichen Verachtung. „Aber Sie brauchen sich darüber keinen Kopf zu machen."

„Oh, ich mache mir nie Gedanken über Literatur!", lachte Carlyon und wurde ganz komisch, jetzt, da er wusste, dass viertausend Pfund zusätzlich auf sein Privatkonto geflossen waren. „Die Leute fragen mich oft: ‚Wie schafft es Ihre Frau, so kluge Bücher zu schreiben?' Und ich antworte immer: ‚Weiß ich nicht, kann ich nie sagen. Erstaunliche Frau! Schließt sich wie eine Seidenraupe in ihrem Zimmer ein und spinnt einen richtigen Kokon!' Das sage ich nämlich, aber niemand scheint mir jemals zu glauben, und viele Leute schwören, dass man sich einen Mann zur Hilfe holen *muss*."

„Es ist Teil der Eitelkeit des Menschen, sich einzubilden, seine Hilfe sei immer notwendig", sagte Delicia mit einem kalten Lächeln. „Wenn man bedenkt, wie laut die Menschen von ihren außergewöhnlichen Fähigkeiten reden, ist es wirklich erstaunlich, wie wenig sie zustande bringen. Auf Wiedersehen! Ich gehe nach oben, um Kokons zu spinnen."

Er hielt sie auf, als sie den Raum verlassen wollte.

„Ich sage, Delicia, es ist unglaublich süß von dir, die viertausend zu übergeben –"

Sie machte eine kleine beleidigte Geste.

„Warum davon reden, Will? Du weißt, dass die Hälfte jeder Summe, die ich verdiene, auf dein Konto geht. Das ist seit unserer Heirat meine Regel, und es besteht wirklich keine Notwendigkeit, darauf anzuspielen, was heute nur noch eine Geschäftsgewohnheit ist."

Er hielt immer noch ihren Arm.

„Ja, das ist alles schön und gut. Aber schau mal, Delicia, du bist mir doch nicht böse, oder?"

Sie hob den Kopf und sah ihn direkt an.

„Nein, Will. Ich bin nicht böse."

Etwas in ihren Augen schüchterte ihn ein. Er hielt abrupt inne, da er Angst hatte, sie noch weitere Fragen zu stellen.

„Oh, das ist schon in Ordnung", stammelte er hastig. „Ich bin froh, dass du nicht böse bist. Ich dachte, du wirkst ein wenig verärgert, aber es ist lustig, dass ich mich irre, weißt du. Tschüss! Ich wünsche dir einen schönen Morgen."

„Und als sie ging, zog er mit ziemlich zitternden Fingern eine Zigarre aus seinem Silberetui und tat so, als sei er ganz darin vertieft, sie anzuzünden. Als sie endlich angezündet war und er aufsah, war sie verschwunden. Mit einem Seufzer warf er sich in einen Sessel und paffte in schmerzlicher und jämmerlicher Verwirrung seine auserlesene Havanna. Kein menschliches Wesen ist vielleicht so schmerzlich und jämmerlich wie ein Mann, der mit den Instinkten eines Gentlemans geboren wurde und sich dennoch wie ein Schuft benimmt. Es gibt viele solcher Landstreicher einer verfallenen und sterbenden Vornehmheit unter uns – Männer, in denen noch ein vager Schimmer der alten Ritterlichkeit ihrer Rasse schlummert, denen jedoch die Willenskraft fehlt, die notwendig ist, um ihr Leben entschlossen auf jenen altmodischen, aber großartigen Grundlagen aufzubauen, die als Wahrheit und Treue bekannt sind. Weil es „in" ist, Slang zu sprechen, beschmutzen sie die edle englische Sprache mit groben Ausdrücken, die sie aus der Stallkonversation übernommen haben; und weil es als „Angeberei" gilt, mit den Frauen anderer Männer zu schlafen, gehen sie auf diese niedere Form vulgärer Intrigen ein, fast so, als sei dies ein notwendiger Aspekt der Würde und eine zusätzliche Anmut der Männlichkeit. Wenn wir zugeben, dass die Männer das überlegene und stärkere Geschlecht sind, ist es doch bedauerlich, wie wenig ihre moralischen Kräfte dabei helfen, die Frau zu erheben, da sie dazu neigen, sie so weit wie möglich herunterzuziehen! Wenn sie unverheiratet ist, tut der Mann sein Bestes, um sie zu kompromittieren; wenn er sie geheiratet hat, vernachlässigt er sie häufig; wenn sie die Frau eines anderen ist, versucht er häufig, ihren Ruf zu schädigen. Das ist die „moderne" Moral, die uns jeden Tag in zahllosen unterschiedlichen Phasen vorgeführt wird, jeden Morgen und Abend in unseren Zeitungen ausführlich beschrieben wird und die wir immer wieder bei den Festlichkeiten jeder „Jahreszeit" erleben können; und dies, kombiniert mit Atheismus und einer völligen Gleichgültigkeit gegenüber den Folgen des Bösen, macht aus der „Oberschicht" Englands etwas noch Schlimmeres als das heidnische Rom kurz vor seinem Untergang. Die Sicherheit des Landes liegt bei denen, die wir die „unteren Klassen" nennen, die sich langsam, aber nichtsdestotrotz sicher bilden; die aber, das muss man bedenken, noch nicht frei von Wildheit sind – der herrlichen, brutalen Wildheit, die in allen großen Nationen ausbricht, wenn die Unreinheit und Habgier der Aristokraten zu weit gegangen sind – einer Wildheit, die sich keuchend und wütend auf die verräterische Marie Antoinette von Frankreich warf, mit ihrer Schönheit, ihrer bösartigen Zügellosigkeit, ihrer gedankenlosen Extravaganz und ihrem Luxus und ihrer grausamen Verachtung für die Armen, und die ihre Fänge nicht lockerte, bis sie ihr hochmütiges Haupt auf das Schafott gezerrt hatte, um dort die gerechte Strafe für Selbstsucht und Stolz zu erhalten. Denn früher oder später muss jeder vorsätzliche Missbrauch der Möglichkeiten des Lebens bestraft werden; Hätte Lord Carlyon dies allerdings als Warnung gesagt, hätte er ihm in den besten „großspurigen" Worten befohlen, „ein mieser Prediger zu sein!" Und dabei hätte er sich für witzig gehalten. Doch er wusste genau, dass seine „kleine Affäre" mit La Marina nichts weiter als eine absichtliche Beleidigung seiner unschuldigen Frau war; und er achtete sorgfältig darauf, nicht darüber nachzudenken, woher das Geld kam, während er es beim Kartenspiel, in Restaurants oder auf der Rennbahn ausgab.

„Schließlich", dachte er jetzt, während er in aller Ruhe seine Zigarre rauchte und in Gedanken über die viertausend Pfund nachdachte, die ihm gutgeschrieben worden waren, „mag sie ihre Arbeit. Sie könnte ohne sie nicht auskommen, und es spricht nichts dagegen, dass sie mir die Hälfte ihres ‚Anteils' überlässt, sondern dass sie den ganzen Ruhm einheimst."

Und durch einen merkwürdigen Prozess menschlicher Logik gelang es ihm, sich durch die unermüdliche Arbeit seiner Frau einen Zustand vollkommener Zufriedenheit mit der angenehmen Art und Weise zu verschaffen, wie die Welt für ihn eingerichtet war.

„Arme kleine Seele!", murmelte er gelassen und betrachtete sein hübsches Gesicht im gegenüberliegenden Spiegel. „Sie liebt mich schrecklich! Heute Morgen tut sie so, als ob sie es nicht täte, aber sie würde jeden Tropfen Blut in ihrem Körper hergeben, um mich vor einem Nadelstich zu bewahren. Und warum sollte sie auch nicht? Frauen müssen etwas haben, das sie lieben können; sie ist auf ihre Weise vollkommen glücklich, und ich bin es auf meine Weise auch."

Mit diesem tröstenden Schluss beendete er seine Meditationen und verbrachte den Tag wie üblich.

Als er jedoch zum Abendessen nach Hause kam, war er ziemlich verärgert, als er in der Diele eine Nachricht vorfand, die auf ihn wartete. Es war eine Nachricht von seiner Frau, die folgendermaßen lautete:

„Werde nicht zum Abendessen zurückkommen. Ich gehe mit den Cavendishes ins ‚Empire‘; warte nicht auf mich.“

„Na, das nenne ich ziemlich cool!“, murmelte er wütend. „Meiner Güte, das nenne ich höllisch cool!“

Er marschierte ein oder zwei Minuten lang stinksauer und aufgebracht durch die Halle, dann rief er seinen Diener.

„Robson, ich möchte nicht, dass mir das Abendessen serviert wird“, sagte er bissig. „Ich gehe aus.“

„Sehr gut, mein Herr.“

„Hat Ihre Ladyschaft eine Nachricht hinterlassen?“

„Keinesfalls, Mylord. Sie sagte nur, sie wolle mit Mr. und Mrs. Cavendish zu Abend essen und käme wahrscheinlich erst spät zurück.“

Er runzelte die Stirn wie ein verwöhntes Kind.

„Na ja, ich werde auch erst spät zurückkommen, wenn überhaupt“, sagte er gereizt. „Komm einfach und zieh mir meinen Frack an, ja?“

Robson folgte ihm gehorsam die Treppe hinauf und ertrug seine zahlreichen Launen, während er ihn für den Abend anzog. Er war äußerst schlecht gelaunt und ließ mehr als einmal etwas los, was die Kinder als „schlechtes Fluchen“ bezeichnen. Schließlich stieg er in eine Droschke und fuhr mit rasselnden Schritten davon, während der respektable Robson ihm durch die offene Eingangstür zusah.

„Sie sind ein netter Kerl!“, bemerkte dieser ehrenwerte Mann, als das Fahrzeug mit seinem Herrn um eine scharfe Kurve bog und verschwand. „Sie stellen endlose Streiche an; so schlimm und schlimmer, als wenn Sie der Sohn eines Königs wären! Ja, wenn man Sie immer wieder ausnimmt, würde man Sie fast für einen echten Prinzen halten, so wenig Gewissen haben Sie! Aber meine Dame ist eine Nummer zu viel für Sie, glaube ich; sie ist ruhig, aber klug; und ich glaube nicht, dass sie ihre Augen noch viel länger geschlossen halten wird. Sie kann es nicht, wenn Sie so weitermachen wie bisher.“

So führte Robson einen Monolog und schloss die Haustür mit einem Knall, um das Ende seiner halb hörbaren Bemerkungen zu betonen. Dann ging er hinauf in Delicias Arbeitszimmer, um Spartan etwas zu essen zu geben. Spartan nahm den Teller mit majestätischer Gleichgültigkeit entgegen und mit einer Miene, die andeutete, dass er sich gleich darum kümmern würde. Er hatte einen kleinen weißen Handschuh von Delicia zwischen seinen Pfoten und zeigte kein unmittelbares Verlangen, sich aufzuregen. Er hatte seine eigenen hündischen Vorstellungen von Liebe und Treue; und obwohl er nur ein Hund war, hatte er vielleicht eine höhere Vorstellung von Ehre und Wahrheit als Menschen, die in ihrem Übermaß an Selbstgefälligkeit alle Vorteile von Liebe und Glück als ihr „Recht" betrachten und denen sogar die rettende Gnade der Dankbarkeit fehlt.

KAPITEL VI

Es war nicht der Impuls weiblicher Vorwürfe oder Gehässigkeit, der Delicia an diesem Abend dazu gebracht hatte, auszugehen und so ihrem Mann ihre Gesellschaft auf dieselbe abrupte Weise zu entziehen, wie er ihr so oft seine entzogen hatte. Mr. und Mrs. Cavendish waren alte Freunde von ihr. Sie hatten sie gekannt, als sie ein kleines Waisenmädchen ohne Brüder oder Schwestern war – ohne gleichaltrige Gefährten, die sie unterhalten konnten – eigentlich nur mit ihren eigenen nachdenklichen und romantischen Gedanken, die, obwohl sie es damals nicht wusste, dazu beigetragen hatten, ihr jetzt strahlendes Schicksal zu weben. Sie waren ältere, kinderlose Leute und hatten Delicia immer sehr zugetan, sodass Delicia den Vorschlag, als Mrs. Cavendish am Nachmittag einen unerwarteten Besuch machte und erklärte, sie und ihr Mann seien „trübsinnig" und sie würden es sehr begrüßen, wenn Delicia käme und mit ihnen zu Abend speisen und sie anschließend ins „Empire" begleiten würde, für das sie eine Loge in der Nähe der Bühne hatten, bereitwillig als willkommene Abwechslung zu ihren eigenen unbequemen und unnützen Gedanken annahm. Zunächst einmal hatte sie sich inzwischen so sehr an die Telegramme ihres Mannes gewöhnt, in denen er ankündigte, dass er nicht zum Abendessen zurückkommen würde, dass sie seine Abwesenheit für weitaus wahrscheinlicher hielt als seine Rückkehr nach Hause. Daher war sie froh über die Möglichkeit, in freundlicher Gesellschaft zu speisen. Dann erfüllte sie der Gedanke, ins „Empire" zu gehen, mit einem gewissen Gefühl schmerzlicher Neugier und Aufregung. La Marina war dort die Hauptattraktion, und sie hatte sie noch nie gesehen. Also schloss sie ihre Bücher und Papiere, zog einen einfachen schwarzen Rock und eine hübsche Bluse aus weichem rosa Chiffon an, die zierlich mit einem Schulterknoten aus Rosen geschmückt war, band ihr üppiges Haar mit einem Streifen rosa Band hoch, wie es auf dem Bild von Madame le Brun zu sehen war, verabschiedete sich von Spartan, gab ihm zum Trost ihren Handschuh zum Bewachen und ging dann mit ihrem alten Freund, wobei sie ihrem Mann für den Fall seiner Rückkehr die kurze Nachricht hinterließ, die seine hohe Mächtigkeit so sehr geärgert hatte. Und mit gespannter Erwartung und heftiger Unruhe saß sie in der Loge des „Empire", so weit wie möglich von den Blicken der Zuschauer zurückgezogen, und wartete auf den Auftritt der berühmten Tänzerin, deren Auftritt im Programm mit den Worten „Fantastische Evolution! Die Geburt eines Schmetterlings! La Marina!" angekündigt war. Das Varieté war überfüllt, und als sie auf die dicht gedrängte Arena hinunterblickte, sah sie Reihen über Reihen von Männern, die rauchten, grinsten und einander etwas ins Ohr flüsterten – einige saßen geduckt in ihren *Sesseln*, die wie überfüllte Mehlsäcke aussahen, mit über die Säcke hinausgestreckten Füßen und den apoplektisch geschwollenen Köpfen darauf, was an die üppigen Mahlzeiten erinnerte, die sie gerade genossen hatten – andere standen da und richteten ihr Opernglas auf die Promenade oder blickten ohne Brille in dieselbe Richtung. Da waren junge Männer, durchnässt und benommen vom Rauchen und Trinken – und alte Männer, triefäugig und schwach im Gelenk, die sich mühsam bemühten, das Gebaren fröhlicher Jugendlichkeit anzunehmen. Da waren flotte Frauen, deren Wimpern so dunkel mit Kajal geschminkt waren, dass sie aus der Ferne aussahen, als hätten sie gar keine Augen, sondern nur schwarze Höhlen; – schäbige, weibliche Zecherinnen mittleren Alters, deren Gesichtsausdruck allein schon eine „Vorfreude auf das nächste Glas" andeutete – und ein paar fast gelähmte Relikte der Weiblichkeit, die möglichen Ruinen von Ballettmädchen und Bühnenfeen von vor fünfzig Jahren, die im Parkett saßen und ihre armen alten Münder zu einem koketten Lächeln verzogen – eine Verrenkung, die einen schrecklich an das Grinsen eines Totenschädels erinnert, wenn ihn ein unachtsamer Totengräber aus der Form wirft, in der er vielleicht zwanzig Jahre lang seine schaurige Fröhlichkeit verborgen hat. Delicia blickte mit einer Mischung aus Scham und Trauer auf diesen brodelnden Hexenkessel des Lebens herab. Waren diese niederträchtigen Geschöpfe wirkliche Menschen? – die Menschen, die Gott erschaffen und erlöst hat? Sicherlich nicht! Sie ähnelten eher Affen als Menschen – wie war das möglich? – und warum? Sie dachte noch immer über diese Frage nach, als der alte Mr. Cavendish sprach.

„Kein sehr vornehmes Publikum, oder, Delicia?", sagte er. Er hatte sie von Kindheit an Delicia genannt, und mit fünfundsechzig Jahren wollte er sich diese angenehme Angewohnheit nicht abgewöhnen.

„Nein", antwortete sie mit einem schwachen Lächeln. „Ich war noch nie hier. Und Sie?"

„Oh ja, oft; und meine Frau auch. Der große Vorteil von Music Halls wie diesen ist, dass man zu jedem Zeitpunkt des Abends kommen und sich unterhalten lassen kann, ohne gezwungen zu sein, sein Abendessen mit der Blitzgeschwindigkeit eines Yankee-Touristen zu verschlingen. Der Fehler, den alle Theatermanager machen, ist die frühe Stunde, zu der sie das Aufgehen des Vorhangs festlegen. Acht Uhr! Herrgott noch mal! – das ist die übliche Londoner Essenszeit; und wenn man pünktlich im Theater sein will, muss man um halb sieben essen, was lächerlich ist. Die Stücke sollten um halb zehn beginnen und um halb zwölf enden; besonders während der Saison. Kein Mann, der seine häusliche Bequemlichkeit liebt, möchte durch die angenehmste Mahlzeit des Tages galoppieren und um acht Uhr ins Theater eilen; es ist harte Arbeit und wird selten mit wirklichem Vergnügen belohnt. Das „Empire" und andere Orte desselben Charakters kommen teilweise deshalb so gut zurecht, weil sie uns eine gewisse Wahl der Stunden lassen. „La Marina kommt nämlich erst um zehn."

„Sie ist sehr schön, nicht wahr?", fragte Delicia.

„Oh, meine Liebe!", sagte Mrs. Cavendish und lachte ein wenig. „Schön ist ein ziemlich starker Ausdruck! Sie ist eine – also –! Wie würdest du sie nennen, Robert?", fragte sie ihren Mann.

„Ich würde sie eine schöne, füllige Frau nennen", antwortete Mr. Cavendish. „Sie ist grob gebaut, ganz gewiss, und ich würde sagen, sie hat viel getrunken. Solange sie jung ist, wird sie ganz gut zurechtkommen, aber in mittleren Jahren wird sie in Sachen Fettleibigkeit ein entsetzlicher Anblick sein!"

Er lachte, aber Delicia hörte seine letzten Worte kaum. Sie war in wundersame Träumereien versunken. Sie hätte leicht verstehen können, dass ein niederer Mann sich in eine ebenso niedere Frau verliebte, aber was sie verwirrte, war die Vorstellung, dass ihr gutaussehender und stolz-aristokratischer Ehemann etwas Anziehendes an einer Person finden konnte, die „grob" war und „viel trank". Doch nun begann das musikalische Vorspiel zur wundervollen „Geburt eines Schmetterlings", und das leise Zittern der Violinen antwortete auf die melodischen Klagen der tiefer klingenden Celli, als die Lichter des „Empire" verdunkelt wurden und über das dicht gedrängte Publikum der freundliche Schleier einer Halbdunkelheit fiel, der das Spiel der gemeinen und groben Gefühle auf vielen erniedrigten Gesichtern verbarg und die böse Teufelei der Augen, die so aller Ehrlichkeit beraubt waren, vollständig verdunkelte, dass, wenn die Hölle selbst frische Funken gebraucht hätte, um Flammen zu entzünden, diese hässlichen menschlichen Blicke den Zweck erfüllt hätten. Der Vorhang hob sich und enthüllte eine exquisit gemalte Szene namens „Garten der Aurora", in der im rosigen Glanz einer geschickt simulierten „Morgendämmerung" die grünen Bäume zum Murmeln der gedämpften Orchestermusik erzitterten und Rosen – bewundernswerte Kreationen aus Kattun und Gaze – in bunten Büscheln von den Kulissen herabhingen und fast aussahen, als wären sie echt. In der Mitte der Bühne lag auf einem breiten grünen Blatt, das mit tausend Funken künstlichen Taus glitzerte, ein großer goldener Kokon, perfekt geformt und herrlich in den Strahlen der nachgeahmten Sonne glänzend. Auf dieses zentrale Objekt wurden die Blicke aller Zuschauer gelenkt und fixiert. Die Musik wurde jetzt wilder und schriller, die Geigen begannen zu schreien, die Celli zu fluchen, und der Klang selbst, in Fetzen ungeduldiger Vibration gerissen, begann gerade, disharmonisch gegen die ganze Vorstellung zu protestieren, als – siehe da! – der goldene Kokon langsam immer durchsichtiger wurde, als würde eine unsichtbare Hand den seidenen Schatz des Spinnens abwickeln, und die weiße Gestalt einer Frau war schwach und zart durch die halbdurchsichtige Hülle zu erkennen. Lautes Beifallsgemurmel erklang, das zu einem verzückten Brüllen der Ekstase anschwoll, als mit einem plötzlichen, scharfen Geräusch, das im Orchester widerhallte und wiederholt wurde, der Kokon auseinanderbrach und La Marina nach vorn zur Rampe sprang. In durchsichtige Gewänder gehüllt, die ihre Gestalt kaum verbargen, und mit ausgebreiteten weißen Schmetterlingsflügeln, die auf mysteriöse Weise elektrisch beleuchtet waren, begann sie ihren gleitenden Tanz – einen komplizierten Wirbel wunderbar gewundener Bewegungen, von denen jede einzelne einem Bildhauer als Studie hätte dienen können. Ihre Füße bewegten sich fliegend und ohne Geräusch; ihr Gesicht, kunstvoll für Bühneneffekte getönt, war wunderschön; ihr rotbraunes Haar, das von verborgenen elektrischen Tautropfen unheimlich beleuchtet wurde, floss in einer Wolke um sie herum, die einem schwelenden Feuer ähnelte; und während sie tanzte, lächelte sie so süß und mit einer so perfekten Nachahmung kindlicher Unschuld, als wäre sie in Wahrheit in dieser Nacht im Märchenland geboren worden, genau wie sie schien – ein Geschöpf aus Licht, Liebe und Fröhlichkeit, das überhaupt keine Ahnung von dem Brandy hatte, der auf ihren eigenen Befehl in ihrem Ankleidezimmer hinter den „Flügeln" auf sie wartete. Und Delicia, zu einer Art unnatürlicher Ruhe erstarrt, beobachtete sie fest, kalt und kritisch; und während sie sie beobachtete, wurde ihr klar, dass der Juwelier aus der Bond Street nicht ohne Wissen gesprochen hatte, denn dort, auf Marinas keuchender Brust, schimmerte die Diamanttaube, die das goldene Liebespfand trug, auf dem stand: „ *Je t'adore ma mie!* ". Sie blitzte hell auf bei jeder Bewegung und Drehung des geschmeidigen Körpers der Tänzerin und war für Delicia der eindeutige Beweis für die Unehre ihres Mannes. Und doch fiel es ihr schwer, die Wahrheit sofort zu begreifen; sie war sich keiner besonderen Gefühle von Verletzung, Wut oder Kummer bewusst; ihr war nur sehr kalt und übel, und sie konnte sich nicht so sehr beherrschen, diese körperlichen Empfindungen ganz zu verbergen, denn Mrs. Cavendish warf ihr einen erschrockenen Blick zu und rief:

„Delicia, dir geht es nicht gut! Robert, sie wird ohnmächtig; hol sie aus der Kiste! Gib ihr etwas Luft!"

Delicia zwang sich zu einem Lächeln – zum Sprechen.

„Es ist nichts, das versichere ich Ihnen", sagte sie, „nichts außer der Hitze und dem Rauch. Bitte, kümmern Sie sich nicht um mich; es wird bald vorübergehen."

Doch ihren Worten zum Trotz erhob sie sich halb und blickte sich nervös um, als suchte sie nach einem Ausweg; dann wies sie Mr. Cavendishs hastig angebotenen Arm zurück und setzte sich wieder hin.

„Ich werde mir den Tanz zu Ende ansehen", sagte sie mit zitternder Stimme. „Und dann gehen wir vielleicht, wenn Sie bereit sind."

Und sie richtete ihre Augen noch einmal auf die Bühne, die jetzt in purpurnes und goldenes Licht getaucht war, was La Marina in ihrer

Schmetterlingsnachahmung in allen leuchtenden und sanften Farben des Regenbogens erstrahlen ließ. Ihre weißen Flügel strahlten in allen möglichen wunderbaren Farbtönen – mal purpurrot, mal blau, mal grün – und inmitten all des Glitzerns und Lichtspiels leuchtete Marinas Gesicht und lächelte mit seinem süß vorgetäuschten Ausdruck der Unschuld, während die Diamanttaube unter ihrem runden Kinn funkelte. Und als Delicia von ihr zur Arena blickte, um die Wirkung der Vorstellung auf das Publikum zu sehen, erschrak sie und schrie in ihrer extremen Anspannung beinahe – denn dort – ihr Mann, der direkt zu ihr aufblickte! Ihre Blicke trafen sich; der überfüllte Raum des Zuschauerraums und die hell erleuchtete Bühne mit der schwankenden Gestalt der beliebten Tänzerin, die darauf hin und her glitt, trennten sie – die sichtbaren und äußeren Zeichen einer noch größeren Trennung, die bevorstand. Lord Carlyon musterte seine Frau mit hochmütiger und beleidigter Miene, und Delicia, die seinen Gesichtsausdruck schnell erkannte, hätte laut lachen können, wäre sie weniger betäubt und unglücklich gewesen. Denn er nahm eine Miene verletzter Tugend an, die angesichts der tatsächlichen Sachlage etwas Lächerliches an sich hatte; und einen Augenblick lang musterte Delicia ihn mit merkwürdig ruhiger und kritischer Analyse, gerade so, als wäre er ein Gegenstand literarischer Abhandlung und nichts weiter. Sie sah schon an seinem Blick zu ihr auf, dass er der Meinung war, sie habe die Schicklichkeit verletzt, indem sie das „Empire" überhaupt besuchte, obwohl sie von zwei ihrer ältesten und vertrautesten Freunde begleitet wurde; und an seine eigene Schuld in Bezug auf La Marina dachte er höchstwahrscheinlich überhaupt nicht. Männer gelten als hervorragende Logiker, die in diesem speziellen Wissenszweig alle schwachen Bemühungen der Frauen übertreffen; und zweifellos haben sie eine sehr eigentümliche Art, Entschuldigungen für ihre eigenen Laster zu finden, die als außerordentlich bewundernswert anerkannt werden muss. Bevor La Marinas Wirbel zu Ende waren und der männliche Teil des Publikums sich in wilden Applaussalven erschöpfte, war Delicia von einer so scharfen und beißenden Wertschätzung der komischen Seite der Situation bewegt, dass sie ein Lächeln nicht unterdrücken konnte. Es gab eine große Wunde in ihrem Herzen; aber sie war so tief und tödlich, dass sie den wahren Schmerz noch nicht verriet – der pochende Schmerz hatte noch nicht begonnen, und sie selbst war sich ihres eigenen tödlichen Schmerzes noch kaum bewusst. Die Brillanz ihres Verstandes bewahrte sie vorläufig davor zu wissen, in welchem Ausmaß ihre zartesten und besten Gefühle verletzt worden waren; und sie konnte nicht umhin, etwas fast Komisches in der Tatsache zu erkennen, dass sie, Delicia, unter anderem dafür gearbeitet hatte, es ihrem Mann zu ermöglichen, seine Geliebte mit Juwelen zu schmücken, die er von ihrem hart verdienten Geld gekauft hatte!

„Es ist sehr komisch!", sagte sie halblaut, „und das Komischste daran ist vielleicht, dass ich das nie von ihm gedacht hätte!"

„Was hast du gesagt, Delicia?", fragte Mr. Cavendish und beugte sich zu ihr hinunter.

Delicia lächelte.

„Nichts!", antwortete sie. „Ich habe mit mir selbst geredet, was eine schlechte Angewohnheit ist. Ich habe Will gerade gesehen; er ist irgendwo in der Arena. Ich nehme an, er ist nicht sehr erfreut, mich hier zu sehen."

„Nun, er ist selbst oft genug hier", erwiderte Mr. Cavendish, „zumindest, wenn man den Leuten Glauben schenken darf."

„Ah, aber man darf nie glauben, was die Leute sagen", antwortete Delicia und lächelte immer noch strahlend. „Die Mehrheit der Menschen erzählt mehr Lügen als Wahrheiten; das passt besser zu ihren gesellschaftlichen Gepflogenheiten und Bequemlichkeiten. Können wir jetzt gehen?"

„Gerne", und die Cavendishes standen sofort auf. „Sollen wir nach Lord Carlyon suchen?"

„Oh nein, da ist so viel los, wir würden ihn nie finden. Wahrscheinlich wird er in einer Droschke nach Hause fahren."

Sie verließen den Saal, und Delicia, die ihren Freunden an diesem Abend ihre Kutsche zur Verfügung gestellt hatte, brachte sie darin bis an ihre Tür zurück.

„Sie haben uns nicht gesagt, was Sie von La Marina halten", sagte Mrs. Cavendish lächelnd, als sie sich gegenseitig gute Nacht sagten. „Waren Sie von ihr enttäuscht?"

„Überhaupt nicht", antwortete Delicia ruhig. „Sie ist eine bewundernswerte Tänzerin. Ich hätte nie mehr von ihr erwartet."

„Viele Männer sind wegen ihr völlig durchgedreht", bemerkte Mr. Cavendish, als er auf dem Bürgersteig vor seinem Haus stand und zu Delicia hineinschaute, die im Schatten des Lichts in ihrer Kutsche saß. „Jemand hat mir neulich erzählt, sie hätte mehr Juwelen als eine Königin."

„Zweifellos", antwortete Delicia gleichgültig. „Sie ist ein Spielzeug, und die einzige Chance, dass sie nicht kaputtgeht, besteht darin, sich teuer zu machen. Gute Nacht!"

Sie winkte mit der Hand und wurde weggejagt. Mr. und Mrs. Cavendish betraten ihr eigenes ruhiges Haus und sahen sich in der halb erleuchteten Halle fragend an.

„Es hat keinen Sinn, noch weitere beiläufige Andeutungen zu machen", sagte Mr. Cavendish fast verärgert. „Sie nimmt sie nicht an."

„Ich glaube nicht, dass sie jemals ein Wort gegen Carlyon glauben wird", antwortete seine Frau. „Und da wir alte Freunde sind, würden wir sie nur beleidigen, wenn wir offen zu ihr sprechen und ihr alles erzählen, was wir hören. Es hat keinen Sinn, Unheil anzurichten."

„Sie meinen, es hat keinen Sinn, die Wahrheit zu sagen", bemerkte Mr. Cavendish. „Es ist doch merkwürdig, dass man in der Gesellschaft nie ehrlich sein kann, ohne jemanden zu beleidigen!"

Mrs. Cavendish seufzte und lächelte. Sie hatte vor vielen Jahren ihre Chance auf gesellschaftliches Leben gehabt und war dessen geistlose Torheit und Heuchelei gründlich überdrüssig geworden, aber es war ihr gelungen, einen guten Ehemann zu finden, und dafür war sie Tag und Stunde dankbar. Der größte Kummer ihres Lebens war, dass sie nicht mit Kindern gesegnet worden war, und es war zum Teil dieser Schatten auf ihrem sonst glücklichen und ruhigen Schicksal, der ihre Zuneigung zu Delicia besonders zärtlich machte. Wäre diese brillante und beliebte Romanautorin ihre eigene Tochter gewesen, sie hätte sie nicht mehr lieben können, und in dieser Nacht war ein unbehagliches Gefühl der Vorahnung in ihrer guten, mütterlichen Seele, das sie lange wach hielt, während sie darüber nachdachte und sich fragte, was passieren würde, wenn sich gewisse Gerüchte über Lord Carlyon als wahr herausstellten. Sie kannte Delicias Charakter besser als die meisten Leute; sie war sich bewusst, dass sich unter dieser scheinbar nachgiebigen, süßen Natur ein entschlossener Geist verbarg, stark wie Eisen, fest wie Diamant – ein Geist, der sich gewiss für Recht und Gerechtigkeit einsetzen würde, wann und wie immer er auf die Probe gestellt und erprobt wurde; aber sie konnte nicht voraussehen, auf welche Weise Delicia ein Unrecht übelnehmen würde, vorausgesetzt, sie hatte Grund zu einem solchen Groll. Sie sah zierlich aus wie ein Schilfrohr und zart wie eine Lilie; aber der Schein trügt; und nichts kann dümmer sein, als die geistige Leistungsfähigkeit einer Person anhand ihrer äußeren Haltung einzuschätzen. Ein Rapier ist eine dünne, leichte Waffe, aber es kann trotzdem töten; eine Nachtigall hat nichts mit ihrem Gefieder zu prahlen, aber ihr Gesang übertrifft den aller anderen Vögel der Schöpfung. Nur der rein barbarische Geist beurteilt Dinge oder Individuen anhand des äußeren Anscheins. Jeder, der versucht hätte, Delicias Charakter anhand ihres Aussehens zu ergründen, hätte sich eine sehr falsche Einschätzung von ihr gebildet, denn für den flüchtigen Beobachter war sie lediglich eine hübsche, liebenswerte Frau mit einem fröhlichen Lächeln und einer anmutigen Haltung, und das war alles. Niemand hätte ihr Tugenden wie starke Selbstbeherrschung, Mut, Entschlossenheit und absolute Gleichgültigkeit gegenüber Meinungen zugetraut; Doch all dies besaß sie in nicht geringem Maße, gepaart mit einer außerordentlichen Direktheit und Schnelligkeit im Handeln, die durchaus lobenswert ist, wenn sie einen Mann auszeichnet, aber etwas erstaunlich ist, wenn sie in der von Natur aus kapriziösen Natur einer Frau entdeckt wird. Diese direkte Art des Verhaltens trieb sie jetzt an; denn während Mrs. Cavendish wach lag und sich Sorgen um sie machte, hatte sie selbst, als sie an diesem Abend nach Hause kam, einen festen Entschluss gefasst, was sie tun wollte. Sie ging in ihr Arbeitszimmer, setzte sich hin und schrieb einen Brief an ihren Mann, in dem sie ihm in knapper und klagloser Kürze alles erzählte. Sie schloss ihren Brief folgendermaßen:

„Ich kann Ihnen meine eigenen Gefühle in dieser Angelegenheit nicht mitteilen, da ich selbst noch keine Zeit hatte, sie mir bewusst zu machen. Die Überraschung kommt zu plötzlich – die Enttäuschung, die ich von Ihnen empfinde, ist zu groß. Ich bin mir durchaus bewusst, dass sich viele Männer Bühnenkünstler zur eigenen Unterhaltung in ihren freien Stunden halten, aber ich glaube nicht, dass sie es gewohnt sind, dies vom Verdienst ihrer Frauen zu tun. Es wäre unsagbar schmerzhaft für mich, dies mit Ihnen besprechen zu müssen; es ist ein Thema, über das ich unmöglich sprechen kann. Ich halte es daher für das Beste, Sie für ein paar Tage zu verlassen, damit wir beide, getrennt voneinander, Zeit haben, unsere Positionen zu überdenken und zu vereinbaren, was für die Zukunft am besten zu tun ist. Um allen unnötigen Klatsch und Skandal zu vermeiden, werde ich rechtzeitig zu Lady Dexters „Schwarm", zu dem wir beide besonders eingeladen sind, in die Stadt zurückkehren. Ich fahre nach Broadstairs und werde meine Adresse bei meiner Ankunft telegraphieren.

„DELICIA VAUGHAN."

Als sie alles geschrieben hatte, was sie zu sagen hatte, steckte sie den Brief in einen Umschlag, adressierte ihn und bat ihn, ihn seinem Herrn zu überbringen, sobald er zurückkäme. Robson blickte sie ehrerbietig an und wunderte sich innerlich über die extreme Blässe ihres Gesichts und das fiebrige Leuchten ihrer Augen.

„Seine Lordschaft sagte, er würde heute Abend wahrscheinlich nicht zurückkehren", wagte er zu bemerken.

Delicia erschrak leicht, beherrschte sich aber schnell.

„Hat er das? Wenn er zurückkommt, geben Sie ihm den Brief."

'Ja meine Dame.'

Er zog sich zurück und Delicia ging leise nach oben in ihr Schlafzimmer und rief ihre Zofe.

„Ich fahre für ein paar Tage ans Meer, Emily", sagte sie, „nach Broadstairs. Pack einfach meine Sachen zusammen und sei morgen früh um zehn Uhr selbst fertig."

Emily, eine strahlende junge Frau, die nichts von dem Gehabe an sich hatte, das Zofen nur allzu oft an den Tag legen, und die außerdem den weiteren Ruf hatte, ihrer Herrin ergeben zu sein, nahm ihre Anweisungen mit ihrer üblichen zufriedenen Bereitschaft entgegen und machte sich daran, das Haar ihrer Herrin für die Nacht zu lösen. Als sie die glänzende Masse abwickelte und fallen ließ, fuhr Delicia plötzlich mit einem unterdrückten Schmerzensschrei hoch.

„Oh, Mylady, was ist los?", rief Emily erschrocken.

Delicia stand zitternd da und sah sie an.

„Nichts, nichts", sagte sie schließlich stockend und zwang sich zu einem Lächeln. „Ich habe gerade etwas herausgefunden, das ist alles – etwas, das ich vorher nicht ganz verstanden habe. Jetzt verstehe ich es – ich verstehe – mein Gott, ich verstehe! Also, Emily, schau nicht so verängstigt. Ich bin nicht krank; ich bin nur ein bisschen müde und verwirrt. Du kannst jetzt gehen; ich wäre lieber allein. Ruf mich rechtzeitig an, damit der Zug kommt, und pack alles bereit. Ich werde Spartan mitnehmen."

„Ja, Mylady", stammelte Emily und sah immer noch ein wenig verängstigt aus. „Sind Sie sicher, dass Sie nicht krank sind? Kann ich nichts für Sie tun?"

„Nein, nichts", antwortete Delicia sanft. „Geh zu Bett, Emily, und steh früh auf, das ist alles. Gute Nacht!"

„Gute Nacht, Mylady!" und Emily zog sich widerstrebend zurück.

Allein gelassen ging Delicia zur Tür und schloss sie ab. Dann drehte sie sich um und zog den Vorhang beiseite, der vor der Nische hing, die sie ihr „Oratorium" nannte, wo ein elfenbeinernes Kruzifix weiß vor purpurnen Vorhängen hing. Die gequälten Augen des leidenden Erlösers blickten auf sie herab; das dornengekrönte Haupt neigte sich ihr zu; der „Mann der Schmerzen, der mit Kummer vertraut ist", schien mit ausgestreckten Armen am Kreuz darauf zu warten, sie zu empfangen – und mit einem plötzlichen, schluchzenden Schrei fiel sie auf die Knie.

„Oh, mein Gott, mein Gott", jammerte sie. „Jetzt weiß ich, was ich verloren habe! Meine ganze Liebe und meine ganze Freude! Weg, weg wie ein törichter Traum – für immer weg! Weg, und nichts ist übrig außer der Dornenkrone namens Ruhm!"

Schaudernd verbarg sie ihr Gesicht auf dem Kissen ihres *Betstuhls* und weinte langsame, leidenschaftliche Tränen, die aus einem gebrochenen Herzen aufstiegen und beim Fallen ihre Augenlider versengten. Verhüllt von der goldenen Pracht ihres Haares, quälte sie sich wie ein kleines, kränkliches Kind, bis sie schließlich erschöpft und zitternd vor Erregung den Kopf hob und direkt auf die Christusskulptur blickte, die ihr gegenüberstand.

„Ich habe ihn zu sehr geliebt", sagte sie halblaut. „Ich habe ihn zum Götzen meines Lebens gemacht und werde für meine Sünde bestraft. Wir alle neigen dazu, die Donner des Berges Sinai und die große Stimme zu vergessen, die sagte: „Du sollst keine anderen Götter haben außer mir." Ich hatte es vergessen – nein, ich wollte es fast vergessen! Ich machte aus meinem Geliebten einen Gott; er hat aus mir eine Annehmlichkeit gemacht!"

Sie stand auf, warf ihr Haar über die Schultern zurück und blieb einen Moment stehen und lauschte. Im Haus war kein Geräusch zu hören, abgesehen von einer gelegentlichen unruhigen Bewegung von Spartan, der auf seiner Matte vor ihrer Schlafzimmertür lag.

„Mylord's Sinn für das, was für Frauen richtig und schicklich ist, wurde heute Abend durch den Besuch im ‚Empire' verletzt", sagte sie mit einem kleinen, verächtlichen Lächeln; „aber seine Moralvorstellungen gehen nicht weit genug, um ihn daran zu hindern, in diesem Moment mit La Marina zusammen zu sein!"

Ein Ausdruck des Ekels huschte über ihr bewegliches Gesicht.

„Arme Liebe! Arme kleine, zarte Motte! Wie schnell wird sie durch eine grobe Berührung getötet – hoffnungslos getötet, so dass sie nie wieder auferstehen wird! Ich glaube, sie ist die einzige Leidenschaft, die wir besitzen, die, wenn sie einmal tot ist, nie wiederbelebt werden kann. Ehrgeiz ist ewig, aber Liebe! – sie ist die Aloe-Blume, die nur einmal in hundert Jahren blüht. Ich frage mich, was ich jetzt mit meinem Leben anfangen soll – jetzt, wo es verkrüppelt und gelähmt ist?"

Sie ging langsam zu ihrem Spiegel und betrachtete lange und ernst ihr eigenes Spiegelbild.

„Du arme kleine Frau!", sagte sie mitleidig. „Was hast du für einen Fehler gemacht! Du hast geglaubt, dass du aus der ganzen Welt einen Helden für dich gewonnen hättest – einen Mann, dessen Wesen edel, dessen Wesen ritterlich war, dessen Zärtlichkeit und Wahrheit niemals in Frage gestellt werden durften! Ein Beschützer und Verteidiger, der, wenn es jemand gewagt hätte, dich zu verleumden, dem Lügner eins übers Gesicht geschlagen und ihn für seine Unverschämtheit zur Rechenschaft gezogen hätte. Was hast du statt dieses wunderbaren Marcus Antonius oder Theseus deiner Vorstellung? Hab keine Angst, arme Delicia! Ich sehe, wie dein Mund zittert und deine Augen sich mit albernen Tränen füllen – das ist alles Unsinn, weißt du! Du darfst nicht vor der Wahrheit zurückschrecken, meine Liebe; und wenn Gott beschlossen hat, dein schönes Idol zu nehmen und es vor deinen Augen zu zerbrechen, darfst du nicht anfangen, darüber zu streiten oder versuchen, die Stücke aufzusammeln und Gott zu sagen, dass er Unrecht hat. Nur Mut, Delicia! Stelle dich der Sache! Was glaubten Sie, mit Sicherheit gewonnen zu haben aus all dem flüchtigen Schauspiel der Illusionen dieser Welt? Ein wahres Herz, einen treuen Liebhaber und, wie bereits gesagt, eine Art Theseus in Aussehen und Tapferkeit! Aber selbst Theseus verließ Ariadne, und in diesem Fall hat Ihr Held Sie verlassen. Nur das müssen Sie erkennen, Sie getäuschtes Geschöpf, nämlich, dass er überhaupt kein Held ist – dass er nie ein Held war! Das ist der schwierigste Teil, nicht wahr? Zu denken, dass der Gott, den Sie angebetet haben, nichts weiter ist als ein „Offizier und Gentleman", wie viele „Offiziere und Gentlemen" es sind, der bequem von Ihrem Verdienst lebt und das überschüssige Geld auf der Rennbahn, in Varietés und – La Marina – ausgibt! Nehmen Sie Ihre rosarote Brille ab, meine Liebe, und sehen Sie ihn an, wie er ist. Seien Sie deswegen nicht so feige! Ja, ich weiß, was Sie in Ihrem eigenen Herzen immer und immer wieder sagen; es ist die alte Geschichte: „Ich liebte ihn, oh, ich liebte ihn!" wie die Last eines sentimentalen Liedes. Natürlich liebten Sie ihn – wie tief, wie leidenschaftlich, wie innig – werden Sie nie, nie in Worte fassen können, nicht einmal sich selbst gegenüber."

Hier flossen die Tränen über und fielen, trotz ihrer Einwände gegenüber ihrem eigenen Bild im Spiegel.

„Natürlich müssen Sie jetzt ein wenig weinen. Sie können nicht anders. Sie sind so gründlich getäuscht worden und die Enttäuschung ist so vollkommen, Sie arme, arme kleine Frau!"

Und von einem seltsamen Mitleid mit sich selbst bewegt, beugte sie sich vor und küsste das Spiegelbild ihrer eigenen zitternden Lippen.

„Es hat keinen Sinn, dass du irgendwo nach Trost suchst", fuhr sie fort und wischte sich die Tränen ab. „Du bist nicht nach dem Muster der modernen Dame geschaffen, die überall und jederzeit lieben kann, so groß ist ihr Herz; du bist von diesem schrecklich altmodischen Typ Mensch, der, wenn er einmal liebt, nie wieder lieben kann. Deine Liebe ist in dir abgetötet; du bist jetzt nur noch halb du selbst, und du musst das Beste daraus machen. Du musst deine Gefühle unterdrücken, deine Emotionen unterdrücken und wie Johannes in der Wildnis leben, von ‚Heuschrecken und wildem Honig', wodurch du in Zukunft die Belohnungen des Ruhms verstehen wirst. Und du wirst ganz allein in einer Wüste sein und fasten – Tag und Nacht fasten – für die Nahrung der Zärtlichkeit und Liebe, die du nie, nie bekommen wirst – denk daran! Es ist ein ziemlich hartes Los, du arme, weinende, schwache kleine Frau! Aber es ist für dich bestimmt, und du wirst es ertragen müssen!"

Sie lächelte ein gequältes, schwieriges Lächeln und sah, wie ihr eigenes Spiegelbild sie auf dieselbe traurige Weise anlächelte. Als sie auf die Uhr auf ihrem Toilettentisch blickte, sah sie, dass es fast zwei Uhr morgens war. Ihr Mann war nicht zurückgekehrt. Sie band ihr Haar zu einem lockeren Knoten zusammen, legte sich aufs Bett und versuchte zu schlafen, aber es gelang ihr nur, etwa eine Stunde lang in einen unruhigen Schlummer zu verfallen. Obwohl sie sich krank und unruhig fühlte, war sie jedoch aufgestanden und angezogen, als ihre Zofe am Morgen zu ihr kam, und vor elf Uhr hatte sie das Haus verlassen, während Spartan neben ihr auf dem Boden der Kutsche saß, die sie zum Bahnhof brachte, von wo aus sie nach Broadstairs aufbrach. Sie hinterließ ihrem Haushalt keine Anweisungen, außer dass sie Robson noch einmal die dringende Notwendigkeit einschärfte, Lord Carlyon den Brief, den sie für ihn geschrieben hatte, zu geben, sobald er zurückkam. Robson versprach unbedingten Gehorsam und beobachtete das Verschwinden der Kutsche mit seiner Frau, ihrer Zofe und ihrem Hund mit einem Gefühl gemischter Neugier und Unbehagen.

„Da liegt etwas in der Luft, da bin ich mir ziemlich sicher“, grübelte er. „Sie ist noch nie so plötzlich weggegangen. Sie sieht auch sehr ruhig aus und sehr blass. Sie wäre nicht diejenige, die wegen irgendetwas Aufhebens macht, aber sie würde es umso mehr spüren. Ich frage mich, ob sie es weiß.“

Er blieb abrupt mitten im Saal stehen, offensichtlich von dieser Idee beeindruckt, und wiederholte die Worte langsam und nachdenklich für sich: „Ich frage mich, ob sie es weiß?“

KAPITEL VII

Es ist seltsam, aber dennoch wahr, dass trotz all unserer heutigen Bemühungen, Gefühle durch Argumentation zu verdrängen, das Gewissen in manchen von uns noch so lebendig ist, dass ein Mann von Geburt und guter Erziehung, der, wie er selbst gerne sagt, wenn er sich lasterhaften Vergnügungen hingibt, „das Leben kennengelernt" hat, indem er seine Zeit in schlechter Gesellschaft verbracht hat, häufig eine heftige Reaktion verspürt – so heftig, dass ihm fast übel wird und er sehr schlecht gelaunt und launisch ist. Das war bei Carlyon der Fall, als er an dem Tag, als Delicia zur See aufbrach, gegen Mittag nach Hause zurückkehrte. Er war nicht nur reizbar, sondern es bereitete ihm ein unglaubliches Vergnügen, sich selbst reizbar zu wissen und seine Laune auf dem erforderlichen Niveau der Wut zu halten. Er war wirklich wütend auf sich selbst, aber es gelang ihm, so zu tun, als sei er wütend auf Delicia. Er hatte in einer der Zeitungen etwas über sie gelesen, was er als ausreichenden Grund für eine Beleidigung ansah, obwohl er wusste, dass es ein Versuch war, ihren guten Namen zu verunglimpfen, was er als ihr Ehemann sofort übel genommen hätte. In seinem eigenen Kopf war er sich vollkommen darüber im Klaren, dass er, hätte er sich in der Sache als Mann verhalten, seine Reitpeitsche hätte nehmen und damit dem literarischen Lügner, der das falsche Gerücht veröffentlicht hatte, einen schmerzlichen Schnitt ins Gesicht hätte versetzen sollen, und doch hatte er es, obwohl er sich dessen bewusst war, geschafft, sich in einen so eigenartigen Zustand des Selbstmitleids zu versetzen, dass er in seinem begrenzten Horizont überhaupt nichts anderes sehen konnte als sich selbst, seine eigenen Gefühle und seine eigenen Vollkommenheiten; und obwohl er sich teilweise und beschämt auch seiner eigenen Laster bewusst war, fand er dafür so viele Entschuldigungen, dass er, als er schließlich seine eigene Tür erreichte, mithilfe vieler besänftigender moderner Lehren und angenehmer fortschrittlicher moralischer Argumente beinahe zu dem Schluss gekommen war, dass er, die Menschen so nehmend, wie sie waren, wirklich ein außergewöhnliches Musterbeispiel an Tugend war.

„Ich muss wirklich sehr ernsthaft mit Delicia sprechen", sagte er zu sich selbst. „Eine so bekannte Frau wie sie sollte nicht im ‚Empire' gesehen werden, und es steht ihr nicht zu, Schauspieler in ihren ‚Häusern' zu empfangen."

Mit diesen hochmoralischen Gefühlen in seinem Innern betrat er mit seinem Hausschlüssel sein eigenes Haus, oder besser gesagt das seiner Frau, und als er niemanden vorfand, ging er geradewegs die Treppe hinauf in Delicias Arbeitszimmer. Die Jalousien waren heruntergelassen, das Zimmer war verlassen, und nur der marmorne „Antinous" starrte ihn mit einem kalten Lächeln an. Er ging wieder in die Diele hinunter und rief Robson herbei, der sofort erschien und ihm Delicias Brief auf einem silbernen Tablett mit übertriebener Höflichkeit überreichte.

„Was ist das?", fragte er ungeduldig. „Ist Ihre Ladyschaft schon wieder draußen?"

„Sie ist heute Morgen nach Broadstairs aufgebrochen, Mylord", antwortete Robson sittsam. „Ihre Zofe ist mitgegangen, und sie hat Spartan mitgenommen."

Carlyon murmelte etwas wie einen Fluch, ging ins Raucherzimmer, öffnete und las den Brief seiner Frau. Abwechselnd heiß und kalt las er jedes ruhige, überzeugende, klar geschriebene Wort und saß einen Moment lang betäubt und völlig überwältigt da. Schuld, Scham und Reue kämpften um die Oberhand über seine Gefühle, und zwei oder drei Minuten lang dachte er, er würde Delicia sofort folgen, sich ihr ausliefern, alles gestehen und sie um Vergebung bitten. Aber was hätte das gebracht? Sie würde vielleicht vergeben, aber nie vergessen. Und ihre blinde Anbetung, ihre leidenschaftliche Liebe, ihr inniges Vertrauen? Er hatte genug Verstand, um zu erkennen, dass diese schönen Gefühle der Zärtlichkeit und Ehrfurcht in ihr für ihn für immer tot waren!

Er zupfte unruhig an seinem schönen Schnurrbart, überblickte seine Lage und fragte sich, ob sie wahrscheinlich die Scheidung einreichen würde. Und wenn ja, würde sie sie bekommen? Nein, denn sie konnte weder Grausamkeit noch Verlassen beweisen. Es war keine Grausamkeit darin, dass er eine „Affäre" mit Marina hatte, oder mit einem Dutzend Marinas, wenn er wollte – *nicht in den Augen des Gesetzes* . Es war rechtlich gesehen nicht einmal grausam, dass er die Einkünfte seiner Frau für Marina ausgab, sofern seine Frau ihm Geld gab, mit dem er machen konnte, was er wollte. Um eine Scheidung rechtskräftig zu bekommen, müsste Delicia nicht nur Untreue, sondern auch Grausamkeit und Verlassen für zwei Jahre und mehr beweisen. Oh, gerechtes Gesetz! Von Männern für sich selbst und ihre eigene Bequemlichkeit gemacht! Die „Grausamkeit", die einer unschuldigen Frau auf einen Schlag ihre Liebe, ihr Vertrauen, ihr Glück raubt, existiert nach männlicher Gerechtigkeit nicht. Sie muss vielleicht vorsätzliche Vernachlässigung ertragen und Zeugin der offenen Intimität ihres Mannes mit anderen Frauen sein; aber solange er sie nicht schlägt oder ihr sonst körperlich misshandelt und weiterhin in scheinbarer Einheit mit ihr lebt, während sie vor seiner Berührung zurückschreckt und seine Gesellschaft als Schande empfindet, kann sie nicht von ihm getrennt werden. Carlyon erinnerte sich mit einer lobenswerten Selbstgefälligkeit daran.

„Sie wird mich nicht los, das ist eine Sache", überlegte er; „nicht, dass sie es versuchen würde. Verdammt sei dieser Bond Street-Juwelier für einen Esel! Warum konnte der Kerl seine verdammte Zunge nicht im Zaum halten!

Natürlich haben wir uns gespalten; aber, bei Gott! – eine Frau, die Bücher schreibt, sollte wissen, dass ein Mann auch Spaß am Leben haben muss. Wir können nicht alle literarisch sein! Außerdem, wenn es zu einem Streit kommt, habe ich einen sehr guten Grund zur Klage auf meiner Seite!"

Daraufhin schnappte er sich einen Stift und schrieb Folgendes:

„LIEBE DELICIA, – ich bedauere, dass eine Frau Ihrer Kultur und Intelligenz nicht in der Lage ist, die Welt und ihre Gepflogenheiten besser zu verstehen. Männer diskutieren nicht über solche Themen wie die, auf die Sie in Ihrem Brief anspielen; je weniger gesagt wird, desto schneller ist es wieder gut. Ich lege einen Ausschnitt aus *Honesty bei*, aus dem Sie erkennen werden, dass ich wahrscheinlich mehr Grund habe, mich über Sie zu beschweren, als Sie über mich. Männern wird mehr Freiheit zugestanden als Frauen, wie Sie vermutlich wissen, und Ihre Stellung in der Öffentlichkeit sollte Sie doppelt vorsichtig machen. Ich hoffe, Sie werden Ihre Abwechslung genießen. – In Liebe, WILL."

Er las den erwähnten Zeitungsausschnitt durch, der wie folgt lautete:

„Es wird häufig gemunkelt, dass die echte „Dona Sol" des „Ernani", der die Theaterwelt so lange erfreut hat, eine bekannte Romanautorin ist, die durch ihre Heirat mit einem gewissen galanten Gardeoffizier in die Aristokratie weitaus mehr Berühmtheit erlangt hat, als ihre literarischen Fähigkeiten es ihr je ermöglicht hätten. Die betreffende „Dona" galt lange als „keusch wie Eis, rein wie Schnee", aber Eis und Schnee neigen dazu, in der Hitze einer glühenden Leidenschaft zu schmelzen, und die allzu offensichtliche Leidenschaft des „Ernani" hat ihm in diesem Fall, wie wir hören, den Sieg gebracht, mit dem Ergebnis, dass die „Ohren der Bürger" in Kürze mit einem merkwürdigen Skandal gekitzelt werden."

„Schließlich", murmelte Carlyon, während er dies in einen Umschlag steckte, „ist es viel schlimmer, dass sie als Frau mit Paul Valdis zusammen ist, als dass ich als Mann mich mit Marina vergnüge. Sie ist lächerlich inkonsequent; sie sollte wissen, dass ein Mann in dieser Welt tut, was er will – eine Frau tut, was sie muss. Die beiden Dinge sind völlig verschieden. Jetzt muss ich warten, bis sie mir ihre Adresse telegraphiert, bevor ich dies abschicken kann. Was für eine teuflische Plage!"

Er begab sich zu seinem üblichen Trost – einer Zigarre, die er verärgert in sich hineinzog und sich fragte, was er mit sich anfangen sollte. La Marina hatte er im Moment satt – es fanden keine Pferderennen statt, und er hatte das Gefühl, dass es eine wahrhaft unfreundliche Fügung der Vorsehung war, so auf sich allein gestellt zu sein. Seine geistige Kapazität war sehr begrenzt, und seine einzige Vorstellung vom Leben bestand darin, sich irgendwie zu amüsieren. Ständige Unterhaltung ist leicht ermüdend; aber daran denken die

Anhänger des sogenannten Vergnügens nie, bis sie erschöpft auf sich selbst zurückgeworfen werden. Carlyon wäre am richtigen Platz gewesen, wenn er als hochrangiger Adliger im alten Pompeji geboren worden wäre – er ging in die Bäder, ließ sich die Haare kämmen und seine Kleidung parfümieren, trug frische Blumenkränze um den Hals, wurde mit den seltensten Delikatessen gefüttert, trank die teuersten Weine und teilte seine Zuneigung zwischen mehreren der hübschesten Tänzerinnen auf. Ein solches Leben hätte ihm vollkommen gepasst, und es ist durchaus möglich, dass er, als der Vesuv seine überzeugende Darstellung des Tages des Jüngsten Gerichts darbot, seinem Schicksal mit der strengen Gelassenheit des unsterblichen „römischen Soldaten" entgegengetreten wäre; denn gerade derart verwöhnte Menschen sind die beste Nahrung für Flammen, Pulver und Kugeln und begegnen dem Tod im Allgemeinen mit Gleichmut, als ob sie von einer instinktiven Wahrnehmung der Wertlosigkeit ihres Lebens für die Welt getrieben würden.

In der Zwischenzeit, während ihr Mann für sie einen Zeitungsausschnitt aus dem Skandalheft „ *Honesty* " *vorbereitete, der seiner Ansicht nach ein parthischer Schlag war* , hatte Delicia durch reinen Zufall die Zeitung gekauft und den Absatz auf dem Weg nach Broadstairs gelesen. Sie war eine Frau, die nie Zeit mit irgendetwas verschwendete, und als sie an ihrem Zielort ankam, steckte sie die Zeitung in einen Umschlag für ihre Anwälte und fügte die kurze Anweisung bei:

„Bestehen Sie auf sofortigem Widerruf und einer Entschuldigung. Wenn dies abgelehnt wird, leiten Sie rechtliche Schritte ein."

Nachdem dies geschehen war, verbannte sie die Angelegenheit mit einer Schnelligkeit aus ihrem Kopf, die keiner Frau, die nicht absolut unschuldig an Unrecht war, möglich gewesen wäre. Ein reines Gewissen wird nie durch Verleumdungen von außen gestört, und ein geradliniges Leben wird nie durch das höhnische Grinsen eines Klatschmauls aus seinem sauberen Kurs geworfen. Außerdem waren Delicias Gedanken zu sehr mit ihren zerbrochenen Idolen beschäftigt, als dass sie sich lange mit anderen Themen der Betrachtung aufhalten konnte. Alles, was sie im Augenblick wünschte, war Ruhe – einen Ort der Stille, in dem sie ruhig nachdenken und ihren Geist auf die notwendige Stärke bringen konnte, um zu erkennen, was sie für den Rest ihres Lebens zu ertragen hatte. Sie nahm sich ein ruhiges Zimmer mit Blick auf das Meer, telegraphierte ihrem Mann ihre Adresse und bereitete sich dann darauf vor, sich für ein paar Tage ernsthafter Meditation niederzulassen. Sie begann, ihre Position mit einer logischen Festigkeit zu erwägen, die allen ihren „lieben alten Heiden", wie sie Sokrates und den Rest seiner Schule nannte, würdig war – und erprobte mit einer Mischung aus Schüchternheit und Entschlossenheit das Maß ihrer weiblichen Stärke, wie ein Krieger seine Waffe gegen die ihr gegenüberstehenden Übel erprobt. Sie hatte den größten Verlust erlitten, der einer Frau widerfahren kann – den Verlust der Liebe. Ihre Liebe war tief und leidenschaftlich gewesen, aber der Gegenstand dieser Liebe hatte sich als unwürdig erwiesen – daher war die Liebe tot und würde nie wieder aufleben. Dies war der erste Teil des Arguments, und er musste gründlich gemeistert werden. Dann kam die Tatsache, dass sie, Delicia, trotz des Todes der Liebe an den Leichnam dieser erloschenen Leidenschaft gebunden war – gebunden durch das Eheband und auch durch das Gesetz, das großzügigerweise vorsieht, dass ein Ehemann seiner Frau jeden Tag und jede Stunde des Tages Untreue schuldig sein kann, ohne dass sie das Recht hat, ihn zu bestrafen oder zu verlassen, es sei denn, er behandelt sie „grausam", da seine Untreue von dem so bewundernswerten Gesetz nicht als „grausam" beurteilt wird. Auf keinen Fall – oh nein! – überhaupt nicht! Wenn es um Schläge, Gesichtskratzen und Haareausreißen geht, dann kann man sich über „Grausamkeit" beschweren; aber das langsame Brechen eines Herzens, das Foltern zarter Nervenfasern auf der Folterbank geistiger und moralischer Empörung, das Lächeln, das eine Beleidigung ist, die herablassende Toleranz, die eine Beleidigung ist, das konventionelle Wahren des Scheins, das eine tägliche Lüge ist – all dies hat überhaupt nicht den geringsten Anflug von „Grausamkeit" an sich – nicht im Geringsten!

„Deshalb", argumentierte Delicia mit feiner Verachtung, „solange er nicht jemals auf die Idee kommt, mich zu schlagen oder mit einer Pistole auf mich zu schießen, habe ich keinen Grund, mich über ihn zu beschweren und darf mich auch nicht beschweren. Soll ich dann die Heuchlerin spielen und so tun, als würde ich ihn immer noch anbeten? Nein! Das kann ich nicht tun, das werde ich nicht tun. Vielleicht stimmt er einer Trennung zu –" sie hielt inne und ihr Gesicht verfinsterte sich, „wenn ich es ihm finanziell lohnenswert mache!"

Es war der Abend ihrer Ankunft in Broadstairs, und sie ging am Strand entlang, Spartan majestätisch neben ihr herschreitend. Der Abendglanz der untergegangenen Sonne lag auf dem ruhigen Meer, und kleine Wellen, die sich in langen, feinen Linien übereinander wälzten, brachen sich mit einem sanften Geräusch wie Kinderlachen am Kieselstrand. Alles war sehr friedlich und schön, und nach und nach beruhigte sich ihr aufgewühlter Geist und stimmte sich sanft auf die symphonischen Schwingungen des ewigen Pulses der Natur ein, der immer als Antwort auf die Stimme Gottes schlug. Plötzlich regte sich eine starke Emotion in ihrer eigenen Seele und sprach sozusagen laut mit halb vorwurfsvollem, halb tröstendem Ton.

„Was hast du verloren?", fragte die innere Stimme. „Liebe? Aber was verstehst du unter Liebe? Den flüchtigen Lichtschimmer, der auf einen Schaumfleck fällt und vergeht? Oder die ewige Herrlichkeit eines immer dunkler werdenden Tages, dessen sommerliche Pracht niemals enden wird?

Alles Irdische muss vergehen; wähle daher das, was vom Himmel ist und wozu du bestimmt warst, als Gott in deiner weiblichen Seele zum ersten Mal das Feuer der Sehnsucht und des Strebens entzündete! Die Natur liegt wie ein offenes Buch vor dir auf; die Menschheit mit all ihren Leiden, Nöten und Hoffnungen ist hier, um dir zu helfen und Trost zu spenden; dein Selbst ist ein Nichts in dem, was du zu tun hast; dein irdisches Wohl, deine irdische Liebe, deine irdischen Hoffnungen sind wie der müßige Wind in den Berechnungen der Ewigkeit! Segel nach dem Kompass des Geistes Gottes in dir; und vielleicht wird aus der Dunkelheit Licht kommen!"

Mit verträumten, halb tränennassen Augen blickte sie auf das dunkler werdende Meer hinaus; das Gefühl einer großen Einsamkeit, einer gewaltigen Verlassenheit umgab sie; und fast in einer unbewussten Bitte legte sie ihre kleine, zarte, bloße Hand auf Spartans zottigen Kopf, der die Liebkosung mit anbetender Ehrfurcht in seinen braunen Augen empfing.

„Es ist so hart, Spartanerin!", murmelte sie. „So hart für eine Frau, ganz allein auf der Welt zu sein! Einsam weiterarbeiten, einen bitteren Lorbeerkranz tragen, der einem die Stirn schmerzt; ohne eigenes Verschulden all der Küsse und Zärtlichkeiten beraubt sein, die törichten, selbstsüchtigen, undankbaren und oft unkeuschen Frauen so freigiebig zuteil werden – abgesondert sein in den kalten Höfen des Ruhms – eine weiße Statue mit gefrorenen Lippen und Augen, die auf die endlosen Pfade des Todes starren – O Gott! Ist eine Stunde der Liebe nicht all diesen kalten Ruhm wert?"

Tränen traten ihr in die Augen und verdeckten die Sicht auf den sich verdunkelnden Himmel und das ruhige Meer. Sie drehte sich blindlings um, um weiterzugehen, als Spartan plötzlich mit einem tiefen Freudenbellen vorsprang und eine Männerstimme, leise und vor Erregung zitternd, hastig sagte:

„Lady Carlyon, kann ich mit Ihnen sprechen? Ich bin aus der Stadt hinter Ihnen hergekommen. Ich dachte, ich würde Sie hier finden!"

Und als sie erstaunt aufblickte, stand sie Paul Valdis Auge in Auge gegenüber.

KAPITEL VIII

Einen Moment lang konnte sie nicht sprechen; Erstaunen und ein lauerndes Gefühl der Empörung hielten sie stumm. Währenddessen streichelte und versuchte er Spartan zu beruhigen, der in einem ungehobelten Freudentanz um ihn herumtollte, fuhr er schnell fort: –.

„Ich bin Ihnen gefolgt. Ich wollte Ihnen alles erzählen. Gestern Nachmittag habe ich diesen Absatz in *Honesty gelesen*, und letzte Nacht habe ich den Autor fast totgeschlagen!"

Sie hob mit einem schwachen, abschätzigen Lächeln den Blick.

„Ja", fuhr er fort und ballte unwillkürlich die Hände, „ich wünschte, all die schmutzigen Klatschtanten der Presse wären so wund und gründlich zerschrammt wie er heute! Heute Morgen ging ich zum Herausgeber der Zeitung, für die er hauptsächlich arbeitet, und erzählte ihm den wahren Charakter des Mannes, den er beschäftigte, und wie er sich unter dem Namen „Brown" in der Presse als der „Dichter" Aubrey Grovelyn aufführte und dass morgen eine vollständige Enthüllung des Schurken veröffentlicht wird. Nachdem das erledigt war, fuhr ich direkt zu Ihrem Haus. Die Diener sagten mir, Sie seien früh nach Broadstairs aufgebrochen und Lord Carlyon sei nicht da. Aus einem Impuls heraus bin ich Ihnen gefolgt. Wir bereiten ein neues Stück in meinem Theater vor, wie Sie vermutlich gehört haben, und ich habe gerade relativ viel Freizeit. Ich wusste nichts von Ihrer Adresse, aber dies ist ein kleiner Ort, und ich dachte, ich würde Sie irgendwo am Meer finden."

Er hielt abrupt inne, fast atemlos, und sah sie mit sprachloser Angst in den Augen an. Sie begegnete seinem Blick mit der ungetrübtesten Ruhe.

„Ich fürchte, ich verstehe Sie nicht ganz, Mr. Valdis", sagte sie sanft. „Wovon sprechen Sie? Von dem Absatz in *Honesty*? Ich habe darüber nicht nachgedacht, das versichere ich Ihnen, außer dass ich ihn an meine Anwälte geschickt habe. Sie werden genau wissen, was in meinem Namen zu tun ist. Sie haben sich völlig unnötig damit beschäftigt. Das ist sehr nett von Ihnen; aber ich dachte, Sie wüssten, dass ich nicht die geringste Aufmerksamkeit darauf schenke, was die Zeitschriften über mich sagen. Sie mögen mich eine schwarze Frau oder eine Cherokee-Squaw nennen, das ist mir egal, und sie mögen mich mit einem Dutzend Ehemännern und fünfzig Enkelkindern beschenken – ich würde mir nie die Mühe machen, ihnen zu widersprechen!" Sie lachte ein wenig und sah ihn dann eindringlich an. „Sie sehen ganz krank aus. Was haben Sie gemacht? Glauben Sie nicht, ich wäre böse auf Sie, weil Sie gekommen sind – ich freue mich. Ich begann mich gerade sehr einsam zu fühlen und mir zu wünschen, ich hätte einen Freund."

Ihre Lippe zitterte verdächtig, doch sie drehte den Kopf zur Seite, damit er die Emotionen in ihrem Gesicht nicht sehen konnte.

„Ich bin immer dein Freund gewesen", sagte Valdis mit heiserer Stimme, „aber – du warst beleidigt von mir."

Sie seufzte.

„Oh ja, das war ich! Jetzt bin ich es nicht mehr. Die Umstände ändern die Dinge, wissen Sie. Ich wollte dem Unglück nicht ins Gesicht sehen, bis ich dazu gezwungen wurde, und ich ärgerte mich über Ihren Versuch, mir den Verband von den Augen zu reißen. Aber jetzt ist alles in Ordnung – ich bin nicht mehr blind. Ich wünschte, ich wäre es!"

„Jetzt bin ich an der Reihe zu sagen, dass ich nicht verstehe", sagte Valdis verwundert. „Ich dachte, Sie würden sich natürlich über diesen unverschämten Absatz genauso ärgern wie ich – und ich habe sofort Maßnahmen ergriffen, um Sie zu bestrafen –"

»Oh, schon wieder der Absatz!«, murmelte Delicia müde. »Was macht das schon? Wenn in den Zeitungen steht, Sie wären ich oder ich Sie, oder dass wir verheiratet und dann getrennt waren oder dass wir heimlich zusammen Hornpipe tanzten, wann immer wir Gelegenheit dazu hatten, warum sollte uns das interessieren? Wer mit gesundem Menschenverstand schert sich schon um den Absatzjournalisten, der eine halbe Krone oder fünf Schilling verdient? Und wer, der überhaupt Verstand hat, schenkt dem Gesellschaftsjournalismus Beachtung?«

„Ob mit oder ohne Verstand", sagte Valdis hitzig, „es tut einem gut, hin und wieder einen Lügner zu verprügeln, ob er nun im Journalismus tätig ist oder nicht, und ich habe Mr. Brown, *alias* Aubrey Grovelyn, dieses Mal guten Grund gegeben, sich an mich zu erinnern. Ich hoffe nur, dass er noch genug Mut hat, mich wegen Körperverletzung anzuklagen, damit ich mich verteidigen und vor Gericht offen erklären kann, was für ein ekelhafter Schurke er ist!"

„Aubrey Grovelyn!", wiederholte Delicia mit einem halben Lächeln, „das ist doch der Mann, den die Presse in letzter Zeit so hochgejubelt hat, nicht wahr? Sie haben ihn einen „zweiten Shakespeare und Milton in einem" genannt? Oje! Und Sie haben dieses Wunderwerk aller Zeiten tatsächlich übertroffen!"

Sie begann zu lachen – die natürliche Lebhaftigkeit ihres Wesens machte sich für einen Moment bemerkbar, und ihr Gesicht erhellte sich mit all jener strahlenden Lebendigkeit, die ihm seinen größten Charme verlieh. Valdis sah sie an und lächelte trotz der Hitze seiner eigenen widersprüchlichen Gefühle.

„Ja, ich habe ihn wie einen Hund verprügelt“, antwortete er, „obwohl ich nicht weiß, warum ich der edlen Rasse, der Spartan angehört, Unrecht antun sollte, indem ich sie in Verbindung mit einer Kreatur wie Grovelyn erwähne. Spartan, alter Junge, ich bitte um Verzeihung! Das Gebrüll, von dem Sie sprechen, Lady Carlyon, wurde in jedem Fall von Grovelyn selbst gemacht. Er und er allein hat sich selbst als „Shakespeare und Milton *wiedergeboren*“ bezeichnet, und sein Plan, sich selbst zu überlisten, war so schlau, dass es ziemlich schwierig war, ihn zu finden. Aber ich habe eine Zeit lang nach ihm Ausschau gehalten und ihn schließlich aufgespürt. Er ist seit zwei Jahren als Alfred Brown Mitarbeiter des *Daily Chanticleer* und hat es in dieser Rolle geschafft, in Aubrey Grovelyn „einen neuen Dichter“ zu erschaffen, wobei der besagte Aubrey Grovelyn er selbst ist. Ich verstehe jedoch, dass es überhaupt keine originelle Idee von ihm ist; dasselbe wurde und wird von mehreren anderen Leuten wie ihm getan. Aber Sie hören nicht zu, Lady Carlyon. Ich glaube, ich langweile Sie –‘

„Überhaupt nicht“, und Delicia richtete ihre Augen freundlich auf ihn; „und Sie irren sich – ich habe sehr aufmerksam zugehört. Ich dachte darüber nach, zu welch armseligen Tricks und gemeinen Mitteln manche Leute greifen, um sich einen guten Ruf zu verschaffen. Ich spreche nicht von Ruhm – Ruhm ist etwas anderes, viel schwerer zu erlangen, viel schwerer zu ertragen.“

Ihre Stimme verfiel in einen melancholischen Tonfall, und Valdis betrachtete ihr zartes Profil im dunkler werdenden Licht mit leidenschaftlicher Zärtlichkeit in seinen Augen. Doch er sprach nicht, und nach einer kleinen Pause fuhr sie verträumt fort, mehr zu sich selbst als zu ihm:

„Berühmtheit ist eine warme, laute Sache – personifiziert ist sie wie eine dicke, bequeme Frau, die schwitzend, lachend und mit allen Klatschgeschichten der Stadt auf der Zunge in Ihr Zimmer kommt, die Sie in die Arme schließt, ob Sie wollen oder nicht, und Ihnen sagt, Sie seien ein „Schatz“, und wissen will, wo Sie Ihre Kleider machen lassen und was Sie zu Abend gegessen haben – die wahre Essenz der breiten und vulgären guten Laune! Ruhm ist wie ein großer weißer Engel, der Ihnen den Weg zu einem kalten, glitzernden, einsamen Berggipfel fernab der Welt zeigt und Sie auffordert, dort allein zu bleiben, während die kalten Sterne auf Sie herabscheinen. Und die Leute sehen zu Ihnen auf und gehen weiter; Sie sind zu weit weg für die Umarmung der Freundschaft; Sie sind zu isoliert für die Liebkosung der Liebe; und deine Feinde, die dich nicht berühren können, starren unverschämt, lächeln und rufen laut: „So, du hast es also endlich bis zum Gipfel geschafft! Nun, möge es dir viel Gutes bringen! Bleib dort, lebe dort und stirb dort, wie es sein muss, für immer allein!“ Und ich denke, es ist schwer, allein zu sein, findest du nicht auch?‘

Ihre Worte waren zitternd, und Valdis sah Tränen in ihren Augen. Sie waren unbewusst weitergegangen und befanden sich in der Nähe des Piers, der bis auf den wettergegerbten alten Seemann verlassen war, der in seiner kleinen Kiste am Eingang saß und auf die Pennys wartete, die zu dieser Jahreszeit eher langsam hereinkamen. Valdis ging mit seinem Begleiter durch das Drehkreuz, und sie gingen Seite an Seite weiter auf die feierlichen Schatten des murmelnden Meeres zu.

„Nachdem wir nun ein paar Minuten miteinander verbracht haben, können Sie mir sicher sagen, was mit Ihnen nicht stimmt, Lady Carlyon", sagte er, und seine reiche Stimme wurde sanfter und klang sehr zärtlich. „Ich bin Ihr Freund, wie Sie wissen. Ich dachte, Ihr Missfallen über diesen Absatz in *Honesty* wäre sehr groß gewesen, und das zu Recht; aber ich fürchte, es ist etwas Ernsteres, das Sie so anders erscheinen lässt als Sie selbst –"

Sie unterbrach ihn durch eine leichte Berührung seines Arms.

„Stimmt das? Findest du, dass ich mich verändert habe?"

Und sie hob vertrauensvoll ihre Augen zu ihm. Er erwiderte diesen vertrauensvollen Blick einen Moment lang, dann wandte er sich ab, damit die tiefe Liebe seiner Seele nicht verraten würde.

„Ihr Aussehen hat sich nicht verändert – nein!", sagte er langsam. „Sie sind immer noch hübsch. Aber in Ihrem Gesicht liegt eine große Traurigkeit. Das kann ich nicht übersehen."

Sie lachte ein wenig und seufzte dann.

„Ich wäre eine sehr schlechte Schauspielerin geworden", sagte sie. „Ich kann meine Gedanken nicht völlig verbergen. Sie haben recht. Ich bin traurig. So traurig, wie eine Frau auf der Welt nur sein kann. Ich habe die Liebe meines Mannes verloren."

Er begann.

„Sie haben also alles gehört. Wissen Sie es?"

Sie blieb stehen und blickte ihm fest in die Augen.

„Was? Ist das ein gängiger Klatsch?", fragte sie. „Geplappert die ganze Stadt über Dinge, von denen ich bis vor ein paar Tagen nichts wusste? Wenn ja, dann, ach! die arme Delicia!"

Ihre Augen blitzten plötzlich.

„Sagen Sie mir, ist es möglich, dass Lord Carlyon sich selbst so sehr vergessen hat, dass er seine Aufmerksamkeit La Marina offen und deutlich schenkte und so zuließ, dass seine Frau zum Gegenstand des Mitleids und des Spotts der Gesellschaft wurde?"

„Lady Carlyon", antwortete Valdis, „Ihre Freunde wollten Sie schon vor langer Zeit warnen, aber Sie wollten nicht auf sie hören. Ihre eigene Natur, so rein und erhaben sie auch ist, wies das zurück, was Sie für bloße skandalöse Gerüchte hielten. Mit dem edlen Selbstvertrauen einer wahren Ehefrau ärgerten Sie sich über das geringste Wort des Verdachts gegen Lord Carlyon. Als ich es wagte anzudeuten, dass Ihr Vertrauen fehl am Platz war, entließen Sie mich aus Ihrer Gegenwart. Ich sage nicht, dass Sie Unrecht hatten; Sie hatten Recht. Die würdige Ehefrau eines würdigen Ehemannes muss so handeln wie Sie. Aber angenommen, der Ehemann ist nicht würdig und die Ehefrau täuscht sich über seine Verdienste, dann ist es um ihrer selbst willen, um ihrer Ehre und ihres Selbstrespekts willen, dass sie sich dieser Tatsache bewusst wird und solche Schritte unternimmt, die verhindern, dass sie eine falsche Position einnimmt. Und jetzt wissen Sie …"

„Jetzt weiß ich", unterbrach Delicia mit vibrierender Leidenschaft in der Stimme, „was soll das bringen? Was soll ich tun? Was kann ich tun? Eine Frau ist machtlos in allem, was nur mit der Untreue ihres Mannes zu tun hat. Ich kann keine blauen Flecken vorweisen, keine Anzeichen von Misshandlung; worüber soll ich mich dann beschweren? ‚Geh nach Hause, dumme Frau', sagt das Gesetz, ‚und verstehe, dass du dich nicht von deinem Mann trennen kannst, wenn er sich jeden Tag für eine neue Liebe entscheidet, vorausgesetzt, er ist höflich zu dir. Der Mann hat die Freiheit, die die Frau nicht hat.' Und so weiter und so fort, mit ihrem ewigen Kauderwelsch! Paul Valdis, Sie können Emotionen spielen und Tragödien nachstellen; aber haben Sie jemals die Tiefe oder den Schrecken der stummen, schrecklichen Dramen des gebrochenen Herzens einer Frau begriffen? Nein! Ich glaube nicht, dass selbst Sie mit all Ihrem feinen, phantasievollen Mitgefühl so weit kommen können. Weißt du, warum ich heute von zu Hause weggegangen bin und mich direkt auf das Meer zubewegt habe – das große, ruhige Meer, von dem ich wusste, dass es die Sanftheit haben würde, mich zu ertränken, wenn der Schmerz zu bitter würde? Nein, halte mich nicht fest!' Denn Valdis, der von dem völligen Zusammenbruch ihrer Zurückhaltung und der strahlenden Wildheit ihrer Augen überrascht worden war, hatte unbewusst ihren Arm gepackt. ‚Es besteht keine Gefahr, das versichere ich dir. Mein Glaube an Gott ist nicht ganz vergeblich; und in der Schönheit des Ozeans steckt so viel von Gottes Gedanken, dass mich schon allein seine Betrachtung ruhiger und stärker gemacht hat; ich werde ihn noch nicht mit meinem treibenden Körper belasten! Aber weißt du, kannst du erraten, warum ich hierhergekommen bin und es heute vermieden habe, meinen Mann zu treffen?'

Valdis schüttelte den Kopf, zutiefst bewegt von ihrer starken Emotion.

„Damit ich ihn nicht umbringe!", flüsterte sie mit schauerlicher Stimme. „Ich hatte Angst vor mir selbst! Ich dachte, wenn ich ihn mit seinem selbstsicheren Lächeln, seinem lockeren Wesen, dieser Anmut höchster Eitelkeit, die jede seiner Bewegungen bestimmt, in mein Zimmer kommen sehen müsste, während ich die ganze Zeit über den Betrug wüsste, den er an mir beging, die Heuchelei seiner Umarmung, die Lüge seines Kusses auf meine Lippen, würde ich ihn in der plötzlichen Erinnerung daran, wie sehr ich ihn geliebt hatte, umbringen! Es war möglich; ich wusste es; ich erkannte es; ich bekannte es vor Gott als Sünde; aber trotz Gebet und Beichte blieb der Gedanke des Teufels! – Ich könnte es in einem Moment der Wut tun – in einem Moment, in dem die betrogene Liebe nach Rache schrie und auf keine Bitte hören wollte – und so floh ich vor der Versuchung; aber jetzt glaube ich, dass das Meer und die Luft all meine bösen Wünsche absorbiert haben, denn sie sind verschwunden! – und ich werde versuchen, jetzt zufrieden zu sein, zufrieden mit der Einsamkeit, bis ich sterbe!"

Valdis schwieg noch immer. Sie beugte sich über den Pier und blickte verträumt auf das dunkel wogende Meer hinab.

„Das Leben ist im besten Fall so eine Kleinigkeit!", sagte sie. „Manchmal fragt man sich, wozu das alles gut ist! Man sieht Scharen von Männern und Frauen hierhin und dorthin eilen, die dieses Ding aufbauen, jenes zerstören, Pläne schmieden, Pläne schmieden, studieren, sich aufregen, arbeiten, den Hof machen, heiraten, ihre Kinder großziehen, und es ist ganz entsetzlich, wenn man bedenkt, dass seit Anbeginn immer wieder der gleiche alte Weg gegangen wurde! Über die Ptolemäer und Cäsaren hinweg – stellen Sie sich das vor! Genau der gleiche alte, eintönige Lauf des menschlichen Lebens und Sterbens! Was für eine Verschwendung das erscheint! Optimisten sagen, wir hätten Fortschritte gemacht; aber sind wir uns dessen auch sicher? Und dann möchte man wissen, wohin der Fortschritt führt; wenn wir vorwärts gehen, was *ist* dann das „Vorwärts"? Ich persönlich glaube, dass der große Reiz des Lebens die Liebe ist; ohne Liebe ist das Leben wirklich fast wertlos und sicherlich nicht der Mühe wert, es zu erhalten. Stimmen Sie mir nicht zu?"

Sie blickte auf und sah, dass in seinen Augen ein so tiefer Kummer lag, dass es sie berührte und erschreckte. Er machte eine leichte flehende Geste.

„Um Gottes Willen, sprich nicht so mit mir!", flüsterte er. „Du quälst mich!"

Sie starrte ihn noch immer an, halb verwundert, halb ängstlich. Er schwieg ein paar Minuten, dann fuhr er langsam und mit ruhiger Stimme fort.

„Sie sind so offenherzig, dass Sie weder selbst eine Verkleidung tragen noch erkennen können, wenn andere sie tragen", sagte er. „Und so wie Sie Ihren Mann nie der Untreue verdächtigt haben, haben Sie mich nie der Liebe verdächtigt. Ich nehme an, Sie haben mich, wie die Mehrheit, nur als den populären Mimen des Augenblicks betrachtet, der Leidenschaften vortäuscht, die ich nicht empfinden kann, und der die rein menschlichen

Gefühle, die ich in meinem Leben noch genießen kann, unter den leichten Lüstlingen der Bühne aufteilt, die sich an einer Vielzahl von Liebhabern erfreuen. Ist es möglich, dass Sie mir nie zugetraut hätten, eine tiefe und dauerhafte Liebe zu einer Frau zu entwickeln?"

Er hielt inne, und Delicia sprach leise und mit großer Sanftheit, bewegt durch die Kraft ihrer eigenen Trauer, Mitgefühl für ihn zu empfinden, was auch immer diese sein mochte.

„Das würde ich in der Tat tun, Mr. Valdis", sagte sie ernst. „Ich bin ganz sicher, dass Sie eine starke und standhafte Natur haben und dass es bei Ihnen der Fall wäre: ,Einmal Liebe, immer Liebe.'"

Er sah ihr direkt in die Augen.

„Danke", sagte er leise. „Ich bin froh, dass Sie mir diese Gerechtigkeit widerfahren lassen. Es bewegt mich, ein umfassendes Geständnis abzulegen und Ihnen zu sagen, was ich nie zu sagen glaubte. Andere, fürchte ich, haben mein Geheimnis erraten, aber Sie – Sie haben es nie gesehen, nie erraten. Sie sind nicht eitel genug, um Ihren eigenen Charme zu erkennen; Sie leben wie ein Engel in einem Land göttlicher Träume und haben daher nie gewusst, dass ich – ich –"

Doch plötzlich wich sie von ihm zurück, ihre Augen füllten sich mit Tränen, und sie streckte die Hände aus, um ihn von sich fernzuhalten.

„Nein, nein", rief sie, „das dürfen Sie nicht sagen, das dürfen Sie nicht!"

„Nein, ich muss und werde", sagte Valdis, der nun ein wenig von seiner harten Selbstbeherrschung verlor, denn er sprang an ihre Seite und ergriff ihre beiden Hände in seinen. „Du hast es also endlich erraten? Dass ich dich liebe, Delicia! Dich mit meiner ganzen Seele liebe, mit jedem Atemzug meines Wesens, jedem Herzschlag! Ich habe versucht, es vor dir zu verbergen; ich habe gegen meine eigene Leidenschaft gekämpft, und der Kampf war hart; aber wenn du sagst – oh Gott! mit welcher Mitleidsbekundung in deiner lieben Stimme –, dass das Leben ohne Liebe wertlos ist, brichst du meine Kraft; du machst mich hilflos in deinen Händen und entmannst mich! Du brauchst keine Angst vor mir zu haben oder empört zu sein, denn ich weiß alles, was du sagen würdest. Du wirst mich nie lieben; dein ganzes Herz war einem Mann gegeben, deinem Ehemann; er hat das kostbare Geschenk weggeworfen, als wäre es nichts, und es ist gebrochen, Liebes, ganz gebrochen! Das weiß ich sogar besser als du. Eine Natur wie die deine kann nie zweimal lieben. Und ich weiß auch, dass deine stolze, reine Seele meine Liebe als Frevel empfindet, weil du verheiratet bist, obwohl deine Ehe selbst ein einziger Frevel war. Aber du bringst mich in Versuchung zu sprechen; ich kann den Kummer in deiner Stimme nicht ertragen, wenn du von einem Leben ohne Liebe sprichst. Ich möchte, dass du weißt, dass es einen Mann auf Erden gibt, der dich anbetet; der von allen Enden der Erde kommen würde, um dir zu dienen; der seine Tage dir weihen wird und der sterben wird, während er deinen Namen segnet! Nein, es soll keine Zeit oder Raum für Vorwürfe geben, denn, süße Frau, wie du bist, kenne ich die Kraft deiner Empörung; ich gehe sofort fort, und du brauchst nie wieder an mich zu denken. Sieh, ich küsse deine Hände und bitte dich um Verzeihung für meine Grobheit, meine Anmaßung. Ich habe kein Recht, so zu sprechen, wie ich es getan habe, das weiß ich – aber du wirst Mitleid haben –'

Er hielt inne, als sie sanft ihre Hände aus seinem Griff löste und ihn mit traurigen, feuchten Augen ansah. In ihrem Gesicht war kein Zorn zu sehen, nur tiefe Verzweiflung.

„Oh ja, ich werde Mitleid haben", murmelte sie vage. „Wer hätte nicht Mitleid mit einer solchen Verschwendung von Liebe – von Leben! Es ist sehr grausam und verwirrend – man kann nicht wütend sein; ich trauere um Sie und ich trauere um mich selbst. Sehen Sie, in meinem Fall gehört die Liebe nun der Vergangenheit an. Ich muss darauf zurückblicken und mit dem deutschen Dichter sagen: „Ich habe gelebt und geliebt." Ich liebe nicht mehr und deshalb lebe ich nicht mehr. Sie haben jedenfalls mehr Vitalität als ich – Sie sind sich der Liebe immer noch bewusst –"

„Bitter bewusst!", sagte Valdis. „Hoffnungslos bewusst!"

Sie schwieg eine Weile; ihr Gesicht war abgewandt, und Valdis konnte die Tränen nicht sehen, die aus ihren Augen flossen. Dann sprach sie ganz ruhig und streckte ihm ihre Hand entgegen.

„Mein lieber Freund", sagte sie, „es tut mir sehr leid! Ich glaube, Sie kennen meine Natur und werden daher instinktiv spüren, wie leid es mir tut! Ich bin ein ganz unglücklicher Sterblicher; ich gewinne Liebe, wo ich sie nie gesucht habe, und ich habe Liebe gegeben, wo sie nicht geschätzt wird. Lassen Sie uns nicht mehr darüber sprechen. Sie sind ein tapferer Mann; Sie haben Ihre Arbeit, Ihre Kunst und Ihre Karriere. Ich hoffe, Sie werden mit der Zeit vergessen, dass Delicia Vaughan jemals existiert hat. Vor ein paar Tagen hätte ich sicherlich die bloße Vorstellung, dass Sie mich lieben, als Beleidigung und Verunglimpfung meines Ehelebens empfunden; aber wenn ich weiß, dass meine Ehe eine Farce ist – eine teuflische Verhöhnung der heiligen Verbindung –, warum! Ich bin nicht in der Lage, irgendetwas übel zu nehmen! Einige Frauen würden sich, ohne so trauernd zu sein wie ich oder irgendeinen Trost zu brauchen, wenn sie ein solches Geständnis wie Ihres heute Abend hören, in Ihre Arme werfen und Ihnen Liebe um Liebe geben; aber das kann ich nicht. Ich habe keine Liebe mehr; und wenn ich das getan hätte, würde ich weder meine Selbstachtung noch Ihre Ehrfurcht vor mir als Frau aufgeben."

„Oh, meine Liebe, meine Heilige! Verzeih mir!", rief Valdis, von plötzlicher tiefer Demütigung bewegt. „Ich hätte mein Geheimnis bewahren sollen; ich hätte nie darüber sprechen dürfen!"

Sie sah ihn offen an, die Tränen noch immer in ihren Augen und ein schwaches Lächeln umspielte ihre Lippen.

„Da bin ich mir nicht sicher", sagte sie. „Sehen Sie, wenn eine Frau sehr traurig und einsam ist, so als wäre sie plötzlich zu alt und arm geworden, um noch einen Freund auf der Welt zu haben, ist es wunderbar süß zu wissen, dass jemand sie immer noch liebt, auch wenn sie diese Liebe vielleicht nicht erwidern kann. So fühle ich mich heute Abend; und deshalb kann ich nicht ganz so wütend auf Sie sein, wie ich es gerne wäre!"

Sie hielt inne und legte dann ihre Hand auf seinen Arm.

„Es wird dunkel, Herr Valdis. Begleiten Sie mich nach Hause? Meine Zimmer liegen ganz in der Nähe des Piers, es sind also nur ein paar Minuten zu Fuß."

Schweigend drehte er sich um und ging neben ihr her. Über ihnen, durch die langsam dahinhuschenden Wolken, funkelten ein oder zwei Sterne für einen Moment und verschwanden wieder, und das feierliche Rauschen des Meeres um sie herum klang wie der gedämpfte Gesang eines Klageliedes.

„Wo wohnst du?", fragte Delicia schließlich.

„Nirgendwohin", antwortete er schnell. „Ich werde heute Abend in die Stadt zurückkehren."

Sie sagte nichts weiter, und sie gingen langsam vom Pier und ein Stück die abschüssige Straße hinauf, wohin Spartan ihnen vorausging, aus dem klugen Wunsch heraus, seiner Herrin zu zeigen, dass er, obwohl er erst seit ein paar Stunden in Broadstairs war, das Haus, in dem sie wohnten, bereits kannte. Dort angekommen streckte Delicia beide Hände aus.

„Auf Wiedersehen, mein lieber Freund!", sagte sie. „Es ist ein langer Abschied, wissen Sie – denn es ist besser, Sie sehen mich so wenig wie möglich."

„Ist es notwendig, mich leiden zu lassen?", fragte Valdis unsicher. „Ich werde dir in allem gehorchen, aber musst du mich gänzlich verbannen?"

„Ich verbanne Sie nicht", antwortete sie sanft. „Ich sage nur, dass ich Sie noch mehr ehren und Sie für einen treueren Freund halten werde als je zuvor, wenn Sie sich und mir den Schmerz ständiger Begegnungen ersparen."

Sie sah ihn fest an; ihre Augen waren ernst und süß; ihr Gesicht bleich und ruhig wie das eines marmornen Heiligen in der Nische einer Votivkapelle.

Sein Herz klopfte; die ganze Leidenschaft und Zärtlichkeit des Mannes war geweckt. Er hätte sein Leben gegeben, um ihr einen Augenblick des Kummers zu ersparen, und doch erfüllte ihn diese stille Trostlosigkeit, verbunden mit solch heiliger Ruhe, mit Ehrfurcht und ließ ihn stumm und hilflos bleiben. Er beugte sich hinunter, nahm ihre Hände und führte sie ehrfürchtig an seine Lippen.

„Dann leb wohl, Delicia!", sagte er. „Lebe wohl, meine Liebe – denn du wirst immer meine Liebe sein! Gott beschütze dich! Gott segne dich!"

Er ließ ihre Hände ebenso schnell los, wie er sie ergriffen hatte, lüftete seinen Hut und stand barhäuptig im schattigen Abendlicht und blickte sie an, wie ein Mann, der zum letzten Mal auf das Leben selbst blickt. Dann drehte er sich rasch um und war verschwunden.

Einen Moment lang beobachtete Delicia passiv seine sich entfernende Gestalt, ihre Hand am Kragen von Spartan, der ein wildes Verlangen zeigte, ihm nachzulaufen und ihn zurückzuholen. Dann ging sie leicht schaudernd ins Haus und schloss sich für eine Stunde allein in ihrem Schlafzimmer ein. Als sie wieder herauskam, waren ihre Augen schwer von den Tränen, aber ihr Gesicht hatte einen Ausdruck wie das strahlende Gesicht eines Engels. Und den ganzen Abend war sie sehr ruhig, saß an ihrem Fenster und beobachtete, wie sich die Wolken allmählich lichteten und die großen Sterne über dem Meer leuchteten.

KAPITEL IX

Am nächsten Tag erhielt sie den Brief ihres Mannes, in dem er sich vollständig entschuldigte und stattdessen eine Beschwerde gegen sie einreichte. Sie überflog ihn mit einem müden Gefühl des Ekels und lächelte verächtlich, als sie daran dachte, was für einen Elefanten er aus dem Maulwurfshügel des Absatzes in *Honesty machen wollte* .

„Als ob eine der Lügenzungen des Journalismus, die gegen mich wettern, mir so viel Unrecht zufügen könnte wie seine offene Untreue", grübelte sie. „Gott! Wie kommt es, dass Männer ihre eigenen Laster wegreden, als wären sie nichts, und dennoch jede noch so kleine Gelegenheit nutzen, um den Ruf einer unschuldigen Frau zu schädigen!"

Sie warf den Brief beiseite und blätterte in der Morgenzeitung. Darin fand sie unter der Überschrift „Szene in einem Londoner Club" einen Bericht über Aubrey Grovelyns Pferdepeitsche durch Paul Valdis. Die *Enthüllung* des sogenannten „Dichters", der als Mr. Brown selbst ständig in Hochform war, wurde vorsichtig in düsteren, zweideutigen Worten angedeutet – keine Zeitschrift gibt gern zu, dass sie von einem ihrer eigenen Mitarbeiter geschickt hereingelegt wurde. Und große Redakteure, die überall sind, nur nicht dort, wo sie sein sollten, nämlich im Redaktionsraum, sind natürlich nicht bereit, die Folgen ihrer eigenen Unachtsamkeit gegenüber dem Geschäftlichen öffentlich zu machen. Sie geben nicht gern zu, dass es in ihrer Liebe zum Vergnügen und ihrer Hingabe an Pferderennen und Jagdgesellschaften oft vorkommt, dass selbst die Pförtner, die die Türen ihrer Büros bewachen, mehr über die Mitarbeiter wissen als sie selbst. Der Portier kann genau sagen, wann Herr B. abends ins Büro kommt, wie kurz er dort bleibt und wie eilig er nach Hause ins Bett geht. Der Portier weiß, dass Herr B. für eine bestimmte Anzahl Stunden harte Arbeit in diesem Büro 500 Pfund im Jahr bekommt und dass Herr B. selten länger als eine Stunde vorbeikommt, da er für andere Zeitungen arbeitet, über die er nichts sagt. Und dass Herr B. daher eindeutig seinen Herausgeber und Eigentümer „betreibt". Aber solange Herausgeber und Eigentümer es vorziehen, der „großspurigen" Gesellschaft auf den Fersen zu sein, anstatt sich strikt an ihre Pflichten und die ernste Verantwortung des Journalismus zu halten, wird die britische Presse von Untergebenen korrumpiert und für Zwecke „benutzt" werden, die weder ehrenhaft noch national sind und auch in keiner Weise die tatsächliche öffentliche Meinung widerspiegeln. Delicia wusste das alles schon seit langem, daher ihre Gleichgültigkeit gegenüber der Presse im Allgemeinen. Sie war immer amüsiert und überrascht gewesen über die naive Freude, mit der gewisse „Schönheiten" der Gesellschaft ihr Selbstbeschreibungen in gewissen Modezeitschriften zeigten, wo ihre persönlichen Vorzüge aufgezählt und besprochen wurden, als wären sie nichts weiter als Vieh auf einem Markt. Sie konnte nie verstehen, welche Freude die vulgären Komplimente des billigen Paragraphenschreibers bereiten konnten. Und ebenso hielt sie es nie für der Mühe wert, den Unflätigkeiten Bedeutung beizumessen, die in ähnlichen Kreisen über all jene Frauen erschienen, die sich von Eigenwerbung fernhielten und sich weigerten, „sich zu verraten", indem sie der rührseligen Prahlerei der „Damenzeitung" zustimmten. So kam ihr der hochtrabende Ton der Beleidigung, den ihr Mann in seinem Brief anschlug, nicht nur gemein, sondern auch unendlich grotesk vor. Sie antwortete ihm nicht, und er schrieb auch nicht wieder; und sie verbrachte zwei ruhige Wochen in Broadstairs, wo sie einige literarische Arbeiten beendete, die sie ihren Verlegern zu einem bestimmten Zeitpunkt versprochen hatte, und versuchte, so wenig wie möglich an sich selbst oder ihre privaten Sorgen zu denken. Wenn sie nicht mit kreativen Kompositionen beschäftigt war, widmete sie sich dem Studium von Büchern mit fast der gleichen Begeisterung wie damals, als sie sich im Alter von zwölf Jahren lieber allein einschloss und Shakespeare las als sich mit anderen Unterhaltungsformen zu beschäftigen. Und allmählich, fast unbewusst, änderten und festigten sich Ton und Stimmung ihres Geistes; sie begann sich mit dem Gedanken an das einsame Schicksal abzufinden, das ihr von nun an zuteil werden würde. Sie dachte über die Angelegenheit nach und kam zu dem Schluss, dass eine „gerichtliche Trennung" der beste Weg sei. Sie würde ihrem Mann ein angemessenes „Spargeld" zahlen (sie lächelte ziemlich bitter, als sie daran dachte, was für einen Ärger er daraus machen würde und wie er sich aufregen und ärgern würde, wenn er ohne sein Vierspännerpferd und sein Tandem auskommen müsste), und sie selbst würde durch die ganze Welt reisen und neues Wissen und neue Erfahrungen für ihre literarische Arbeit sammeln. Oder, wenn das ständige Reisen zu ermüdend war, ließ sie sich irgendwo in den abgelegenen Highlands von Schottland oder in den schönen abgeschiedenen Tälern Irlands nieder und errichtete in den Bergen eine kleine Einsiedelei, wo sie sich für den Rest ihres Lebens der Arbeit und dem Studium widmen konnte.

„Ich glaube, ich werde es schaffen, zumindest zufrieden zu sein, wenn ich nicht glücklich bin", sagte sie zu sich selbst; „obwohl die Gesellschaft natürlich die Lage auf ihre übliche, höchst falsche und widerwärtige Weise umkehren und alle möglichen Lügen über mich flüstern wird, wie zum Beispiel: ,Oh, du weißt, mit einer literarischen Frau kann man unmöglich leben! Das ist immer so; der arme, liebe Carlyon konnte sie unmöglich ausstehen, sie war so schrecklich! Klug, aber ganz schrecklich! Ja, und deshalb haben sie sich getrennt. So gut für Carlyon! Er sieht zehn Jahre jünger aus, seit er sie losgeworden ist! Und sie sagen, sie lebt unten auf dem Land, irgendwo nicht *weit* von der Stadt entfernt; nicht *so* weit, dass Paul Valdis nicht wüsste, wo man sie finden kann!' Oh, ja, ich kann sie alle dabei hören – krächzende Harpyien!' und ihre kleine Hand ballte sich unwillkürlich. „Die Geier der Gesellschaft können nie verstehen, dass jemand den süßen Geschmack der Wahrheit liebt; sie wittern nur Aas. Kein Mann ist in ihren Augen wahrhaftig, keine Frau rein; und Keuschheit ist für sie alles andere als angenehm, als dass sie noch nicht einmal glauben würden, dass es sie gibt!'

Am letzten Nachmittag ihres Aufenthalts in Broadstairs verbrachte sie mehrere Stunden damit, am Meer entlang zu spazieren, seinem ernsten Murmeln zu lauschen und zuzusehen, wie das Sonnenlicht in goldenen Linien auf jede Woge und jeden Schaumfleck fiel. Durch die Ernsthaftigkeit ihrer Gedanken war ihr Gesicht in den letzten Tagen ernster geworden, obwohl es nichts an Süße des Ausdrucks verloren hatte; und als sie am Strand entlangging, dicht am Rand der Wellen, während Spartan ab und zu mit freudigem, tiefem Entzücken ins Wasser und wieder zurück sprang, überraschte sie ein plötzliches, unerklärliches Gefühl von Schmerz und Bedauern und ließ sie weinen. Mit sehnsüchtigen Augen blickte sie weit über den letzten Schimmer der Meereslinie hinaus und murmelte:

„Wie seltsam das ist! Mir ist, als würde ich nie wieder das Meer sehen! Ich werde langsam krankhaft, nehme ich an, aber in meiner Vorstellung sagen die Wellen: ‚Auf Wiedersehen, Delicia! Auf Wiedersehen für immer und immer wieder auf Wiedersehen!' wie Tostis altes Lied!"

Sie stand eine Weile still da, dann drehte sie sich um und ging nach Hause, entschlossen kämpfend gegen die seltsame Vorahnung, die plötzlich ihr Gehirn und Herz bedrückte. Spartan schüttelte sich die nassen Gischtspritzer aus seinem zottigen Fell und trabte in bester Laune neben ihr her; er ließ sich von keinerlei Vorahnungen beunruhigen; er lebte für den Augenblick und genoss ihn in vollen Zügen – eine Geisteshaltung, die allen Tieren außer dem Menschen eigen ist.

Am nächsten Tag kehrte sie nach London zurück und betrat ihr Haus mit ihrer üblichen ruhigen und gelassenen Art. Sie sah gesund aus, sogar glücklich; und Robson, der ihr die Tür öffnete, um sie einzulassen, begann zu glauben, dass er sich doch geirrt hatte und dass sie nichts „wusste".

„Ist Lord Carlyon da?", fragte sie eher mit der höflichen Kälte eines Besuchers als mit der einer Ehefrau.

„Nein, Mylady." Robson zögerte, sagte dann aber schließlich: „Seine Lordschaft ist seit einigen Tagen nicht zu Hause gewesen."

Delicia sah ihn fest an, und Robson stammelte weiter und gab ihr weitere Informationen.

„Seit dem großen Abendessen, das seine Lordschaft letzte Woche hier gegeben hat, ist er nur noch vorbeigekommen, um seine Briefe abzuholen; er hat bei Freunden gewohnt.“

Delicia blickte sich in der malerischen Halle mit ihren Wappen, Buntglasfenstern und seltenen alten Eichenmöbeln um, die sie alle selbst gesammelt und mit dem Geschmack einer perfekten Künstlerin arrangiert hatte, und ein leichter Schauer überlief sie bei dem Gedanken, dass vielleicht sogar ihr Heim – das Heim, das sie mit der Arbeit ihres eigenen Gehirns gebaut, geplant und verschönert hatte – durch die Gesellschaft der „privaten Freunde“ ihres Mannes entweiht worden war.

„War es ein sehr großes Abendessen, Robson?“, fragte sie mit gezwungenem Lächeln. „Oder sind Sie alle durcheinandergeraten und haben alles falsch gemacht?“

„Nun, Mylady, wir hatten damit sehr wenig zu tun“, antwortete Robson, der nun genügend Mut fasste, um seine unterdrückten Beschwerden auszusprechen. „Seine Lordschaft hat das gesamte Abendessen persönlich bei Benoist bestellt und den Koch und einige der anderen Bediensteten für den Tag weggeschickt. Sie waren nicht gerade erfreut darüber, Mylady. Ich bin geblieben, um beim Warten zu helfen. Es war in der Tat eine sehr seltsame Party, aber natürlich ist es nicht meine Aufgabe, etwas dazu zu sagen –“

„Weiter“, sagte Delicia ruhig. „Welche Leute haben hier gegessen? Kenne ich jemanden von ihnen?“

„Nicht, dass ich wüsste, Mylady“, sagte Robson mit gekränkter Miene. „Ich würde sagen, es ist überhaupt nicht wahrscheinlich, dass Sie einen von ihnen kannten; sie waren sehr laut, wirklich sehr laut. Zwei der Frauen – ich bitte um Verzeihung – Damen blieben schlafen – eine junge und eine alte.“

Obwohl sie am ganzen Leib zitterte, gelang es Delicia, sich zu beherrschen und ruhig zu sprechen:

„Kannten Sie ihre Namen?“

„Oh ja, Mylady – Madame de Gascon und ihre Tochter, Miss de Gascon. Ihre Namen sind französisch, aber sie sprechen eine Art Straßenhändler-Englisch.“

„Ist einer von ihnen in mein Arbeitszimmer gegangen?“

„Nein, Mylady“, und der ehrliche Robson stellte sich stolz auf. „Ich habe mir die Freiheit genommen, die Tür abzuschließen, den Schlüssel in die Tasche zu stecken und zu sagen, Sie hätten den Befehl hinterlassen, die Tür verschlossen zu halten, Mylady.“

„Danke!" Doch während sie das sagte, zitterte sie vor Wut und Scham – selbst ihr Diener bemitleidete sie; selbst *er* hatte mehr Anstand und Rücksicht auf sie gezeigt als der Mann, den sie geheiratet hatte. Konnte man die Demütigung noch tiefer aussaugen?

Sie ging nach oben in ihr eigenes Schlafzimmer und sah sich nervös um. Hatten „Madame de Gascon und Miss de Gascon", wer immer sie auch waren, dort geschlafen? Sie wagte nicht zu fragen; sie fürchtete, sie könnte die Selbstbeherrschung verlieren, die sie während ihrer Abwesenheit geübt hatte, und so nicht in der Lage sein, ihrem Mann mit jener Gelassenheit und Würde zu begegnen, die sie, wie ihr eigener Selbstrespekt ihr beibrachte, bewahren musste. Sie lockerte ihren Mantel und nahm ihren Hut ab, während sie alle vertrauten Gegenstände um sich herum betrachtete, als erwarte sie, sie verändert zu sehen. Am Abend würde sie zu Lady Dexters „Schwarm" gehen müssen, der ihr zu Ehren gegeben wurde. Sie beschloss, sich hinzulegen und auszuruhen, bis es Zeit war, sich anzuziehen. Aber gerade als sie sich zu ihrem Bett umdrehte, durchfuhr ein scharfer Schmerz ihren Körper, als ob ihr ein Messer ins Herz gerammt worden wäre – eine schwarze Wolke tauchte vor ihren Augen auf, und sie fiel in Ohnmacht nach vorn. Emily, das Zimmermädchen, das sich glücklicherweise im angrenzenden Ankleidezimmer befand, hörte ihren Sturz und eilte ihr sofort zu Hilfe. Mit Hilfe von kaltem Wasser und Riechsalz kam sie schaudernd wieder zu sich und blickte in mitleiderregendem Erstaunen um sich.

„Emily, bist du es?", fragte sie schwach. „Was ist los? Bin ich ohnmächtig geworden? Was für eine seltsame Sache von mir! Jetzt erinnere ich mich; es war ein furchtbarer Schmerz, der mir ins Herz fuhr. Ich dachte, ich sterbe –"

Sie hielt inne und zitterte heftig.

„Soll ich nach dem Arzt schicken, Mylady?", fragte die verängstigte Emily. „Sie sehen ganz blass aus. Sie werden heute Abend nicht zur Party gehen können."

„Oh ja, das werde ich", und Delicia erhob sich mühsam und versuchte, das Zittern ihrer Glieder zu kontrollieren. „Ich werde mich in diesen Sessel setzen und ausruhen, und dann wird es mir bald wieder besser gehen. Geh und mach mir eine Tasse Tee, Emily, und erzähl den anderen Bediensteten nichts von meiner Krankheit."

Nachdem Emily noch eine Weile herumgezögert hatte, verließ sie schließlich mit einigem Unbehagen das Zimmer. Als sie gegangen war, lehnte sich Delicia in ihrem Stuhl zurück und schloss die Augen.

„Das waren furchtbare, furchtbare Schmerzen!", dachte sie. „Ich frage mich, ob mit meinem Herzen etwas nicht stimmt. Morgen gehe ich zum Arzt.

Heute Abend brauche ich all meine körperliche und seelische Kraft, um meinem Mann ruhig ins Gesicht blicken zu können.“

Allmählich ging es ihr besser; ihr Atem wurde leichter und das nervöse Zittern ihrer Glieder hörte auf. Als das Dienstmädchen mit dem Tee kam, war sie fast wieder sie selbst und lächelte das besorgte Gesicht ihrer Dienerin auf vollkommen beruhigende Weise an.

„Hab keine Angst, Emily“, sagte sie sanft. „Frauen werden oft ohnmächtig, weißt du. Das ist nichts Außergewöhnliches. Dir könnte es jeden Tag passieren.“

„Ja, Mylady“, stammelte Emily. „Aber Sie sind nie ohnmächtig geworden – und –“

„Sie möchten, dass ich einen Arzt nach mir frage? Das werde ich morgen tun. Aber heute Abend muss ich so gut wie möglich aussehen.“

„Welches Kleid werden Sie tragen, Mylady?“, fragte Emily, die allmählich ihre Fassung und ihren Verstand zurückerlangte.

„Oh, natürlich das allerprachtvollste“, sagte Delicia und lachte leise. „Das mit der bestickten Schleppe, von der Sie sagen, sie sieht aus, als wäre sie über und über mit Diamanten bestickt.“

Emilys strahlendes Gesicht strahlte noch mehr. Die Sorgfalt, mit der sie sich um dieses besondere Kleid kümmerte, bereitete ihr große Freude. Ihre Herrin hatte es nur einmal getragen und damals hatte es wie ein Bild himmlischer Schönheit ausgesehen, das den Elfenkönig Oberon bei seinem Flug über die Blumen innehalten und sie bewundern ließ. Und während die willige Abigail damit beschäftigt war, die Dekorationen für den Abend vorzubereiten, nippte Delicia an ihrem Tee und lehnte sich entspannt in ihrem Stuhl zurück. Dabei dachte sie die ganze Zeit über seltsame Gedanken nach, die ihr vorher nicht in den Sinn gekommen waren.

„Wenn ich jetzt sterben würde“, so sinnierte sie, „würde nach dem derzeitigen Wortlaut meines Testaments das gesamte Ergebnis meines Lebenswerks an meinen Mann gehen. Er würde sich nicht um meinen Ruhm oder meine Ehre scheren; sein Interesse würde sich nur um das Geld drehen. Und mit diesem Geld würde er sich mit La Marina oder einer anderen neuen Laune des Augenblicks vergnügen; möglicherweise würde er meine eigenen Juwelen als Geschenke unter seinen Lieblingen verstreuen, und ich bezweifle, dass selbst mein armer, treuer Spartaner ein Heim für seinen Lebensabend finden würde! Das muss beachtet werden. Ich habe einen Fehler gemacht, und dieser muss korrigiert werden. Glücklicherweise wurde das Gesetz, das im Allgemeinen so ungerecht gegenüber Frauen ist, gezwungen, unserem unglücklichen Geschlecht zumindest ein individuelles

Recht auf unser eigenes Geld zu gewähren, ob verdient oder geerbt; früher
war es uns nicht gestattet, Eigentum außerhalb unserer Herren und Meister
zu besitzen! Herrgott! Was für eine schwere Rechnung werden wir Frauen
am Tag des Jüngsten Gerichts gegen die Männer einfahren!"

Die Stunden vergingen, und als sie sich schließlich für Lady Dexters
„Zuhause" angezogen hatte, war sie in einer ihrer brillantesten, lebhaftesten
Stimmungen. Emily, das Dienstmädchen, starrte sie in verzückter
Faszination an, als sie in dem reich bestickten Juwelenkleid mit der dazu
passenden Schleppe aus weichem Satin, die von den Schultern herabfiel und
in geschmeidigen Falten zu Boden fiel, vor ihrem Spiegel stand und einen
Diamantstern in ihr üppiges Haar steckte. Durch die seltene alte Spitze, die
die Ärmel ihres Kleides säumte, leuchteten ihre schönen weißen Arme wie
die Arme der marmornen Psyche; ihre Augen waren dunkel und leuchtend,
ihre Lippen rot, ihre Wangen leicht gerötet vor Aufregung. Ein einzelner
Zweig der „Verkündigungs"-Lilien schmückte ihr Kleid von der Taille bis
zur Brust, und als sie ihr eigenes schönes Bild betrachtete, lächelte sie traurig
und sprach sich im Geiste folgendermaßen an:

„Nein, du siehst nicht ganz schlecht aus, Delicia, aber du hast einen
schrecklichen Fehler – du hast ein sogenanntes „ausdrucksstarkes" Gesicht.
Das ist ein Fehler! Du solltest keinen Ausdruck haben; es ist „schlechter Stil",
interessiert, überrascht oder empört auszusehen. Eine schöne Nichtigkeit ist
das, was Männer mögen – eine Nichtigkeit des Gesichts, kombiniert mit einer
Nichtigkeit des Verstandes. Du solltest deine Wimpern schminken und
pudern und schwärzen, und du solltest auch bereit sein, deine Knöchel zu
zeigen, „aus Versehen", wenn nötig. Die Männer würden dich dann
charmant finden, Delicia; sie würden sagen, du hättest „Wut" in dir; aber
einfach eine Studentin zu sein, mit eigenen Vorstellungen über die Welt im
Allgemeinen, und diese Vorstellungen in Büchern niederzuschreiben, die dir
Ruhm und Stellung verschaffen, die dem Ruhm und der Stellung eines
Mannes gleichkommen – das macht dich in ihren Augen zu einer
Langweilerin, Delicia! – eine absolute Plage, und sie wünschen, du wärst
ihnen aus dem Weg! Wenn du nur ein „Lebendes Bild" im Palace Theatre
hättest sein können oder deine Arme ausgestreckt und mit so wenig Kleidung
wie möglich vor der Rampe mit den Zehen gezwirbelt hättest, hätte man dich
für „schlau" erklärt, Delicia! Aber da du eine erfolgreiche Rivalin der Männer
im Kampf um Ruhm bist, lassen sie ihren Groll aus, indem sie dich einen
Narren nennen. Und du bist ein Narren, meine Liebe, dass du jemals einen
von ihnen geheiratet hast!'

Sie lächelte sich verächtlich an, raffte ihren Fächer und ihre Handschuhe
zusammen und stieg zu ihrer Kutsche. Von Carlyon war keine Nachricht
gekommen, ob er an diesem Abend bei der Party anwesend sein wollte oder
nicht; aber seine Frau hatte ein so beachtliches Maß an kühler

Selbstbeherrschung erreicht, dass sie der Sache jetzt mit völliger Gleichgültigkeit gegenüberstand. Als sie in Lord Dexters stattlichem Haus in Park Lane ankam, ging sie auf die Damentoilette, um ihre Umhänge abzulegen, und fand dort, ganz allein und weit vor dem großen Spiegel stehend, so dass er jedem anderen die Sicht versperrte, eine brillant aussehende, bemalte Person in einem blassgrünen, silberglitzernden Kostüm, die aufblickte, als sie eintrat, und ihre Perlenstickereien mit gieriger Bewunderung betrachtete.

„Was für ein furchtbar süßes Kleid!", platzte sie offen heraus. „Ich sage immer, was ich denke, auch wenn man mir sagt, das sei unhöflich. Es ist furchtbar süß! Ich hätte gerne genau so ein Kleid zum Tanzen!"

Delicia sah sie in hochmütigem Schweigen an. Die andere Frau lachte.

„Ich nehme an, Sie finden es ziemlich cool, dass ich Bemerkungen über Ihre Kleidung mache", sagte sie. „Aber ich bin eine ‚Berühmtheit', wissen Sie, und ich sage immer, was ich will, und tue, was ich will. Ich bin Violet de Gascon – *Sie* wissen schon! – die ‚Marina'."

In einem Zustand starrer Ruhe erstarrt, lockerte Delicia mit kalten Fingern ihre Spitzenumschläge und ließ sich von der dienenden Dienerin abnehmen.

„Sind Sie das?", fragte sie dann langsam und bitter. „Ich gratuliere Ihnen! Da Sie mir Ihren Namen gegeben haben, kann ich Ihnen auch meinen nennen. Ich bin Lady Carlyon."

„Nein!", rief „La Marina", die in der feinen Gesellschaft als „Miss de Gascon" bekannt war und bei ihrem Vater in Eastcheap als „mein Mädchen, Jewlia Muggins" bezeichnet wurde. „Nein! Sie wollen doch nicht etwa sagen, dass Sie die berühmte Delicia Vaughan sind? Ich habe alle Ihre Bücher gelesen und dabei geweint, das kann ich Ihnen sagen! Na, wenn ich mir das mal überlege!" Und ihr hartes, strahlendes Gesicht wurde für einen Moment weicher vor plötzlichem Interesse. „All diese großspurigen Leute sind eingeladen, *Sie* heute Abend hier zu treffen, und ich bin die bezahlte *Künstlerin* . Ich soll vierzig Guineen bekommen, wenn ich zweimal vor der versammelten Gesellschaft tanze! Tra-la-la!" und sie vollführte plötzlich eine lebhafte Pirouette. „Das freut mich! Ich würde lieber vor Ihnen als vor der Königin tanzen!"

In einem fast hilflosen Zustand des Erstaunens setzte sich Delicia einen Moment hin und starrte sie an. Die Dienerin hatte das Zimmer verlassen, und „La Marina", die vorsichtig umherblickte, näherte sich auf Zehenspitzen und bewegte sich mit der stillen Anmut einer wunderschönen Perserkatze. „Ich sage", sagte sie vertraulich, „Sie sind süß und hübsch! Aber ich nehme an, Sie wissen das; und Sie sind furchtbar klug, und ich nehme an, Sie wissen das auch! Aber warum haben Sie nur so einen Schurken wie „Beauty" Carlyon geheiratet?"

Delicia sprang auf und stellte sich vor sie. In ihren Augen blitzte Empörung auf, ihr Atem ging und ging, ihre Lippen öffneten sich zum Sprechen, als „La Marina" gedankenschnell leicht mit den Fingern auf ihren Mund klopfte.

„Verteidige ihn nicht, du liebes Ding!", sagte sie offen. „Er ist es nicht wert! Er glaubt, er hätte einen großen Eindruck auf mich gemacht, aber, Himmel! Ich möchte ihn nicht als Butler haben! Mein Herz ist so gesund wie eine Glocke", und sie schlug sich nachdrücklich auf die Brust, als wolle sie es beweisen. „Wenn ich mir einen Liebhaber nehme – einen echten, weißt du – keine Heuchelei! –, suche ich mir einen guten, ehrlichen, würdigen Kerl aus der Arbeiterklasse aus. Dein „blaues Blut", das aus der Eroberung kommt, mit all den Übeln der Eroberungsgenossen darin, ist mir egal; je älter das Blut, desto schlimmer der Mann, scheint mir!"

Delicia war verzweifelt. Es war nicht der richtige Zeitpunkt, Höflichkeiten gegeneinander auszuspielen; es war ein Fall von Frau zu Frau.

„Sie wissen, dass ich Ihnen nicht antworten kann!", sagte sie hitzig. „Sie wissen, dass ich mit Ihnen weder über meinen Mann noch über mich selbst sprechen kann. Oh, wie *können* Sie es wagen, mich zu beleidigen!"

„La Marina" sah sie erstaunt mit großen, weit geöffneten, unverhohlenen schwarzen Augen an.

„Du meine Güte!", rief sie aus, „das ist ein Krawall! Sie beleidigen? Ich würde Sie um nichts in der Welt beleidigen; ich mag Ihre Bücher zu sehr; und jetzt, nachdem ich Sie gesehen habe, mag ich *Sie* . Ich nehme an, Sie haben gehört, dass Ihr Mann mir nachläuft; aber, Herrgott! Sie sollten sich davon nicht entmutigen lassen. Das machen sie alle – verheiratete Männer vor allem. Ich kann nichts dagegen tun! Da ist der Herzog von Stand-Off – er ist Tag und Nacht hinter mir her; er hat drei Kinder und seine Frau gilt als eine der führenden Schönheiten. Dann ist da Lord Pretty-Winks; er hat ein altes Bild verkauft, das seit Hunderten von Jahren in Familienbesitz ist, und mir vom Erlös eine Menge Fal-lals gekauft. Ich wollte sie nicht und habe ihm das auch gesagt; aber es hat alles keinen Zweck – sie sind allesamt Schrott."

„Aber Sie ermutigen sie", sagte Delicia leidenschaftlich. „Wenn Sie das nicht täten …"

„Wenn ich nicht *vorgab,* sie zu ermutigen", sagte „La Marina" gelassen, „würde ich jede Chance verlieren, meinen Lebensunterhalt zu verdienen. Kein Manager würde mich einstellen! Das ist ein guter Tipp, meine Liebe; folgen Sie ihm; er wird Sie nicht in die Irre führen!"

Doch Delicia, deren Augen stechender Schmerz und ihr Hals wie zugeschnürt waren, sah sich von ihren Gefühlen dazu gezwungen, eine weitere Frage zu stellen.

„Hör auf – du bringst mich dazu, zu denken, ich hätte dir Unrecht getan“, sagte sie. „Willst du mir damit sagen – dass du –?“

„Eine gute Frau?“, beendete „La Marina“ mit einem neugierigen Lächeln. „Nein, so etwas will ich Ihnen nicht sagen! Ich bin nicht gut, ich verdiene nichts. Aber ich bin nicht so schlecht, wie die Männer es gerne hätten. Kommen Sie, gehen wir ins Wohnzimmer. Oder soll ich zuerst gehen? Ja?“ – Delicia trat zurück und gab ihr ein Zeichen, weiterzugehen – „Na gut, Sie sehen *süß aus* !“

Und sie fegte ihre grünen und silbernen Röcke aus dem Zimmer und ließ Delicia allein, um ihre Nerven so gut es ging zu beruhigen und ihre schwer erschütterte Selbstbeherrschung wiederzuerlangen. Und in wenigen Minuten war die elegante Menge, die sich bei Lady Dexter versammelt hatte, aufgeregt und bewegt, als alle Augen auf die sylphengleiche Erscheinung einer schönen Frau in strahlendem Weiß und Juwelen, mit blassem Gesicht und dunkelvioletten Augen gerichtet waren, deren Name von den Dienstboten in den großen Salons als „Lady Carlyon“ verkündet wurde, von der aber die ganze anwesende Welt der Intelligenz und Kultur als „die berühmte Delicia Vaughan“ flüsterte. Denn ein Spitzname ist im Vergleich zur Position eines Genies eine armselige Sache; und dass der größte Kaiser, der jemals gekrönt wurde, in allen Nationen weniger berühmt ist als der schlichte William Shakespeare, ist wie es sein sollte und dient als Zeugnis für die ewige Vorherrschaft der Wahrheit und Gerechtigkeit inmitten einer Welt der Täuschungen.

KAPITEL X

Die erste Person, die Delicia nach ihrer Gastgeberin sah, als sie die Räume betrat, war ihr Ehemann. Sie verbeugte sich gelassen vor ihm, mit einem bezaubernden Lächeln und verspielter Miene, als hätte sie gerade seine Gesellschaft verlassen, ging dann an ihm vorbei und begann sofort ein Gespräch mit einem namhaften Künstler, der eifrig auf sie zukam, um ihr seine junge Frau vorzustellen. Carlyon, ganz verblüfft, starrte sie halb wütend, halb unterwürfig an, denn es lag etwas sehr Königliches in der Art, wie sie sich bewegte, etwas sehr Edles in der Art, wie sie ihr stolzes Köpfchen trug, auf dem der Diamantstern, den sie trug, wie Venus in einer frostigen Nacht leuchtete. Er beobachtete, wie sich ihre schlanke Gestalt in den weißen Gewändern hin und her bewegte; er sah, wie das strahlende Lächeln ihr ganzes Gesicht erhellte und in ihren violetten Augen blitzte; er sah, wie sich Männer von Rang und Namen in Kunst und Staatskunst mit höfischen Schmeicheleien und elegant formulierten Komplimenten um sie drängten, und je länger er sie beobachtete, desto mürrischer und übellauniger wurde er.

„Wie dem auch sei", murmelte er vor sich hin, „sie ist meine Frau und kann mich nicht loswerden. Vor dem Gesetz kann sie mir überhaupt nichts vorwerfen!"

Er war immer eitel gewesen, was seine Persönlichkeit anging, und es ärgerte ihn seltsam, dass sie nicht ein einziges Mal in seine Richtung blickte. Niemand konnte seine äußere Attraktivität leugnen – er war eindeutig das, was man einen „schönen Mann" nennt. Schön in Gestalt und Körperbau, männlich in der Haltung, „gottgleich" in den Gesichtszügen. Nichts konnte diese Tatsachen ausmerzen. Und er hatte sich vorgestellt, dass Delicia – die zärtliche, anbetende Delicia –, wenn sie ihn nach ihrer vorübergehenden Abwesenheit wieder ansah, ihre Verzückung beim Anblick seiner Vollkommenheiten so groß sein würde, dass sie sich in seine Arme oder zu seinen Füßen werfen und, wie er es sich selbst ausdrückte, „alles wieder gutmachen" würde. Aber ihr Anblick an diesem Abend machte diese Hoffnungen eher zunichte, denn sie schien ihn oder seine Reize überhaupt nicht zu sehen. Sie war anscheinend mehr fasziniert von der Erscheinung eines gichtkranken Botschafters, der weit hinten in einer Ecke saß, einen Fuß vorsichtig auf einem Samtkissen abstützte und sich offensichtlich nicht zu rühren traute. Delicia unterhielt sich auf ihre bezauberndste Art mit diesem alten Herrn, und als Carlyons Blick durch den Raum schweifte, fiel ihm plötzlich der schelmische und spöttische Blick von „La Marina" auf – ein Blick, der so deutlich wie Worte sagte: „Was für ein Narr Sie sind!" Errötend vor Ärger verließ er seinen Platz neben dem Flügel und schlenderte allein durch die Räume, wobei er sich hier und da ein paar seiner eigenen Freunde zum Sprechen aussuchte, die jedoch nicht viel zu sagen schienen, außer: „Wie bezaubernd Lady Carlyon heute Abend aussieht!" ein Satz, der ihn eher ärgerte als erfreute, einfach weil er wahr war. Es stimmte, dass Delicia bezaubernd aussah; es stimmte, dass sie jede Frau im Raum durch ihre Intelligenz, ihr anmutiges Auftreten und ihre brillante Konversation in den Schatten stellte; und es stimmte, dass sie zumindest eine Zeit lang im Mittelpunkt der Aufmerksamkeit stand und das gesamte Interesse aller Anwesenden auf sich zog. Und Carlyon war sichtlich verärgert über die Aufregung, die sie verursachte, denn er hatte daran nichts zu tun, denn er fühlte sich außen vor gelassen und außerdem, weil er begreifen musste, dass sie, seine Frau, beschlossen hatte, dass er so zurückgelassen werden sollte. Er wollte – vielleicht aufgrund eines ihm nicht bekannten Gehirnfehlers – nicht einsehen, dass er selbst jeden Anspruch auf ihre Rücksichtnahme oder Achtung verwirkt hatte, und er war froh, als die Ankunft einer weiteren Berühmtheit angekündigt wurde, die die Aufmerksamkeit der frivolen Menge sofort völlig von Delicia ablenkte – eine Dame von strahlender Schönheit und hohem Rang, die sich dadurch ausgezeichnet hatte, dass sie eine *Halbweltfrau* der offensten und schamlosesten Art wurde, die sich aber nichtsdestotrotz weiterhin mit beträchtlichem Glanz „in der Gesellschaft bewegte", wie man so schön sagt , einfach weil sie Geld hatte und damit Kirchen zu unterstützen pflegte und mittellose Kleriker mit finanziellen Wohltaten überhäufte. Die Gottheit (durch die besagten Kleriker) segnete sie trotz ihrer moralischen Rückfälle; und statt sie anzuprangern, wie es angebracht gewesen wäre, ging die Kirche zu ihren Gartenfesten. Lady Brancewith war auf ihre Art eine kluge und schöne Frau; sie liebte ihre eigenen Laster innig und war bereit, alles zu opfern, um ihnen nachzugeben – Ehemann, Kinder, Namen, Ruhm, Ehre; aber sie gab sich große Mühe, mit „frommen" Leuten in Kontakt zu bleiben, und sie wusste, dass dies am besten dadurch erreicht wurde, dass sie ständig überall großzügig war . Der würdige Geistliche der Gemeinde, in der ihr großes Haus das bedeutendste der Nachbarschaft war, schloss die Augen vor ihren Sünden und öffnete sie für ihre Schecks; so lief alles gut und fröhlich zwischen ihr. Ihr Eintritt in Lady Dexters Salon war das Signal für eine völlige Veränderung in der Haltung der eleganten Menge. Alle reckten die Hälse, um sie anzusehen und Kommentare über ihr Kleid und ihre Diamanten abzugeben; Die Leute fingen an, sich gegenseitig die neuesten Skandale über sie zuzuflüstern, und Delicia mit ihrem schönen Gesicht und ihrem unbefleckten Charakter wurde bald verlassen und vergessen. Sie war ziemlich froh darüber und setzte sich in eine abgeschiedene Ecke, in der Nähe des Eingangs zum großen Wintergarten, wo die Vorhänge sie vor dem Licht schützten und wo sie sehen konnte, ohne gesehen zu werden. Sie beobachtete die Lächeln und Gesten von Lady Brancewith mit ziemlich viel innerem Schmerz und Verachtung.

„Das ist die Art von „Gesellschaftsfrau", die Männer mögen", grübelte sie, „eine, die mit ihnen in den Schlamm geht und den Verlust der Sauberkeit nie bereut. Ich glaube, sie ist ein schlimmerer Typ als „La Marina", denn „La Marina" gibt nicht vor, gut zu sein; aber das ganze Leben dieser Frau ist mit der verachtenswerten Kunst beschäftigt, Tugend vorzutäuschen."

Sie blieb in ihrer stillen Ecke und betrachtete die ruhelose, plaudernde und kichernde Menge, und ab und zu richtete sie ihren Blick auf die Blumen im Wintergarten – große Lilien, leuchtende Azaleen, schneeweißen Kap-Jasmin, herabhängende Passionsblumen – alles erlesene Schöpfungen von vollkommener Schönheit, und doch stumm und scheinbar ihres eigenen Charmes nicht bewusst.

„Blumen sind doch viel schöner und liebenswerter als Menschen!", dachte sie. „Wenn ich der Schöpfer gewesen wäre, hätte ich wohl den Blumen unsterbliche Seelen gegeben und nicht den Menschen!"

In diesem Moment ging ihr Mann an ihr vorbei, ohne sie zu bemerken. Lady Brancewith saß an seinem Arm und war offensichtlich erfreut, in der Gesellschaft einer körperlich so schönen Person gesehen zu werden. Die kleinen Diamanten, die auf ihre kostbare Spitze genäht waren, blitzten in Delicias Augen wie Lichtfunken auf; der schwache, ekelhafte Geruch von Patchouli wehte von ihren Kleidern, als sie sich bewegte; die harten Linien, die Laster und Genusssucht in dieses schöne Gesicht gezeichnet hatten, waren in dem gedämpften Licht kaum wahrnehmbar, und ihr leises Lachen kokettischer Freude über eine Bemerkung von Lord Carlyon klang sogar für Delicia melodisch genug, die, obwohl sie den Charakter der Frau kannte und verabscheute, nicht umhin konnte, ihr halb verwundert, halb angewidert nachzuschauen. Wenige Schritte von ihrem Platz entfernt blieben sie stehen – Lord Carlyon stellte einen Stuhl für seine schöne Begleiterin neben eine riesige Palme, die fast bis zum Dach des Wintergartens emporragte, und zog dann einen weiteren an ihre Seite und setzte sich selbst.

„Endlich ist mir in meinem elenden Leben ein Augenblick des Vergnügens gestattet!", sagte er, und in seinen schönen Augen lag ein Hauch jenes Ausdrucks der schönen Verdrossenheit, der bei Frauen seiner Meinung nach sonst so gut ankam.

Lady Brancewith lachte und entfaltete ihren Fächer.

„Meine Güte, wie tragisch!", sagte sie. „Ich hatte keine Ahnung, dass Sie so erbärmlich sind, Lord Carlyon! Im Gegenteil, ich dachte, Sie wären einer der beneidenswertesten Menschen!"

Carlyon war einen Moment still und sah sie eindringlich an.

„Der einzige Mann auf der Welt, den man wirklich beneiden kann, ist Ihr Ehemann", sagte er mürrisch.

Delicia, die durch den schützenden Vorhang verborgen war, verhielt sich ganz still. Ein verächtliches Lächeln erschien auf ihrem stolzen Mund, als sie bei sich dachte: „Was für Lügner sind Männer! Ich habe ihn oft sagen hören, dass Lord Brancewith aus den Clubs gejagt werden sollte, weil er seiner Frau erlaubte, seinen Namen zu entehren! Und jetzt erklärt er ihn zum einzigen Mann auf der Welt, den man wirklich beneiden sollte!"

Doch Carlyon sprach weiter, und eine Kraft, die stärker war als sie selbst, hielt sie bewegungslos dort, eine unfreiwillige Zuhörerin.

„Du warst nie nett zu mir", beschwerte er sich, und der schöne, mürrische Blick wurde in seinen Augen noch tiefer. „Viele andere Kerle bekommen die Chance, sich dir gegenüber freundlich zu zeigen, aber du gibst mir nie auch nur den Hauch einer Chance. Du bist furchtbar hart zu mir – Lily!"

Er hielt einen Moment inne, bevor er Lady Brancewiths Vornamen aussprach, dann sprach er ihn leise und zögernd aus, als wäre es eine Liebkosung. Als Antwort klopfte sie ihm mit ihrem Fächer leicht auf die Wange.

„Und Sie sind furchtbar unverschämt", sagte sie lächelnd. „Denken Sie nicht daran, dass Sie verheiratet sind?"

„Das tue ich, zu meinem Leidwesen", antwortete er. „Und Sie sind eine verheiratete Frau!"

„Oh, aber ich bin so anders", erklärte sie naiv. „Sehen Sie, Sie haben eine wunderbare Berühmtheit zur Frau bekommen – klug und brillant und so weiter. Nun, der arme Brancewith ist ein schrecklicher, lieber alter Dummkopf, und ich würde wirklich sterben, wenn ich nicht manchmal einen anderen Mann hätte, mit dem ich reden könnte –"

„Oder mehrere andere Männer!", warf er ein, nahm ihr den Fächer aus der Hand und begann, ihn hin und her zu schwenken.

Sie lachte.

„Vielleicht! Wie eifersüchtig Sie sind! Begegnen Sie Ihrer Frau mit solchen Sarkasmen?"

„Ich wünschte, Sie würden nicht über meine Frau reden", sagte er ärgerlich. „Meine Frau und ich haben nichts gemeinsam."

„Wirklich!" Lily Brancewith gähnte leicht. „Wie oft kommt das im Eheleben vor, nicht wahr? Sie ist heute Abend hier, nicht wahr?"

„Ja, sie ist irgendwo in den Räumen", und Carlyon begann, entschieden verärgert auszusehen. „Sie war der Mittelpunkt der Aufmerksamkeit, bis Sie hereinkamen. Dann war es natürlich so, als ob ein kleiner Stern vor dem Vollmond in all seiner Pracht verblasste!"

„Wie süß poetisch! Aber bitte zerbrich meinen Fächer nicht", und sie nahm ihm das empfindliche Spielzeug ab. „Es hat zwanzig Guineen gekostet und ist noch nicht bezahlt."

„Lassen Sie mich die Rechnung begleichen", sagte Carlyon und sah ihr verliebt in die Augen, „oder irgendeinen beliebigen Betrag!"

Ein leichtes Zittern durchlief Delicias Körper, als würde ein kalter Wind ihre Nerven zerren. Sie beugte sich ein wenig nach vorne und hörte aufmerksamer zu.

„Großzügiger Mann!", lachte Lady Brancewith. „Ich weiß, dass Ihre Frau Sie reich gemacht hat, aber ich erinnere mich an die Zeit, als Sie nicht gerade im Geld lagen, nicht wahr, armer Junge? Aber Sie waren schon damals immer sehr nett und haben viele Komplimente gemacht."

„Ich bin froh, dass du es zugibst", sagte Carlyon und trat ein wenig näher an sie heran. „Die Erinnerung daran wird dich vielleicht dazu bewegen, mich jetzt nicht fallen zu lassen!"

„Was für einen Unsinn reden Sie!" und Lady Brancewith reichte ihm ihre Hand. „Ich möchte Ihre Frau sehen; stellen Sie mich ihr vor! Ich war oft kurz davor, sie kennenzulernen, habe es aber nie getan. *Sie* kennt die Leute nicht, die ich kenne, und *ich* kenne die Leute nicht, die sie kennt, deshalb haben wir uns immer verpasst. Sie ist so ein Genie! Dumm wie Sie sind, müssen Sie doch genug Verstand haben, um sehr stolz auf sie zu sein!"

Carlyon sah ihn zweifelnd an. Dann sagte er plötzlich:

„Nun, ich weiß nicht! Ich denke, eine kluge Frau – eine Buchautorin, wissen Sie, wie meine Frau – ist ein Fehler. Sie ist immer *geschlechtslos* ."

Als das Wort über seine Lippen kam, erhob sich Delicia, blass, schön und ruhig in ihrem schimmernden Gewand, und trat ihnen entgegen. Wie ein strenger weißer Engel, der plötzlich vom Himmel auf die Erde herabgestiegen ist, stand sie da – ganz still – und blickte ihrem Mann und seiner Gefährtin mit so großer Verachtung in ihren dunkelvioletten Augen direkt in die Augen, dass Carlyon innerlich zusammenzuckte wie ein geschlagener Hund. Lady Brancewith blickte mit einem halb impertinenten, halb fragenden Lächeln zu ihr auf, aber Delicia brachte kein Wort hervor. Einen Moment lang stand sie da und musterte den illoyalen, unhöflichen und undankbaren Bauerntölpel, der alles, was er auf der Welt besaß, ihrer Zärtlichkeit und Großzügigkeit verdankte; dann wandte sie sich kalt, ruhig und mit unerschütterlicher Anmut in ihrer Haltung und königlichen

Bewegungen ab, ihre Schleppe aus weichem Satin strich an ihnen vorbei, als sie in die überfüllten Räume vordrang und verschwand.

„Wer war diese wundervoll aussehende Frau?", fragte Lady Brancewith eifrig.

Carlyon errötete und wurde bald darauf totenbleich.

„Das war Delicia – meine Frau", antwortete er knapp.

„Das! Das ist die Romanautorin!", schrie Lady Brancewith fast. „Warum hast du das nicht gesagt? Warum hast du mich nicht vorgestellt? Ich hatte keine Ahnung, dass sie so ist! Ich dachte, alle Schriftstellerinnen tragen kurze Haare und eine Brille! Du meine Güte! Und sie muss gehört haben, wie du gesagt hast, du hältst sie für „geschlechtslos"! Billy, was für ein Vieh du bist!"

Carlyon erschrak. Die schöne Lily und er nannten sich früher so oft „Billy" und „Lily", dass ein Witzbold aus ihrem Bekanntenkreis einen Reim darauf machte, der folgendermaßen lautete:

'Lily und Billy

Sind ausnahmslos albern!

und damals machte es ihm nichts aus. Aber jetzt, da er „Lord" Carlyon war, wollte er nicht mit „Billy" angesprochen werden, und sein Groll zeigte sich ziemlich deutlich auf seinem finsteren Gesicht. Aber Lady Brancewith war zu aufgeregt, um seinen Ärger zu beachten.

„Die Idee!", fuhr sie fort. „Wenn sie die ganze Zeit dort gesessen hat, muss sie *alles gehört haben* ! Was für ein schönes Durcheinander hast du da angerichtet! Wenn ich an ihrer Stelle wäre, würde ich dich wie ein Paar alte Schuhe wegwerfen!"

„Das zweifle ich nicht im Geringsten", sagte er gereizt. „So benehmen Sie sich den meisten Männern gegenüber, die die Ehre haben, Ihre Gunst zu genießen."

Lily Brancewith zeigte mit einem wilden Lächeln ihre perlmuttfarbenen Zähne.

„Sie waren schon immer das, was man ‚ziemlich zwielichtig' nennt, Billy", bemerkte sie ruhig. „Aber ich habe Ihnen nicht zugetraut, ein *richtiger* Schuft zu sein! Tja! Ich werde Ihre Frau finden und mich ihr vorstellen. Wissen Sie, in der Gesellschaft sagte man, Sie seien zu bemitleiden, weil Sie eine ‚literarische' Berühmtheit geheiratet haben, aber ich werde die Klatschtanten in diesem Punkt eines Besseren belehren – ich werde allen erzählen, dass sie zu bemitleiden ist, weil sie eine militärische Null geheiratet hat!"

Mit einem leichten Lachen über ihren eigenen Sarkasmus verließ sie ihn und begab sich auf eine Entdeckungsreise hinter Delicia. Die Leute drängten sich in Gruppen an allen möglichen Stellen zusammen, um den Tanz von „La Marina" zu beobachten, die ihre Vorstellung begonnen hatte und die aus Respekt vor den „Anstandsregeln" für diesen Abend als „Mademoiselle Violet de Gascon" angekündigt wurde. Sie wären möglicherweise schockiert gewesen, wenn man ihnen zu offen gesagt hätte, dass die *Figurante* die berühmte „Marina" des „Empire" sei, obwohl sie sich dieser Tatsache die ganze Zeit bewusst waren. Denn in dem seltsamen bunten Gewirr, das wir Gesellschaft nennen, ist eine der Hauptregeln, dass man, wenn man eine Wahrheit kennt, sie nie aussprechen darf; man muss etwas anderes sagen, das einer Lüge so nahe wie möglich kommt. Wenn Sie beispielsweise wissen und alle anderen wissen, dass eine Dame mit erhabenem Titel in ihrem gesellschaftlichen und privaten Leben jeden Sinn für Anstand und Ordnung verletzt hat oder verletzt, müssen Sie immer sagen, dass sie eines der reinsten und unschuldigsten Lebewesen ist. *Natürlich*, wenn sie ein Niemand ist, ohne jeden Rang, steht es Ihnen frei, ihren armen Namen den Hunden der Verleumdung zu überlassen, damit sie ihn nach Belieben zerreißen können; aber wenn sie eine Gräfin oder Herzogin ist, müssen Sie ihre vulgären Laster vollkommen verzeihen. Denken Sie an ihren Titel! Denken Sie an ihre familiären Verbindungen! Denken Sie daran, wie ihr Einfluss auf eine kleine Angelegenheit, an der Sie persönlich interessiert sind, zum Tragen kommen könnte! Lady Brancewith wusste das alles genau genug; sie wusste genau, wie sie ihre Karten ausspielen musste, und sie war eine Frau von Welt genug, um „La Marina" mit einer hübschen Verbeugung und einem Kompliment zu grüßen, sobald ihr Tanz beendet war, und den klagenden Wunsch auszusprechen, der seufzend ausgesprochen wurde: „Wie froh wäre ich, wenn ich nur halb so klug wäre!"

Woraufhin Marina zweifelnd die Luft schnüffelte und nichts sagte. „Jewlia Muggins", *alias* „Violet de Gascon", wusste ein oder zwei Dinge und ließ sich von Lady Brancewith oder irgendjemandem aus ihrem Umfeld nicht täuschen. Sie war bitter enttäuscht. Delicia war nicht anwesend gewesen, um sie tanzen zu sehen, und sie hatte sich sehr gewünscht, einen guten Eindruck auf dieses „süße Ding in Weiß", wie sie sie nannte, zu machen. Sie hatte ihr Bestes gegeben, anmutig und mit einer exquisiten Bescheidenheit; zu exquisit für viele der versammelten Herren, von denen einige einander zuflüsterten, dass sie ein wenig „abdriftete", einfach weil sie nicht viel über ihre schlanken Knöchel sehen konnten. Sie selbst kümmerte sich jedoch nicht darum, was sie sagten oder dachten, und am Ende ihres Tanzes fragte sie ihre Gastgeberin kühn, wo Lady Carlyon sei.

„Sie ist leider nach Hause gegangen", lautete die Antwort. „Sie erzählte mir, dass es ihr nicht sehr gut geht und dass sie die Wärme im Zimmer ziemlich anstrengend fand."

„Sprechen Sie vom Gast des Abends – Lady Carlyon?", erkundigte sich Lady Brancewith freundlich.

„Ja. Sie hat es sehr bedauert, so früh gehen zu müssen, aber sie arbeitet hart, wissen Sie, und sie ist überhaupt nicht robust."

Hier wurde Lady Dexters Aufmerksamkeit durch die Behauptungen eines langhaarigen Geigers abgelenkt, der sofort ein „klassisches" Stück spielen wollte, was, als es dann tatsächlich begann, zur Folge hatte, dass viele Leute zum Abendessen hinuntergingen oder das Haus verließen; und in dem allgemeinen Gerangel auf der Treppe stieß „La Marina" Lord Carlyon mit dem Ellenbogen an.

„Ihre Frau ist nach Hause gegangen", sagte sie knapp. „Warum sind Sie nicht mit ihr gegangen?"

„Ich habe eine andere Verabredung", antwortete er kalt.

„Nicht mit mir!", sagte sie und zeigte dabei ihre gleichmäßig weißen Zähne in einem breiten Grinsen. „Ich habe heute Abend so lange mit Lady Carlyon gesprochen und ihr genau gesagt, was ich von Ihnen halte!"

Seine Augen verdunkelten sich vor Wut und die Linien seines Mundes wurden hart und rachsüchtig.

„Du wilde Katze!", sagte er wütend. „Wenn du *es gewagt hast –*"

„Katze, Katze! Hübsche Katze!", lachte Marina. „Katzen haben Krallen, mein Lord Bill, und sie kratzen sich gelegentlich!"

Mit einem Wedeln ihrer seidenen Röcke huschte sie an ihm vorbei in den Speisesaal, wo sie sofort von einem Kreis junger Nudels umringt wurde, die es offensichtlich als eine besondere Ehre und Ehre betrachteten, dem begabten Geschöpf, das sich jeden Abend in Anwesenheit eines überfüllten Hauses mit dem Fuß auf die Nase schlug, Hühnersalat reichen zu dürfen. Was war schon Kunst im Vergleich dazu? Was war Wissenschaft? Was war Lernen? Was war Tugend? Nichts – weniger als nichts! Ein wohlgeformtes Bein zu haben und zu wissen, wie man sich mit dem Fuß auf die Nase schlägt, ist für eine Frau jeden Tag der beste Weg, um das zu haben, was man in dieser Welt eine „gute Zeit" nennt. Sie muss nicht buchstabieren können, sie kann ihr „h" weglassen, sie kann Brandy „betrinken", aber solange sie sich jeden Abend auf genaue und rhythmische Weise mit dem Fuß auf die Nase schlägt, wird sie immer viele Juwelen und mehr männliche Verehrer haben, als sie bequem bewältigen kann. Denn es gibt keine Erniedrigung, die einer

Frau widerfahren kann, die ein Mann nicht entschuldigen und dulden würde; ebenso gibt es keine Erhebung oder Ehre, die sie erlangen kann, die er nicht missgönnen und mit der ganzen Kraft seiner Natur bekämpfen würde! Denn der Mann liebt es, die ganze Schöpfung, einschließlich der Frauen, im Würgegriff zu halten, und die Vorstellung, dass sich die Frau plötzlich aus seinem Griff losreißen und sich weigern sollte, wie ein Hase gefangen, wie ein Fuchs gejagt oder wie ein Vogel erschossen zu werden, ist für ihn eine seltsame, neue und unangenehme Erfahrung. Und ganz natürlich klammert er sich an den Sklavinnentyp der Weiblichkeit und fördert die Zucht jener, die bereit sind, Tänzerinnen und Spielzeuge seines „Harems" zu werden, denn wenn alle Frauen zu ihrer wahren und fähigen Würde aufsteigen würden, wohin sollte er dann für seinen sogenannten „Spaß" gehen?

Einige Gedanken dieser Art gingen Lord Carlyon durch den Kopf, als er seinen Opernmantel überwarf und sich anschickte, den Schauplatz des Festes im Dexters zu verlassen. Delicias blasses, edles Gesicht verfolgte ihn; die Verachtung ihrer klaren Augen wurmte noch immer in seiner Seele; und er war tatsächlich empört über sie wegen ihrer, wie er es nannte, „anstößigen Tugend", die ihn beschämte und die, zumindest für einen Moment, „die vornehmste Lady Brancewith" wie eine gewöhnliche, mit Farbe und Puder beschmierte Gestalt erscheinen ließ. Während er so an sie dachte, näherte sich ihm die schöne und treulose Lily lächelnd und mit schmeichelnder und reumütiger Miene.

„Immer noch eingeschnappt?", fragte sie süß. „Armes, liebes Ding! Hat es sich aufgeregt und geärgert und ist böse geworden?" Sie lachte und fügte dann hinzu: „Sei nicht böse, Billy! Ich war gerade sehr unhöflich zu dir – es tut mir leid! Siehst du!" und sie faltete flehend die Hände. „Fährst du mit mir nach Hause, ja? Ich bin so einsam! Brancewith ist in Newmarket."

Carlyon zögerte und sah sie an. Sie war zweifellos sehr hübsch, trotz ihrer künstlichen Hautfarbe und der deutlich gefärbten Haare.

„Na gut!", sagte er mit abweisender, kalter und gleichgültiger Miene. „Ich habe nichts dagegen, Sie nach Hause zu bringen."

„Wie süß und herablassend von Ihnen!", und Lady Brancewith warf sich ihren Mantel über, der mit schillernden Juwelen schimmerte und mit parfümierter Spitze übersät war. „Wie nett von Ihnen, sich mit meiner Gesellschaft zu langweilen!"

Ihre Augen blitzten; sie war in gefährlicher Stimmung, und Carlyon sah es. Schweigend lotste er sie durch die Reihen der Diener, und als ihre Kutsche vor der Tür ankam, half er ihr hinein.

„Gute Nacht!", sagte er dann und lüftete feierlich seinen Hut.

Lily Brancewith wurde kreidebleich vor plötzlicher Leidenschaft.

„Kommst du nicht rein?", fragte sie.

Er lächelte und genoss die Stellung in vollen Zügen.

„Nein, ich habe es mir anders überlegt. Ich gehe nach Hause – zu meiner Frau!"

Lady Brancewith zitterte, beherrschte sich aber schnell.

„So nett von dir", sagte sie lächelnd. „So anständig!" Dann streckte sie ihre Hand aus und packte ihn am Ärmel. „Weißt du, was ich dir wünsche?", sagte sie langsam.

„Das kann ich mir nicht vorstellen!", antwortete er unbekümmert. „Bestimmt etwas Schlimmes."

„Ja, es ist etwas Gemeines!" Sie lachte leise, während sie sprach. „Etwas Gemeines, aber auch ganz Alltägliches. Ich wünschte, Ihre Frau würde herausfinden, was für ein Mann Sie sind – und *Ihnen die Zuwendungen verweigern*! Gute Nacht!"

Sie lächelte strahlend; die Pferde fuhren plötzlich los und er wich zurück und unterdrückte einen wütenden Fluch. Einen Moment später war die Kutsche weggerollt und er blieb allein zurück, auf den Bürgersteig starrend. Er stand eine Weile da und war in düstere Gedanken versunken; dann rief er eine Droschke und fuhr zügig nach Hause, nachdem er sich entschlossen hatte, „es durchzustehen", wie er innerlich sagte, mit Delicia.

„Sie kann nicht anders, als mich zu lieben", grübelte er. „Sie hat mich immer geliebt und sie ist keine Frau, die ihre Gefühle so schnell ändert. Es tut mir leid, dass sie mich mit Lily Brancewith gesehen hat; und natürlich wird es einen Höllenkrach geben, wenn diese jadefarbene Marina wirklich mit ihr geredet hat. Ich muss es irgendwie mit ihr wieder gutmachen und ich glaube, ich weiß, wie ich das am besten angehen kann." Hier lächelte er. „Arme kleine Frau! Ich vermute, sie fühlt sich furchtbar verletzt; aber ich kenne ihren Charakter – ein paar liebevolle Worte und viele Küsse und Umarmungen, und sie wird wieder dieselbe sein wie immer, und – und – bei Gott! Ich werde sehen, ob ich nicht ein neues Blatt aufschlagen kann. Es wird höllisch langweilig, aber ich werde es versuchen!"

Und vollkommen zufrieden mit dem Plan, den er sich ausgedacht hatte, um die Dinge wieder in Ordnung zu bringen, kam er zu Hause an. Robson öffnete ihm die Tür und teilte ihm mit, dass Ihre Ladyschaft vor etwa einer Stunde zurückgekehrt sei und in ihrem Arbeitszimmer auf ihn warte.

„In ihrem Arbeitszimmer, sagten Sie?", wiederholte er.

„Ja, Mylord. Ihre Ladyschaft sagte, würden Sie bitte so freundlich sein, sofort nach oben zu gehen, sobald Sie hereinkommen."

Ein Anflug von Nervosität überkam ihn, als er seinen Mantel ablegte und die Treppe hinaufstieg. Er sah, wie Robson das Gas im Flur löschte und in Richtung Küche hinunterging, und große Stille und Dunkelheit schienen das Haus zu umhüllen, als er einen Moment vor dem Zimmer seiner Frau stehen blieb. Dann hob er langsam und etwas zögernd die samtene *Portière* und trat ein.

KAPITEL XI

Delicia saß an ihrem Schreibtisch und schrieb. Sie hatte ihr reiches Abendkleid abgelegt und trug ein weites Gewand aus weißem Kaschmir, das ihr bis zu den Füßen fiel und sie wie einen von Fra Angelicos Engeln umhüllte. Ihr Haar war aus seiner „Frisur" aus kunstvollen Locken und Spiralen gelöst und nur in einem großen goldenen Knoten nach hinten geschlungen. Sie stand auf, als ihr Mann eintrat, und wandte ihm ihr Gesicht zu, das totenbleich und starr wie das einer Statue war. Er hielt inne, sah sie an und spürte, wie ihm sein großspuriger Mut aus den Fingerspitzen sickerte.

„Delicia", begann er und machte einen schwachen Versuch zu lächeln. „Delicia, es tut mir schrecklich leid –"

Ihre Augen, voll brennender Empörung, blitzten wie ein Blitz auf und brachten ihn unwillkürlich zum Schweigen.

„Erspare dir und mir weitere Lügen!", sagte sie mit leiser Stimme, die vor Leidenschaft bebte. „Das ist nicht mehr nötig. Du hast mich so gesehen, wie du bist, in deinem wahren Gesicht – die Maske ist gefallen, und du brauchst dich nicht zu bücken, um sie aufzuheben und wieder aufzusetzen. Es ist reine Zeitverschwendung!"

Er starrte sie an, zog albern an seinem Schnurrbart und versuchte immer noch zu lächeln.

„Sie haben mich heute Abend ‚geschlechtslos' genannt", fuhr sie fort, ohne ihren festen Blick von seinem Gesicht abzuwenden. „Wissen Sie, was das Wort bedeutet? Wenn nicht, werde ich es Ihnen sagen. Es bedeutet, wie die Frauen zu sein, die Sie bewundern! – wie ‚La Marina' zu sein, die ihren Körper ohne Scham oder Bedauern vor den Augen der Öffentlichkeit entblößt; es bedeutet, wie Lady Brancewith zu sein, die den Namen und die Ehre ihres Mannes in den Wind schlägt, damit jeder Narr sie verspotten kann, und die in ihrer hohen Position schlimmer ist, ja, schlimmer als ‚La Marina', die jedenfalls insofern ehrlich ist, als sie ihre Position anerkennt und nicht vorgibt, etwas zu sein, was sie nicht ist! Aber ich – was habe *ich* getan, dass Sie mich ‚geschlechtslos' nennen?"

Sie hielt inne und atmete schnell.

„Ich habe nicht gesagt, *Sie* seien geschlechtslos", stammelte er verlegen. „Ich sagte, kluge Frauen seien in der Regel geschlechtslos."

„Entschuldigen Sie", unterbrach sie ihn kalt. „Sie sagten ‚Frauen, die Bücher schreiben, wie meine Frau.' Das waren genau Ihre Worte. Und, ich wiederhole, was habe ich getan, um das zu verdienen? Habe ich jemals Ihren Namen entehrt? Waren Sie nicht der einzige Gedanke, der einzige Stolz, die einzige Liebe meines Lebens? War nicht jeder Schlag meines Herzens, zusammen mit jedem Strich meiner Feder, für Sie und nur für Sie? Während Sie mir gegenüber die ganze Zeit den Verräter gespielt haben – selbst Ihre Blicke waren Lügen, haben Sie all meine heiligsten Überzeugungen und Hoffnungen getäuscht und zerstört; Sie haben mich so gründlich ermordet, als hätten Sie mir ein Messer durchs Herz gerammt und mich tot vor Ihre Füße geworfen!"

Ihre Stimme bebte vor Leidenschaft – starker, tief empfundener Leidenschaft, die durch Schluchzen oder Tränen nicht erschüttert werden konnte.

Er machte einen Schritt auf sie zu.

„Hör mal, Delicia", sagte er, „mach uns keine Szene! Ich war ein Narr, das muss ich wohl zugeben – aber kannst du nicht vergessen und vergeben?" Und unbeirrt von der eisigen Abneigung in ihrem Gesicht streckte er die Arme aus. „Komm, ich bin sicher, dein eigenes Herz kann dir nicht sagen, dass du unfreundlich zu mir sein sollst! Du liebst mich doch –"

„Ich liebe dich!", rief sie und wich vor ihm zurück. „Ich hasse dich! Allein deine Anwesenheit ist für meine Augen abscheulich. Und so wie ich dich einst für den edelsten aller Menschen hielt, so halte ich dich jetzt für den niedrigsten, den gemeinsten! Du bist ein Narr gewesen, sagst du. Ach, wenn du das nur wärst! Nur ein Narr! Es gibt so viele von ihnen! Manche von ihnen sind in ihrer Narrheit auch so gute Kerle. Es gibt viele Narren, die es dennoch schaffen, ein gewisses Maß an Sauberkeit in ihrem Leben zu bewahren; die einer Frau um nichts in der Welt Unrecht tun oder sie beleidigen würden – Narren, die es vielleicht gut wäre, zu lieben und für die man arbeiten könnte, und die jedenfalls keine Schurken oder Feiglinge sind!"

Er erschrak, und die Farbe schoss ihm in ein beschämendes Rot ins Gesicht, dann erlosch sie und er wurde sehr blass.

„Oh, wenn Sie jetzt toben und schreien wollen …", begann er.

Sie drehte sich mit königlicher Miene zu ihm um.

„Lord Carlyon, zu schimpfen und zu schreien ist nicht mein *Metier* ", sagte sie. „Das überlasse ich der armen ,Marina', wenn Sie ihr zu viel Champagner zugemutet haben. Es ist nicht nötig, die Ursache unseres gegenwärtigen Konflikts zu erläutern; was ich zu sagen habe, kann in wenigen Worten gesagt werden. Ihre ,geschlechtslose' Frau, die die Ehre hatte, Sie seit Ihrer Verbindung mit ihr durch die gnädige Arbeit ihres Kopfes und ihrer Hände zu ernähren, hat genügend Sinn für Gerechtigkeit und Selbstachtung, um nicht länger in dieser äußerst unpraktischen Handlungsweise fortzufahren. Wir müssen in Zukunft getrennt leben; denn ich kann nicht zustimmen, Ihre

Aufmerksamkeit mit einem Bühnenkünstler oder einer beliebigen Anzahl von Bühnenkünstlern zu teilen . Ich *möchte* nicht für ihre Juwelen bezahlen; und Ihr großzügiges Angebot, Lady Brancewiths Rechnungen für sie zu begleichen, findet weder meine Zustimmung noch meine Zustimmung.

Ihr Gesicht wurde kälter und verächtlicher, als sie fortfuhr:

„Ihre Einschätzung dessen, was man eine „kluge" Frau nennt, ist so gering wie die der meisten Männer. Ich mache Ihnen keinen besonderen Vorwurf, dass Sie in diesem Punkt wie der Rest Ihres Geschlechts sind. Frauen, die nicht wie Dreck unter den Füßen eines Mannes werden, auf den man erst tritt und den man dann beiseite tritt, werden im Allgemeinen als „geschlechtslos" bezeichnet, weil sie sich nicht auf das Niveau der Bestie des Mannes herablassen. Aus der Sicht eines Mannes ist nichts unnatürlicher, als dass eine Frau Verstand hat – und mit diesem Verstand Geld und eine Position verdient, die oft besser ist als seine, und es auf jeden Fall schafft, unabhängig von ihm zu sein. Männer ziehen es vor, dass ihre Frauen die Sklavinnen ihres Humors sind und mit tiefer Dankbarkeit einen Fünfpfundschein erhalten, wann immer sie ihn bekommen können, und dabei die Augen vor der Tatsache verschließen, dass Leute wie „Marina" zwanzig Pfund für ihre fünf aus derselben Ecke bekommen. Aber Sie – Sie hatten in Bezug auf Ihre finanzielle Lage nichts zu beklagen, obwohl ich als Ernährer mich gerne nach bewährten männlichen Vorbildern hätte verhalten und Ihnen fünf Pfund geben können, wo ich zwanzig für mich und mein eigenes Vergnügen ausgegeben habe. Aber ich habe nichts dergleichen getan; im Gegenteil, ich habe Ihnen die Hälfte meines gesamten Verdienstes anvertraut, weil ich Sie für ehrlich hielt; weil ich glaubte, dass Sie mich von allen Menschen auf der Welt niemals betrügen, hintergehen oder sonst wie hintergehen würden. Und Sie haben mich nicht nur in der Gesellschaft verspottet, sondern sogar dazu beigetragen, meinen Namen zu verunglimpfen. Denn es war eindeutig Ihre Aufgabe, den Autor dieses verlogenen Absatzes in der Zeitung zu tadeln; aber Sie haben mich der Verteidigung durch jemanden überlassen, der mit mir den Nachteil teilt, eine „öffentliche Persönlichkeit" zu sein, und mit dem ich keinerlei Verbindung außer der Freundschaft habe, wie Sie ganz genau wissen. Ich habe von Männern gehört, die zwar aus gutem Hause stammten und über beträchtliche soziale Errungenschaften verfügten, aber bereitwillig genug waren, für die sogenannte „Ehre" einer anerkannten *Halbweltfrau zu kämpfen* ; aber wer würde heutzutage eine ehrliche Frau und treue Ehefrau auch nur einen Finger rühren, um sie vor Verleumdungen zu schützen? Sehr wenige, am allerwenigsten ihr Ehemann! Zu solch hohen Höhen hat sich die Moral des 19. Jahrhunderts erhoben! Ich, die ich Ihnen in jedem Gedanken, Wort und jeder Tat treu geblieben bin, werde durch Ihre offene Untreue belohnt, und für meine Arbeit, die Ihnen jedenfalls ein angenehmes Leben und ein angenehmes Leben ermöglicht hat, werde ich trotz meiner Mühen als „geschlechtslos" bezeichnet! Wenn ich wollte, könnte ich Ihnen Ihre Beleidigung zurückschleudern; denn ein Mann, der vom Verdienst einer Frau lebt, ist „geschlechtsloser" als die Frau, die Geld verdient. Daran habe ich vorher nie gedacht; meine Liebe war zu blind, zu leidenschaftlich. Jetzt denke ich daran; und wenn ich daran denke, wundere ich mich über mich selbst und Sie!'

Er ließ sich träge auf einen Stuhl fallen und sah sie an.

„Ich nehme an, Ihr Temperament wird sich bald legen", sagte er, „und Sie werden die Dinge in einem vernünftigeren Licht sehen. Sie müssen bedenken, dass ich Ihnen eine großartige Position gegeben habe, Delicia; ich denke, unsere Ehe war von vollkommenem gegenseitigem Nutzen. „Literarische" Frauen bekommen kaum jemals die Chance, überhaupt zu heiraten, wissen Sie; Männer haben Angst vor ihnen – heiraten sie auf keinen Fall; – hätten eigentlich lieber eine Bardame – und wenn eine „literarische" Frau in die Aristokratie und all das kommt – na, bei Gott! – das ist eine großartige Sache für sie, wissen Sie, und gibt ihr großen Auftrieb! Was die Untreue Ihnen gegenüber angeht, nun, es gibt keinen Mann in meiner „Szene", der absolut makellos ist; ich bin nicht schlechter als irgendeiner von ihnen – tatsächlich bin ich viel besser. Sie lesen so viel und schreiben so viel, dass Sie diese Dinge wissen sollten, ohne dass ich sie Ihnen sage. „Geben und Nehmen" ist die einzig mögliche Regel in der Ehe, und ich dachte wirklich, Sie wären vernünftig genug, es zuzugeben –"

Delicia betrachtete ihn mit einem kühlen Lächeln.

„Ich glaube, ich *habe* es zugegeben!", sagte sie ironisch. „Voll und freimütig! Denn ich habe alles gegeben; ebenso haben Sie alles genommen! Das ist ganz klar. Und jetzt beleidigen Sie mich erneut, indem Sie andeuten, es sei wirklich eine Herablassung Ihrerseits gewesen, mich überhaupt zu heiraten, da ich „literarisch" bin! Wenn ich eine Varieté-Tänzerin gewesen wäre, wären Sie natürlich viel stolzer auf mich gewesen; es wäre in der Tat etwas gewesen, womit man angeben konnte, wenn man sagen würde, Ihre Frau sei ursprünglich für einen Break-Down oder Cancan im „Empire" berühmt geworden! Aber da ich, mit der Kraft und dem Können, die ich aufbringen kann, in die Fußstapfen der wirklich Großen trete, die dazu beigetragen haben, die Gedanken und Gefühle von Menschen und Nationen zu formen, ist es ganz außergewöhnlich, dass ich überhaupt einen Ehemann gefunden habe! Wunderbar! Und Sie haben mir eine großartige Position gegeben, behaupten Sie. Ich gestehe, ich kann das nicht begreifen! Wenn Sie Ihren Titel für etwas Wertvolles halten, tut es mir leid für Sie; für mich ist er nichts. In den alten Tagen der Ritterlichkeit bedeuteten Titel Ehre; jetzt sind sie größtenteils nur noch das Ergebnis von Reichtum und Einfluss hinter den

Kulissen. Ihr Titel ist alt, das gebe ich zu, aber was macht das schon? Der jüngste Brauer, der in den Adelsstand erhoben wurde, stellt sich Ihnen gleich, ob Sie das wollen oder nicht. Aber zwischen mir – Delicia Vaughan ohne Titel – und demselben Peer des Ale-Cask besteht eine große Kluft, und all sein Reichtum kann ihn nicht auf eine Stufe mit *mir stellen* , oder mit irgendeinem Autor, der einmal die Liebe der Nationen gewonnen hat. Und so, Lord Carlyon, erlauben Sie mir, Ihnen Ihren Titel zurückzugeben, denn ich werde ihn nicht tragen. Wenn wir uns trennen, werde ich einfach meinen eigenen Namen behalten; somit bin ich Ihnen nichts schuldig, nicht einmal *Prestige* !'

Carlyon hob plötzlich seine schönen Augen und blitzte sie wirkungsvoll an.

„Du redest Unsinn, Delicia", sagte er ungeduldig. „Du weißt, dass du nicht wirklich meinst, dass wir uns trennen sollen. Aber", sagte er mit der naivsten Eitelkeit, „was willst du ohne mich tun?"

Sie begegnete seinem Blick ohne die geringste Emotion.

„Ich werde wohl weiterleben", antwortete sie, „oder ich werde sterben, eines von beiden. Es ist wirklich egal, was von beidem."

Ihre Stimme zitterte leicht, und er sprang auf und versuchte, sie zu umarmen. Sie wich rasch vor ihm zurück und stieß ihn zurück.

„Rühr mich nicht an", rief sie wild. „Wage es ja nicht, mir zu nahe zu kommen! Ich kann nicht für mich selbst geradestehen, wenn du es tust; das hier wird mich, wenn nötig, vor dir schützen!"

Und fast bevor er es realisieren konnte, hatte sie eine kleine Pistole mit silberner Fassung aus ihrem Koffer auf einem Regal ganz in der Nähe gerissen, hielt sie in der Hand und stellte sich ihr in den Weg.

Er lachte kurz und verlegen.

„Du bist verrückt geworden, Delicia!", sagte er. „Leg das Ding weg. Es ist natürlich nicht geladen, aber es sieht nicht schön aus, dich damit zu sehen."

„Nein, es sieht nicht schön aus", antwortete sie langsam. „Aber es *ist* geladen! Das habe ich schon erledigt, bevor du reingekommen bist! Ich möchte weder dich noch mich verletzen, aber ich schwöre dir, wenn du mir auch nur einen Schritt näher kommst und es wagst, mir eine solche Beleidigung zuzufügen, wie es *jetzt deine Liebkosung für mich wäre* , bringe ich dich um!"

Ihre weiße Gestalt war fest wie die eines in Marmor gemeißelten drohenden Schicksals; ihr blasses Gesicht mit den violetten Augen, die wie funkelnde Sterne darin lagen, hatte eine wunderbare Kraft und Leidenschaft in sich, die in jede Linie eingeprägt war, und wider Willen wich er erschrocken und gewissermaßen entsetzt zurück.

„Ich bin verrückt geworden, denkst du?", fuhr sie fort. „Wäre das wunderbar, wenn das der Fall wäre? Wenn die größten Hoffnungen zerstört, das Herz gebrochen und das Leben vergeudet werden – ist das nicht ein Grund für den Wahnsinn? Aber ich bin nicht verrückt. Ich bin einfach entschlossen, dass deine Lippen, die „la Marina" geküsst haben, meine nie wieder berühren werden; dass deine Arme, die sie umarmt haben, mich nie mehr umarmen werden und dass ich, komme was wolle, meine Selbstachtung behalten werde, und wenn ich dafür sterbe! Jetzt kennst du meine Meinung, du wirst deinen Weg gehen, ich den meinen. Ich kann mich nicht von dir scheiden lassen, denn obwohl du meine Seele in mir brutal und erbarmungslos ermordet hast, warst du nach Rechtsauffassung nicht „grausam". Aber ich kann mich von dir trennen – Gott sei Dank dafür! Ich kann nicht wieder heiraten. Der Himmel bewahre mich davor, dass ich das jemals wünschen sollte! Du kannst das auch nicht; aber das werden Sie sich nicht wünschen, es sei denn, Sie treffen auf eine amerikanische Erbin mit mehreren Millionen, was Ihnen vielleicht passieren wird, wenn ich tot bin – auf jemanden, der sein Geld geerbt hat und nicht wie ich dafür *gearbeitet hat* – ehrlich – und dadurch „entgeschlechtlicht" geworden ist."

Er stand eine Minute lang still da.

„Sie wollen also tatsächlich eine gerichtliche Trennung?", fragte er schließlich mürrisch.

Sie neigte zustimmend den Kopf.

„Na ja, das kannst du natürlich bekommen. Aber ich muss sagen, Delicia, von allen undankbaren, herzlosen Frauen bist du die Allerschlimmste! Das hätte ich nie von dir gedacht! Ich hatte mir vorgestellt, dass du ein so edles Wesen hättest! So süß und liebevoll und verzeihend! Herrgott! Was habe ich denn schließlich getan? Ich hatte nur ein bisschen Spaß mit einem tanzenden Mädchen! Ein ganz üblicher Zeitvertreib bei Männern meiner Klasse!

„Daran zweifle ich nicht", antwortete sie. „Sehr üblich! Trotzdem möchte ich es weder tolerieren noch dafür bezahlen. Undankbarer, herzloser „Geschlechtsloser"! Das ist mein Charakter, nach Ihrer Einschätzung von mir. Ich danke Ihnen! Der letzte Atemzug der armen Liebe ging in diesem letzten Schlag der rauen Faust der Undankbarkeit! Ich werde Sie nicht länger aufhalten; in Wahrheit hätten Sie nicht so lange bleiben müssen. Ich wollte Ihnen lediglich meine Entscheidung mitteilen. Ich hatte nicht die Absicht, Sie zu tadeln oder zu verurteilen. Vorwürfe oder Beschwerden, wie berechtigt sie auch sein mögen, könnten auf ein Temperament wie das Ihre keinen Eindruck hinterlassen. Ich werde meine Anwälte morgen sehen, und in kürzester Zeit werden Sie für immer meiner Gesellschaft enthoben sein. Sollen wir uns jetzt verabschieden?"

Sie hob die Augen – ihr goldenes Haar umstrahlte sie wie ein Strahlenkranz, und eine plötzliche Süße ließ ihr Gesicht erweichen, obwohl sein Ernst unverändert blieb. Ein scharfer Stich von Reue und Kummer durchbohrte ihn durch und durch, und er sah sie mit einer Mischung aus Demütigung und Sehnsucht an.

„Delicia – müssen wir uns trennen?"

Er flüsterte die Frage, halb voller Hoffnung, halb voller Angst.

Sie sah ihn fest an.

„Wagen Sie es, das zu fragen? Können Sie sich vorstellen, dass ich Sie nach allem, was geschehen ist, wieder lieben könnte? Manche Frauen könnten das vielleicht – ich könnte es nicht."

Er stand unentschlossen da; in seinem Herzen plagte ihn ein gemeiner und selbstsüchtiger Kummer, dem er aus Scham nicht Ausdruck verleihen konnte. Er fragte sich wirklich, welche Vorkehrungen sie für seine Zukunft treffen wollte, aber einige der besseren Instinkte des Mannes erhoben sich protestierend in ihm und forderten ihn auf, zu schweigen. Dennoch blieb der brütende, egoistische Gedanke in ihm und machte ihn wütend; er wurde immer zorniger, als er erkannte, dass sie – diese Frau, deren ganzes Leben und Hingabe er noch vor kurzem in seiner Obhut gehabt hatte – plötzlich seine wahre Natur ergründet und ihn als etwas Verächtliches von sich gestoßen hatte und dass sie – sie die Macht hatte, sich frei von ihm in Wohlstand und Wohlstand zu halten, während er, wenn sie auch nur im Geringsten böswillig gesinnt war, in den Zustand der Halbarmut und des „Lebens auf Pump" zurückkehren musste, der sein tägliches und jährliches Schicksal gewesen war, bevor er sie traf. Innerlich verfluchte er „la Marina", Lily Brancewith und jeden, außer sich selbst. Er dachte nie daran, seine eigenen Laster in das allgemeine, laute „Verdammt!" einzubeziehen, das er innerlich ausstieß. Und als er zögerte, einen Fuß vor den anderen trat und den unangenehmsten Gedanken nachgab, trat Delicia einen Schritt vor und streckte die Hände aus.

„Lebe wohl, Will! Ich habe dich einst sehr geliebt; vor wenigen Tagen warst du alles für mich, und um dieser Liebe willen, die so plötzlich verging und für immer tot ist, lass uns in Frieden scheiden!"

Doch er wandte sich grob von ihr ab.

„Oh, für Sie ist das alles sehr gut!", sagte er. „Sie können es sich leisten, diesen hochtrabenden Unsinn zu reden und sich aufzuspielen, aber ich bin ein armer Kerl, der immer in Schwierigkeiten gerät; und man kann nicht annehmen, dass ich meine Entlassung auf diese Weise hinnehme, als wäre ich ein Lakai. Ich bin Ihr Ehemann, wissen Sie; das können Sie nicht ungeschehen machen!"

„Im Moment nicht", sagte Delicia und wich rasch von ihm zurück. Die Zärtlichkeit wich aus ihrem Gesicht und ließ kalte Verachtung zurück. „Aber es ist sehr gut möglich, dass der gordische Knoten der Ehe früher oder später für mich durchgeschlagen wird. Wenn nichts anderes, dann wird mir vielleicht der Tod in dieser Angelegenheit beistehen."

„Tod! Unsinn! Ich werde wahrscheinlich nicht sterben, und Sie auch nicht. Und ich verstehe nicht, warum Sie eine Trennung wollen. Ich werde für eine Weile weggehen, wenn Sie wollen. Ich werde Ihnen alles versprechen, was Sie von mir verlangen; aber warum Sie einen Anwalt einschalten sollten, kann ich mir nicht vorstellen. Tatsache ist, Sie machen viel Aufhebens um nichts, und ich werde mich überhaupt nicht verabschieden. Ich werde eine Auslandsreise machen, und wenn ich zurückkomme, wird sich das alles, so nehme ich an, gelegt haben, und Sie werden froh sein, mich zu sehen."

Sie sagte nichts, sondern wandte sich einfach von ihm ab, setzte sich ruhig an ihren Schreibtisch und nahm den Brief wieder auf, den sie gerade geschrieben hatte, als er hereinkam.

„Hören Sie mich?", wiederholte er quengelig. „Ich werde mich nicht verabschieden."

Sie sprach nicht; ihr Stift glitt rasch über das Papier vor ihr, doch ansonsten bewegte sie sich nicht.

„Es ist sicher kein Wunder", fuhr er verärgert fort, „dass die Regierung dagegen protestiert, dass den Frauen zu viel Unabhängigkeit zugestanden wird! Was für Tyrannen würden sie alle werden, wenn sie alles so weit wie möglich nach ihrem eigenen Willen durchsetzen könnten! Frauen sollten sanft und unterwürfig sein; und wenn sie das Glück haben, reich zu sein, sollten sie ihren Reichtum zum Wohle ihres Mannes einsetzen. Das ist die natürliche Ordnung der Schöpfung – die Frau wurde geschaffen, um dem Mann unterwürfig zu sein, und wenn sie es nicht ist, geht immer alles schief."

Delicia schrieb immer noch wortlos weiter.

Er hielt einen Moment inne und bemerkte dann:

„Also, ich bin ganz erschöpft von dem ganzen Lärm! Ich werde ins Bett gehen. Gute Nacht, Delicia!"

Dann drehte sie sich um und sah ihn direkt an.

„Gute Nacht!", sagte sie.

Etwas in der durchsichtigen Schönheit ihres Gesichts und der dunklen Tragik ihrer Augen flößte ihm Ehrfurcht ein. Sie sah aus, als sei sie in den letzten Minuten über ihn hinaus in eine reinere Atmosphäre als die der Erde aufgestiegen. Die meisten Männer hassen Frauen, die so aussehen; und Carlyon war sich schmerzlich bewusst, dass er Delicia plötzlich zu hassen begann. Sie hatte sich völlig verändert, dachte er. Aus einer liebevollen, zärtlichen Verehrerin seiner männlichen Anmut und Vollkommenheit war eine stolze, zynische, nörgelnde, unversöhnliche „Freude" geworden. Diese letztere Bezeichnung passte überhaupt nicht zu ihr, aber er dachte, sie passte zu ihr; denn wie üblich hielt er sich mit Hilfe der menschlichen Logik für den Geschädigten und sie für die Verletzerin. Und über alle Maßen verärgert über die königliche Ruhe ihres Benehmens murmelte er etwas Profanes vor sich hin, stieß die *Portiere* mit einem Klappern ihrer Messingringe und einer Gewalt beiseite, die drohte, ihre Substanz selbst zu zerreißen, und verließ das Zimmer.

Sobald er gegangen war, ging Delicia langsam zur Tür, schloss sie hinter ihm und verriegelte sie. Dann kehrte sie ebenso langsam zu ihrem Stuhl zurück, lehnte ihren Kopf gegen das geschnitzte Wappen und fiel leise in Ohnmacht.

KAPITEL XII

Am nächsten Tag war Delicia zu schwach und körperlich und geistig gebrochen, um ihr Schlafzimmer zu verlassen, das sie nach ihrer Ohnmacht allein erreicht hatte. Ihr Mann schickte ihr durch einen der Diener einen kurzen Abschiedsbrief. Er würde London sofort verlassen und nach Paris gehen, sagte er, und „wenn sich dieser ganze Unsinn gelegt hat", würde er zurückkehren. Bis dahin gehörte er ihr „in Liebe". Sie zerknüllte den Brief in ihrer Hand und lag still da, ihr blonder Kopf war müde zwischen die Kissen zurückgelehnt, und ein starkes Gefühl der Erschöpfung und Müdigkeit betäubte alle ihre Sinne. Mit der Mittagspost kam ein Stapel Briefe, Briefe von Fremden und Freunden, die wie üblich alle herzlich von ihrem Genie zeugten; und während sie sie las, seufzte sie schwer und fragte sich, was das alles bringen sollte.

„Sie wissen nicht, dass ich tot bin!", sagte sie zu sich selbst. „Dass mein ganzes Leben vorbei ist – vorbei! Wenn ich nie die Bedeutung der Liebe gekannt hätte; wenn ich nie gedacht und geglaubt hätte, dass die Liebe wirklich mein ist, wie viel besser wäre es für mich gewesen! Ich hätte zufrieden weitergearbeitet; ich hätte nicht vermisst, was ich nicht erlebt hatte, und ich hätte – ja, ich hätte wirklich groß sein können. Jetzt gibt es keine Hoffnung mehr auf Errungenschaften – die Liebe hat mich ermordet!"

Den ganzen Tag lag sie im Bett, döste, träumte und dachte nach; die ganze Nacht über hatte sie zwischen den langsam dahinschreitenden Stunden lange Wachphasen seltsamer, halb beunruhigter, halb mystischer Betrachtungen. Sie sah sich, so stellte sie sich vor, tot – in ihrem Sarg aufgebahrt, umgeben von Blumen; aber als sie auf ihren eigenen erstarrten Leichnam blickte, wusste sie, dass sie nicht sie selbst war, sondern nur das Bild dessen, was sie einmal gewesen war. Sie, Delicia, war ein anderes Wesen – ein Wesen, durch dessen feines Wesen Licht und Freude flossen. Sie bildete sich ein, süße Stimmen in ihren Ohren murmeln zu hören:

„Traurige Delicia! Erschlagene Delicia! Dies ist nicht dein Ende – die Arbeit hat für dich gerade erst begonnen, obwohl die Erde weder an deiner Mühe noch an deinem Vergnügen mehr teilhat! Komm, Delicia! Die Liebe ist nicht wegen menschlicher Hinterlist tot; die Liebe ist unsterblich, unbesiegbar, unveränderlich und wartet anderswo auf dich, Delicia! Komm und sieh!"

Und der Eindruck, dass etwas Neues und Seltsames auf sie wartete, verfolgte sie so hartnäckig, dass sie beinahe unbewusst eine plötzliche Veränderung ihres Schicksals erwartete, obwohl sie selbst nicht sagen konnte, um welche Veränderung es sich dabei handeln könnte.

Als sie von ihrem Bett aufstand, um ihre tägliche Arbeit wieder aufzunehmen, kam ihr eine Idee – eine kühne und neue Idee, die sich für eine kurze und brillante literarische Abhandlung geradezu aufdrängte. Von dieser frischen Inspiration ergriffen, schloss sie sich in ihr Arbeitszimmer ein und arbeitete Tag für Tag, wobei sie im Eifer ihrer schöpferischen Energie ihre eigenen Sorgen vergaß. Sie empfing keine Besucher und ging nirgendwohin; ihr morgendlicher Ausritt war die einzige Entspannung, die sie sich gönnte; und sie wurde immer blasser, während sie unablässig mit ihrer Feder arbeitete und während der Hochsaison in London ein Leben in fast ununterbrochener Einsamkeit führte. Die Leute, die man höflich „Freunde" nennt, hatten es satt, Karten zu hinterlassen, auf die niemand antwortete, und die „Gesellschaft" begann zu flüstern, dass „es ziemlich merkwürdig war, meine Liebe, dass Lord Carlyon plötzlich London verließ und allein nach Paris ging, während seine äußerst eigenartige Frau zu Hause blieb und sich so einschloss, als hätte sie die Pocken." „Vielleicht *hatte sie* die Pocken", schlug der Meinungsteil der Noodle vor und hielt die Bemerkung für witzig. Woraufhin Lady Brancewith sich dem allgemeinen Geplapper anschloss und die beißende Bemerkung wagte, „wenn sie Pocken hätte, würde sie in der Gesellschaft beliebter sein, da dann niemand mehr wegen ihres guten Aussehens böse auf sie sein könnte." Diese Vermutung wurde als „charmant" von Lady Brancewith gewertet; und „so großzügig von Lady Brancewith, die selbst so liebenswert ist, das Aussehen einer ‚Schriftstellerin' auch nur einen Moment lang in einem positiven Licht zu sehen!" – einfach zu süß von Lady Brancewith!'

Und das alberne Geflüster solcher Zungen, die ohne Verstand herumalbern, ging immer weiter, und Delicia hörte es nie. Ihre alten Freunde, die Cavendishes, hatten London verlassen und waren nach Schottland gegangen – sie hassten die „Saison" mit all der Monotonie ihres freudlosen Kreislaufs –, sodass es in der Stadt niemanden gab, den sie besonders gern sehen wollte. Und wie die verzauberte „Lady of Shalott" saß sie in ihrem eigenen kleinen Arbeitszimmer und spann ihr Gedankennetz oder, wie ihr Mann es einmal ausgedrückt hatte, „sponnene Kokons".

Nur an einem besonderen Tag kam es zu einer Unterbrechung ihrer selbst auferlegten Routine. Dies geschah, als zwei ältere Herren mit geschäftsmäßigem Auftreten und kleinen schwarzen Taschen eintrafen. Sie waren Anwälte und wurden sofort in das Arbeitszimmer der berühmten Autorin geführt, wo sie den größten Teil des Nachmittags in privatem Gespräch mit ihr verbrachten.

Als sie wieder ins Esszimmer hinunterkamen, wo Wein und Kekse zu ihrer Erfrischung bereitstanden, begleitete Delicia sie. Ihr Gesicht war sehr blass, aber ruhig, und sie hatte den Ausdruck einer Person, deren Geist von einer bedrückenden Last befreit ist.

„Sie haben jetzt alles ganz klar gemacht, nicht wahr?", fragte sie sanft, während sie ihren Besuchern mit ihrer üblichen gastfreundlichen Voraussicht und Sorgfalt den Wein einschenkte.

„Vollkommen", antwortete der ältere der beiden Juristen. „Und wenn Sie mir das sagen dürfen, gratuliere ich Ihnen, Lady Carlyon, zu Ihrer Willensstärke. Wäre das andere Testament in Kraft geblieben, wäre Ihr schwer verdientes Vermögen bald verprasst gewesen."

Sie antwortete nichts. Nach einer kleinen Pause sprach sie weiter.

„Ihnen ist völlig klar, dass Sie im Falle meines Todes mein letztes Manuskript persönlich in Besitz nehmen und es meinem Verleger übergeben?"

„Ganz genau. Alles wird genau nach Ihren Anweisungen durchgeführt.

„Meinen Sie", fuhr sie zögernd fort, „dass ich ihm genug zum Leben gegeben habe?"

„Mehr als genug – mehr als er verdient", sagte der Anwalt. „Lebenslang zweihundertfünfzig Dollar im Jahr zu haben, ist heutzutage ein großer Vorteil. Natürlich", und er lachte ein wenig, „kann er sich Tandemfahren und den Rest seiner diversen Vergnügungen nicht leisten, aber er kann bequem und anständig leben, wenn er will. Das reicht ihm vollkommen."

„Er hat bereits eine Summe auf seiner Privatbank, die ihm, wenn er sie verzinst, mehr als einen weiteren Hundert Dollar einbringen wird", sagte Delicia nachdenklich. „Ja, ich denke, das reicht. Er kann nicht verhungern und er wird bestimmt wieder heiraten."

„Aber Sie reden, als ob Sie uns sofort und für immer verlassen würden, Lady Carlyon", und der alte Anwalt sah etwas besorgt aus, als er die extreme Blässe ihres Gesichts und den fiebrigen Glanz ihrer Augen bemerkte. „Sie werden noch viele, viele lange Tage leben, um die Früchte Ihrer eigenen intellektuellen Arbeit zu genießen –"

„Mein lieber Herr, bitte sprechen Sie nicht von meinen ‚intellektuellen Arbeiten'! Nach Ansicht meines Mannes und der Männer im Allgemeinen, insbesondere der erfolglosen Männer, haben genau diese Arbeiten mich ‚entweiblich' gemacht. Ihrer Meinung nach bin ich überhaupt keine Frau! Ich habe weder Herz noch Gefühl. Ich bin einfach eine Geldmaschine, die Gold mahlt, damit mein ‚Herr und Meister' es ausgeben kann."

Ihr Anwalt sah bekümmert aus.

„Wenn Sie sich erinnern, habe ich Ihnen vor einiger Zeit gesagt, dass ich dachte, Sie wüssten nichts von der Extravaganz Ihres Mannes", sagte er. „Ich habe es als ‚Extravaganz' bezeichnet, weil ich Ihnen nicht alle Gerüchte mitteilen wollte, die ich tatsächlich gehört hatte. Männer sind von Natur aus wankelmütig; und meiner Erfahrung nach nehmen sie Vorteile immer übel und denken, dass ihnen jedes Glück zusteht. Ich glaube, Sie haben einen Fehler gemacht, Lord Carlyon so vollkommen zu vertrauen."

„Was willst du von mir?", fragte Delicia schlicht. „Ich habe ihn geliebt!"

Darauf folgte Schweigen. Darauf konnte nichts gesagt werden, und die beiden Männer des Gesetzes kauten ihre Kekse und tranken hastig ihren Wein, während sie sich einer plötzlichen Erregung bewusst waren, die in ihnen aufstieg – ein seltsamer Impuls, der sie beide dazu trieb, Lord Carlyon zu verprügeln, was eine Handlung gewesen wäre, die mit den Gepflogenheiten und Verfahren des Gesetzes völlig unvereinbar gewesen wäre. Aber der Anblick der schönen, ernsten, geduldigen Frau, die so hart gearbeitet hatte, die eine so hohe, berühmte Stellung innehatte und die in ihrem Privatleben so schwer verletzt worden war, hatte eine starke Wirkung sogar auf die praktische und prosaische Gemütsart der beiden Männer, die für Überlegungen zu Bürokratie und wortreichen Dokumenten geboren waren; und als sie sich von ihr verabschiedeten, geschah dies mit einer tiefen Ehrerbietung und Sympathie, die ihr nicht entging. Ein anderes Mal hätte ihr offensichtliches Interesse und ihre Freundlichkeit sie bewegt, aber jetzt war sie so aufgeregt von fieberhafter Aufregung und dem Eifer, die begonnene Arbeit zu beenden, dass äußere Dinge sehr wenig Eindruck auf sie machten.

Mit neuer Begeisterung widmete sie sich wieder dem Schreiben. Spartan war ihr wichtigster Begleiter. Nur ihre Zofe Emily bemerkte, wie krank sie aussah. Sie hatte vorgehabt, einen Arzt zu konsultieren, um sich über ihre Gesundheit zu informieren. Doch so in ihre Arbeit vertieft, schob sie es von Tag zu Tag auf und versprach sich, es zu tun, wenn ihr Buch fertig sei. Von ihrem Mann erhielt sie überhaupt keine Nachricht. Er versuchte, die Wirkung einer langen Abwesenheit und anhaltenden Schweigens auf ihr ohnehin sensibles Gemüt zu erproben.

Und so vergingen die Tage, den ganzen strahlenden Juni und den warmen Anfang Juli, bis sie eines Morgens ihr Zimmer betrat, bereit, den letzten Teil dessen niederzuschreiben, was sie instinktiv fühlte und von dem sie wusste, dass es sie höher in die kalten Gipfel des Ruhms heben würde, als sie es je gewesen war. Sie spürte eine sanfte Mattigkeit in sich aufsteigen – ein Gefühl der Mattigkeit, das eher erfreulich als unangenehm war; die schöne Ruhe, die einen gelehrten und tief denkenden Geist auszeichnet und die sie in hohem Maße vor ihrer Heirat besessen hatte, als sie als aufrichtige Delicia Vaughan die Welt mit ihrem Genie in Erstaunen versetzt hatte, kam jetzt zu ihr zurück, und die Wolken der Sorgen und Verwirrungen schienen sich plötzlich zu lichten und ihr Leben so leer und ruhig und rein zu lassen, als hätte der Schatten einer falschen Liebe es nie verdunkelt. Die Sonne schien warm auf ihren Schreibtisch und flackerte über die Stifte und das Papier; und Spartan streckte sich der Länge nach auf seinem üblichen Platz in der Fensternische aus und seufzte tief und vollkommen zufrieden. Und mit strahlenden Augen und einem Lächeln auf den Lippen setzte sich Delicia hin und schrieb ihren „Schluss". Ihr Gehirn war nie klarer gewesen – die Gedanken kamen schnell und mit den Gedanken wurden neue und gelungene Ausdrucksformen hervorgerufen, die sich sozusagen von selbst schrieben, ohne dass sie sich anstrengen musste.

Plötzlich sprang sie auf; ein lauter, feierlicher Klang klang in ihren Ohren, wie das stürmische Murmeln eines fernen Meeres oder der Beginn eines großen, ernst ausgehaltenen Orgelgesangs. Während sie lauschte, blickte sie wild hinauf zum blendenden Sonnenlicht, das durch ihre Fensterscheibe strömte. Welch seltsame, welch ferne Herrlichkeit sah sie, dass sich all das Licht und all die Pracht des Sommertages für diesen einen Moment in ihren Augen zu spiegeln schien? Dann – stieß sie einen scharfen, erstickten Schrei aus, ...

„Spartanisch! Spartanisch!"

Mit einem Satz gehorchte der große Hund dem Ruf, sprang gegen sie und legte seine riesigen, weichen Pfoten auf ihre Brust. Krampfhaft umklammerte sie sie fest – als ob sie die Hände eines einzigen Freundes umklammert hätte – und fiel schwer in ihren Stuhl zurück – tot!

✶ ✶ ✶ ✶ ✶

So fanden sie sie eine Stunde später – ihre kalten Hände hielten Spartans raue Pfoten immer noch an ihrer Brust – während er, das arme, treue Tier, in diesem eisernen Griff gefangen, geduldig dasaß und seine Herrin mit besorgten und liebevollen Augen beobachtete und wartete, bis sie aufwachen würde. Denn sie sah aus, als sei sie nur für ein paar Minuten eingeschlafen; ein Lächeln lag auf ihren Lippen – die Farbe war noch nicht ganz aus ihrem Gesicht gewichen – und ihr Körper war noch warm. Eine Zeit lang wagte niemand, den Hund anzufassen, und nur schließlich konnten sie ihn mit bloßer Gewalt und einem engen Maulkorb wegzerren und im Hof einsperren, wo er die umliegende Nachbarschaft mit seinem trostlosen Geheul erfüllte. Er war „nur ein Hund"; er hatte nicht die schöne Denkfähigkeit eines Menschen, der sich leicht über den Tod von Freunden hinwegtrösten kann, indem er neue gewinnt. Er hatte ein wahres Herz, der arme Spartaner! Es ist eine unmoderne Ware und zudem nutzlos, da man es weder kaufen noch verkaufen kann. Und als alle Zeitungen Schlagzeilen trugen wie „Delicia Vaughans Tod" und von dem „plötzlichen Herzversagen" berichteten, das die Ursache ihres unerwarteten Todes gewesen war, kehrte Lord Carlyon eilig in die Stadt zurück, um an der Beerdigung teilzunehmen und das Testament anzuhören. Doch er fand seine Anwesenheit kaum nötig, denn die breite Öffentlichkeit, ergriffen von leidenschaftlicher Trauer über den Verlust einer ihrer Lieblingsautorinnen, nahm es auf sich, die Trauerfeier für diese „geschlechtslose" Frau so eindrucksvoll zu gestalten wie jede andere, die je einem König oder Kaiser beiwohnte. Tausende folgten dem Sarg zum stillen Friedhof von Mortlake, wo Delicia vor langer Zeit ihr eigenes Grab gekauft hatte; Hunderte unter diesen Tausenden weinten und erinnerten sich gegenseitig an die guten Taten, die vielen Freundlichkeiten, die ihr plötzlich beendetes Leben zu einem Segen und Trost für die Kranken und Leidenden gemacht hatten, und viele fragten sich, wo sie eine so treue und mitfühlende Freundin wiederfinden könnten. Und als öffentlich bekannt wurde, dass ihr gesamtes Vermögen zusammen mit allen künftigen Tantiemen, die sie aus ihren Büchern ziehen würde, zu gleichen Teilen unter den Armen bestimmter elender Londoner Bezirke aufgeteilt werden sollte, mit ausführlichen und präzisen Anweisungen, wie und wann das Geld ausgezahlt werden sollte – da schmolzen gefühllose Herzen beim Klang ihres Namens, und Augen, die nicht ans Weinen gewöhnt waren, vergossen sanfte Tränen der Dankbarkeit und sprachen von ihr mit einer bewundernden Zärtlichkeit der Anbetung und Ehrfurcht, als wäre sie eine Heilige gewesen. Die Presse machte sich über ihr Werk lustig und hatte kaum ein Wort des Mitgefühls für ihr vorzeitiges Ableben übrig; ihr allgemeiner „Ton" war der des verstorbenen Edward Fitzgerald, der über eine der größten Dichterinnen Englands folgendermaßen schrieb: „Mrs. Barrett Browning ist tot. Gott sei Dank werden wir keine ‚Aurora Leighs' mehr haben!" Dies ist die übliche Art und Weise, die Männer annehmen, die weder den Verstand noch das Gefühl haben, selbst eine ‚Aurora Leigh' zu schreiben. Trotzdem stürzte sich das Publikum in seiner üblichen impulsiven Art auf Delicias letztes Buch, und als es es bekam, erhob sich ein solcher Chor der Begeisterung, der das normale Gegacker der Presse völlig übertönte und das applaudierende Urteil so vernünftiger Leser und nüchterner Richter hervorrief, die ihre Zeit nicht mit dem Schreiben von Zeitungsartikeln verschwendeten. Delicias Name wurde im Tod bedeutender als im Leben; und nur eine Person sprach mit leichtfertiger Leichtigkeit und leichter Verachtung von ihr; das war ihr Ehemann. Seine Empörung darüber, dass ihr Vermögen vollständig für wohltätige Zwecke verschwendet wurde, war zu tief und echt, um verborgen zu werden. Er betrachtete sein Jahresgehalt von zweihundertfünfzig Dollar als „Beleidigung" und wurde ein glühender Anhänger der tyrannischen Theorien des Möchtegern-Klein-Nero von Deutschland, der ein Gesetz in Kraft lässt, das ungerechterweise vorsieht, dass alle Einkünfte der Ehefrauen ihren Ehemännern gehören. Er hielt den Maler-Dichter-Komponisten-Autokraten des Vaterlandes für eine äußerst vernünftige Person und wünschte, ein solches Gesetz würde in England in Kraft treten. Er vergaß Delicias ganze Zärtlichkeit, all ihre Schönheit, all ihre Intelligenz, all ihre Rücksichtnahme und Rücksichtnahme auf sein persönliches Wohlbefinden;

und all ihre Liebe zählte nichts im Vergleich zu der Art und Weise, wie er seiner Meinung nach durch die Folgen seiner Heirat mit einer „geschlechtslosen" Frau von Genie „behandelt" worden war. Aber allmählich, sehr allmählich, auf mysteriöse Weise, die Lady Brancewith wahrscheinlich am besten kannte, die ihr nie die Beleidigung verziehen hatte, die ihr durch sein Aussehen und sein Benehmen zugefügt wurde, als er sich plötzlich weigerte, mit ihr nach Hause zu fahren, obwohl er es versprochen hatte, begannen Gerüchte über seine Selbstsucht zu flüstern und Kommentare dazu abzugeben.

„Er hat kein Verbrechen begangen. Oh nein", sagte die Gesellschaft und begann in ihrer früheren Bewunderung seiner männlichen Vollkommenheit zu schwanken, „aber er hat seiner Frau das Herz gebrochen! Ja, das war es! Wie er das gemacht hat, wusste niemand so recht; es gab etwas mit der „Marina"-Frau im „Empire", aber nichts war ganz sicher. Jedenfalls starb sie sehr plötzlich und Lord Carlyon war zu der Zeit nicht da."

Und da die Leute heutzutage kaum noch ihr Bedauern über den Tod einer Person ausdrücken, sondern sofort fragen: „Was für ein Geld wurde hinterlassen?", hatten die Klatschtanten reichlich Stoff zum Nachdenken über die Tatsache, dass Delicia den Armen fast vierzigtausend Pfund hinterlassen hatte.

„Sie muss ein sehr edles Wesen gehabt haben", sagte die Welt schließlich, als das kreischende Geschrei der gereizten Kritik verklungen war und Delicias Ruhmesstern aus der dunklen Ferne des Todes klar hervorleuchtete. „Ihr Mann war ihrer nicht würdig!"

Und Paul Valdis, zutiefst von unbeschreiblichem Kummer getroffen, hörte die endgültige Verkündung dieses großen Welturteils mit einer Seelenpein und einer Verzweiflung, die ebenso tragisch war wie die Romeos, als er seine Gemahlin in ihrem todesähnlichen Schlaf vorfand.

„Zu spät, zu spät! Meine Liebe, mein Liebling!", stöhnte er in bitterer Stimmung. „Was ist das alles wert, all dieses Lobgeschrei an deinem stillen Grab? Oh, meine Delicia! Du wolltest nur Liebe; so wenig verlangt, mein Liebling, so wenig Gegenleistung für all die großzügigen Gaben deiner begabten Seele! Wenn du mich hättest lieben können; aber nein! Ich hätte nicht gewollt, dass du dein Wesen änderst; du wärst nicht Delicia, wenn du mehr als einmal geliebt hättest!"

Und sein Blick ruhte zärtlich auf dem wehmütigen Gefährten seiner Gedanken, Spartan, der seiner Obhut auf ganz besondere Weise anvertraut worden war, mit einer kleinen Notiz von Delicia selbst, die ihm von ihren Anwälten überbracht worden war und folgendermaßen lautete:

„LIEBER FREUND, – Pass auf Spartan auf. Er wird mit dir zufrieden sein, denn er liebt dich. Bitte tröste ihn und mach ihn meinetwegen glücklich. DELICIA."

Valdis kannte diesen kleinen Brief auswendig; für ihn war er wertvoller als jeder andere weltliche Besitz.

„Spartan", sagte er jetzt, rief das treue Tier an seine Seite und nahm seinen zottigen, massiven Kopf zwischen die Hände, „von der ganzen Welt, die unsere Delicia ‚berühmt' nennt, der Welt, die durch die Blüte ihres Genies neue Schönheit, Hoffnung und Freude gewonnen hat – haben nur du und ich sie geliebt!"

Spartan seufzte. Er war zu einem melancholischen, nachdenklichen Wesen geworden, und seine großen braunen Augen füllten sich oft mit Tränen. Hätte er damals seinem neuen Herrn antworten können, hätte er vielleicht gesagt:

„Ehrlichkeit ist eine normale Eigenschaft bei Hunden, aber sie ist außergewöhnlich bei Menschen. Hunde lieben und sind treu; Menschen begehren und sind treulos, wenn es um Besitz geht! Und doch, so sagt man, stehen Menschen auf der Stufenleiter der Schöpfung höher als Hunde. Ich verstehe das nicht. Wenn Wahrheit, Treue und Hingabe Tugenden sind, dann sind Hunde den Menschen überlegen; wenn Egoismus, List und Heuchelei Tugenden sind, dann sind Menschen den Hunden sicherlich überlegen! Ich kann das nicht widerlegen, da ich selbst nur ein Hund bin; aber für mich scheint es eine seltsame Welt zu sein!"

Und wahrlich, für viele von uns ist es eine seltsame Welt, obwohl der vielleicht seltsamste und unverständlichste Teil des ganzen Mysteriums das fortwährende Opfer der Guten für die Bösen und der scheinbare, andauernde Triumph der konventionellen Lügen über die zentralen Wahrheiten ist. Aber dieser Triumph ist letztlich nur ein „scheinbarer"; und das Martyrium des Lebens und der Liebe, das Tausende von geduldig arbeitenden, selbstlosen Frauen ertragen haben, wird im Jenseits seine eigene Belohnung bringen, sowie seine eigene schreckliche Rache an den Häuptern der gefühllosen Egoisten unter den Männern, die zarte Seelen auf der Folterbank gefoltert oder im Feuer verbrannt und sie zu „lebenden Fackeln" gemacht haben, um Licht auf die bösen Taten zu werfen, die in der riesigen Arena des Sensualismus und Materialismus begangen wurden. Nicht eine Träne, nicht ein Herzschlag einer einzigen ungerecht behandelten, reinen Frau soll den Augen der ewigen Gerechtigkeit entgehen oder es versäumen, den Übeltäter zu bestrafen! Dies dürfen wir glauben – dies MÜSSEN wir glauben – sonst wäre Gott selbst ein Dämon und die Welt seine Hölle!

DAS ENDE

www.ingramcontent.com/pod-product-compliance
Lightning Source LLC
LaVergne TN
LVHW042155190726
843493LV00006B/1685